TO

殺人鬼狩り

（殺人鬼：サイコパス）

二宮敦人

TO文庫

目次

殺人鬼(サイコパス)狩り

「殺せ」

あなたは命じられました。目の前には人間がいます。同い年くらいで、同性で、背丈も体格も同じくらいです。

殺しますか？


「殺せ」

相手は縛(しば)り上げられ、無抵抗。あなたの手には武器があります。ナイフでも、銃でも、イメージしやすいものを考えてください。それをちょっと操作すれば、相手が死ぬことがわかっています。

殺しますか？


「殺せ――聞こえないのか」

聞こえてくる声は、上司、あるいは上官……あなたの上の階段に属する者からの命令です。彼はあなたの名を呼んで命じています。想像してください。あなたの名を呼んで命じています。


「殺さなければ、お前を殺す」

あなたの手は震えるかもしれません。あなたが武器を向けている人間とはこれまでに何の関わりもありませんが、見ているうちになんとなく情もわきはじめるでしょう。想像がめぐらされます。相手にも両親、兄弟姉妹、親戚、友人、恋人、家族がいるでしょう……。夢があり、思い出があり、趣味があるでしょう。その目はあなたを見て怯えています。鼻は必死で息をしています。口は震え、皮膚は青ざめています。

それらすべての原因が、あなたにあるのです。

殺しますか？

殺せば相手の目から光が消え、眼球が渇き、鼻から血が溢れ、口の動きが止まり、皮膚がすっかり白くなるでしょう。ついさっきまで生きていた命が、考えていた心が、維持されていた記憶が、無に帰すのです。

それらすべての原因が、あなたにあるのです。

殺しますか？

殺せませんか。

ご安心ください、それが普通です。大多数の人間は人間を殺せません。アメリカ史上最も過酷な内戦であった南北戦争で、最大の死者を出したゲティスバーグの戦いでもそうでした。現場に投棄された銃を確認したところ、九割を超える銃に複数の弾丸が込められていたことがわかったのです。当時の銃の多くは先込め式と言いまして、一発撃つごとに銃の先から弾丸を入れ、また撃っては弾丸を入れる、そういう手順を要します。そんな銃に複数の弾丸が込められていたのはなぜか？

撃ったふりをしていたのです。

兵士たちは眼前の敵兵士を射撃することができず、上官の「撃て！」の合図で引き金を引く真似(まね)をしてやり過ごし、まだ弾の残っている銃に、何発も何発も新たに弾丸を込めていたのです。もちろん発覚すれば軍法会議ものです。銃殺刑もありえます。

しかし、それにもかかわらずなお――九割の兵士が、それぞれの正義のために戦う若く勇敢(ゆうかん)な者たちが、撃ちませんでした。撃てませんでした。

人間のほとんどは、訓練なしに人間を殺せないことがわかっています。これは愛だとか平和だとかそんな話ではなく、単純にそうプログラムされているからだと思われます。人間の心には予め(あらかじめ)枷(かせ)がはめられていて、人を殺すことに対して強烈な嫌悪感を覚えるように作られているのです。

あなたはどうですか。

枷などなく、必要とあらば殺せますか。

だとしたら、おめでとうございます。

あなたは全人類のうちわずか数パーセントに属する、選ばれた者です。枷を外されて生まれてきた、人殺しの才溢れる者です。

他の人間など無抵抗な羊にすぎません。狼であるあなたは、他者を蹂躙(じゅうりん)できるでしょう。

実際、好き放題に羊を食い荒らす狼も存在します。あなたが望みさえすれば、十分に可能なことです。

ただご用心ください。

狼の中には、羊を守る牧羊犬に進化するものもいます。

狼と牧羊犬、争った際にどちらが先に喉笛を食いちぎるのでしょう？

そして互いに血塗れになって食い合うとき、彼らは何を思うのか。

我々羊からはうかがい知れぬことです――

序章

　ぬいぐるみのウサギ。その鼻をめがけて、ユカはボールペンを力いっぱい突っ込んだ。四色ボールペンが布を裂いて深々と突き刺さると、ぬいぐるみはびくんと震えた。ユカはまるで串焼きでも掲(かか)げるように、ぬいぐるみごとボールペンを持ち上げると、今度はすっとボールペンごと腕を引いた。ぬいぐるみは床に落ち、白い綿が少しはみ出た。それを足で踏みつける。柔(やわ)らかく潰(つぶ)れる感触。

　ふと気づくとユカの後ろに母が立っていた。薄気味悪そうな目をこちらに向けている。

「車の準備ができたわよ」

「はい、ママ」

　ユカは母の目を見ずに小さく頷(うなず)き、紺色(こんいろ)のコートを着た。それからマフラーをつける。母が手編みしてくれたものだ。母の愛を確かめるかのごとく、静かに首に巻いた。黒い髪がさらりと揺れた。

　部屋を出ると、ユカを避けるようにして母が一歩下がる。代わりに脇から黒いスーツを着た大柄な男が二人現れ、ユカの前後を挟んだ。ユカと男たちはそのまま玄関に向かって歩いていく。開け放たれた扉の向こうに、ライトを消した警察車両が見えた。風が強い。

街路樹がぐらぐらと揺れ、大粒の雨が地面を叩いている。

うまくできるだろうか。ユカの握りしめられた手は震えていた。大丈夫。できる。自分に言い聞かせて、車へと乗り込む。

ついに来たのだった。

人のために、人を殺せるときが。

†

東京から千キロメートル離れた海上に浮かぶ、羊頭諸島。その中で最大の島である羊頭島のシルエットを真っ暗な波の先に見ながら、高宮晴樹は自転車を走らせていた。羊頭島の隣……羊尾島は小さく、舗装されていない道路がほとんどである。急ぎの移動手段は、もっぱら自転車だ。

激しい風雨で、レインコートにばらばらと雨が衝突する音が聞こえる。

ハンドルを握る手に汗が滲む。緊張していた。深夜一時に叩き起こされただけでも何か非常事態なのだとはわかる。だが、緊張の理由はそれだけではない。上司を介して彼を呼び出したのが、警察庁刑事局、猟奇犯罪対策部の部長、姉小路慎太郎とやらであったからだ。

晴樹は一介の巡査である。しかも昨年に警察官になり羊頭警察署に配属されたばかりの新米だ。にもかかわらず刑事局の、それも猟奇犯罪対策部などという聞き慣れない部署に呼び出されるのは、異例中の異例と言えた。

ごく普通の生徒が教育委員会の会長に呼び出されるようなものである。

不思議な興奮と、それ以上の不安とが心の中で渦巻いていた。

目的地のビルは、羊尾島のはずれにあった。どこか病院に似た建物。窓はすりガラスで中の様子はわからない。晴樹は入口の脇に自転車を停め、念のために看板を確認する。泥が付着した木の板には「猟奇犯罪対策部分室」とある。ここで間違いない。

レインコートを脱ぎ、自転車の籠に入れた。それから入口の扉に触れる。

鍵は開いていた。おそるおそる扉を開け、中に入る。電気は一部しかついておらず、暗い。そこかしこに簡易ベッドや、担架などが置かれている。家のそばにあった小さな医院を思い出しながら、晴樹は長い廊下を歩いた。人気はない。不気味な雰囲気であった。

その突き当たりに部長室はあった。

「失礼します。高宮晴樹、まいりました」

扉を開けて、そう言った。

「よく来てくれたね」

白髪をオールバックにし、ダークグレーのスーツを着た、痩せて背の高い男が晴樹を振り返る。部屋には立派な木製のデスクがあり、本棚があり、本と資料が山積みになっている。古い銃が描かれた油絵が額に入れて飾られている。床にはえんじ色の絨毯が敷かれていた。

まるで大企業の社長室のようなその室内に、晴樹は面食らう。目の前にいる男は手にした煙草を吸殻でいっぱいの灰皿に押しつけて消した。

「姉小路慎太郎、警視だ」

簡単に名乗り、姉小路は椅子に腰を下ろした。高価そうな椅子はかすかな軋みすらなく
その体を受け止める。姉小路の顔面には皺が無数に刻まれていて、威厳があった。自分よ
りはるかに上の階級の人物を目にして、晴樹は萎縮するのを感じた。何から話せばいいの
かわからない。まずは頭を下げる。

「はじめまして。このたびは、どういった……」

「君は羊頭島の出身だったかな？」

姉小路が晴樹の言葉を遮って言った。

「いえ。出身は秋田です」

「そうか。秋田から島に配属とは珍しいな」

「昔から島暮らしに憧れがありまして、希望しました」

「羊頭島には詳しいのかね」

「何度か遊びに行っておりますので、それなりには」

姉小路は一つ頷く。

「羊頭刑務所は知っているか？」

「はい。知識としては……」

羊頭島では六年前から、刑務所の誘致運動が行われていた。それは、めぼしい資源もな

く、経済力も乏しい島の過疎対策だったという。運動は成功し、刑務所は建設された。そしてつい二年前から運用されはじめた。付近に差し入れ用の店ができ、刑務官向けのアパートが作られ、彼らを当てにした居酒屋やスーパーなども建設された。

　しかしそれでも、羊頭島の人口流出は止まることはなかった。

　一時的に活気は出たものの、刑務所が近くにあることを敬遠する者も多く、住民は一人、また一人と島を出ていった。刑務所誘致運動は、最終的な目的には失敗したのである。そして島には受刑者と、刑務官と、島から出ることを拒む一部の住人だけが残った。

「刑務所周辺の地理には明るいと思っていいのだな？」

　姉小路は聞いた。

「何度かパトロールで行ったことがあります」

「結構」

　今度は姉小路は歯を見せて笑った。白く尖った犬歯が見えた。

「お呼びになった理由は、何か羊頭島に関することでしょうか」

「ああ。羊頭刑務所で脱獄が起きた」

「脱獄ですって？」

　晴樹は目を見開き、身を乗り出した。

「しかし羊頭刑務所は、まだ運用開始されたばかりで、収容されている受刑者はさほど多くないと聞きますが」

「そのわずかな受刑者が逃げ出したのだ」

姉小路はこめかみに人差し指を当て、片眉をくいと吊り上げる。

「それも、ただの脱獄ではないのだよ。脱獄の報告を最後に、刑務所からの連絡は途絶えた。加えて、羊頭警察署も連絡が取れない」

「連絡が取れないと言うと……」

「何かトラブルが起きている。それ以上のことはわからない。が……殺された可能性もある」

「殺された？」

「あくまで、可能性ではあるがね。しかし私には気がかりなのだよ。あの刑務所には危険人物がいるのだ。我が国選りすぐりと言ってもいい、猟奇殺人者……狼どもだ」

晴樹の体が震えた。

思わず窓の向こうを見る。蹄岬が闇の中で不気味な威圧感を放っていた。

とっさに不穏な想像が広がっていく。三見村は、三見港は大丈夫なのか？　よく立ち寄った駄菓子屋は、スーパーマーケットは？　羊頭公園はどうなっている？　殺人者たちが我が物顔で歩いているのか？　刑務所のすぐそばにあった民家は無事なのか？

「た、対策は……？」

「私は特殊急襲部隊の出動を進言しているが、天候が悪い。ひどい風と雨だ。部隊を編成して羊頭島に向かわせるにしても数日はかかる」

「しかし、我々警察が動かないことには」

「その通りだ、高宮君。だから君たちを先行部隊として派遣する。嵐の中、何とか羊頭島に向かえるとしたら、ここ羊尾島の警察官だけだからな」

晴樹はどきりとした。

「高宮君。活動服に着替えたまえ。拳銃所持を許可する。忘れずにな」

そして理解した。運命の歯車が、けたたましく音を立てて回りはじめたことを。

ホルスターの中に鉄の重みを感じながらも、まだ晴樹には現実感がなく、足元がふわふわ浮かぶような気がした。活動服姿で廊下を歩き、会議室の扉を開ける。蛍光灯（けいこうとう）が輝いている。何となく塾の自習室を思わせる空間だった。ホワイトボードが一つ、机が四つ、パイプ椅子が複数。見慣れた顔が二つ。

先輩の警察官たちだ。晴樹同様、普段は羊尾駐在所に勤務している者である。

「よう、晴樹」

一人が、羊頭諸島の男らしく日焼けした顔を晴樹に向け、快活に笑った。坊主頭に広がった鼻、太く短い眉。漁師のような雰囲気を持った男だ。

「藤井（ふじい）さん、おつかれさまです」

晴樹は頭を下げてから、藤井猛（たけし）の後ろの席に座った。八つ上の藤井は羊頭島の出身であり、非番の日にはよく羊頭島に遊びに連れていってくれる。隣に座るのは五つ上の川上信（かわかみしん）

吾。彼は羊尾島の出身で、藤井とは対照的にインドア派だ。その白い顔をしかめつつ、手元の資料を読んでいる。晴樹は川上に会釈をしてから、自分も姉小路から受け取った資料を見た。

〝リスト〟

端的にそう題された表紙。まだ印刷されたばかりらしく、温かい。そこには、六人分の名前が顔写真および簡単な注意書きとともに並べられている。

伊藤裕子。ぽっちゃりした丸顔の壮年女性。

霧島朔也。端整な顔の若い男性。写真は無表情にこちらを見ている。

川口美晴。くりっとした目が可愛らしい童顔の若い女性。

高橋光太郎。いかにも神経質そうな痩身の男。目も眉も鋭く、不機嫌そうに顔を歪めている。

山本克己。柔和な表情の壮年男性。体格がいい。頭髪が少し薄くなっている。

園田（旧姓）ユカ。眉を八の字にした、気弱そうな黒髪の少女。高校生くらいに見える。

ざっと眺めてから、今度は注意書きの方に目を落とし、読んでいく。

「これが羊頭刑務所の、モンスターどもか……見たところ普通だな」

藤井が言う。晴樹は改めて彼らの写真を見た。藤井の言う通りで、商店街ですれ違っても、映画館で隣に座っていても、駅で並んで電車を待っていても、何の違和感もなさそうだ。

「でも、全員が五人以上の人間を殺した、大量殺人犯なんですよね」

川上が細い体を猫背に歪め、薄い眉を寄せて言った。

「そうらしいですね」

晴樹も頷く。

姉小路からリストを受け取ったときの言葉を思い出した。

――いいか、高宮君。彼らはみな、殺人犯だ。全員が五人以上を殺している。それも衝動的な殺人ではなく、計画的な殺人だ。空軍パイロットは五機撃墜からエース扱いになることを知っているかね。つまり、五人以上殺せば、その基地を代表するほどの才能の持ち主ということだ。およそ人を殺すという世界において、彼らは君のはるか先を行くベテランだ。彼らから見れば君は獲物、スコアを上げるためのカモということになる。それをよく認識したうえで、彼らの顔を脳裏に叩き込んでおくんだ。

晴樹にはいまいちピンとこなかった。

姉小路は真剣な表情であったが、こうして写真を見るとさほど脅威には思えない。何というか、迫力というものが感じられないのだ。みなごく平凡な顔ではないか。リストのうち高橋光太郎だけは、何となく危険な気配を感じないでもない。突然キレそうな、そんな風貌をしている。とはいえひどく痩せていて腕力に乏しそうだ。正面から喧嘩すれば勝てる気がする。

映画で見るヤクザや暴力団の方がずっと恐ろしいと思った。

「一見普通に見えるところが、僕は何だか怖いです」

川上がそう言った。

「心配すんな。大丈夫だよ。こっちは拳銃もあるし、逮捕術の訓練だってしてるじゃないか」

スポーツマンであり、柔道と剣道でともに段位を持つ藤井が川上を元気づけるように笑った。

「それは、そうですけれど……」

「川上、お前だってひったくり犯を格闘の末に捕まえたことがあったろ？　自信持て、今回もそれと同じだよ。羊頭島に乗り込んで、逃げ出した受刑者どもを次々とっ捕まえればいいんだ。このリストを渡された意味だって、そんなに重く考えるなよ」

藤井は太い腕でリストを持ち、ひらひらと揺らして見せる。

「危険人物のリストってわけじゃない。こいつらだけは絶対に逃がすなっていう、そういうリストだよ」

「ああ、なるほど……そういうことですか」

川上は少し安心したように笑った。

そのとき会議室の扉が開いた。

「すまん、遅くなった。早速、最終ミーティングを始めよう」

姉小路が腕時計を確認しつつ入ってきた。ホワイトボードの前に立ち、近くの机に資料を並べながら続ける。

「ええと、まず船だな、無事に手配ができた。漁師の一人が協力してくれてね。漁船を一艘使って羊頭島まで向かう。操縦は、私の部下が行う。一時間後に出発だ。羊頭島に着くのは二時間後、というところだな」

「漁師ですか？」

川上が驚く。

「ああ、羊尾島の吉池さんだ」

「あのジイチャンか。なら多少乱暴に運転してもよさそうだな」

藤井が冗談めかして言った。晴樹にとっても顔なじみの人物である。

「それから装備だ。なにぶん緊急事態なので、イレギュラーが多い。連絡手段としては、これを貸与する」

姉小路が取り出したのは、黒い手の平サイズの機械。

「トランシーバーだ。通信距離は一キロ程度、町中では数百メートル程度というところか。これを持っていってくれ。電池は新品を入れてある」

晴樹たちはそれぞれ、トランシーバーを受け取る。藤井が聞いた。

「これ、私物ですか？」

「ああ、私が個人的に購入したものだ。さて上陸位置だが、三見港になる。上陸後、まず羊頭警察署を目指してくれ。繰り返しになるが、羊頭警察署とは現在連絡が取れないので、状況はわからない。とにかく現地の警察官と合流し、情報収集の後に街を警備する班と羊頭刑務所に向かう班に分かれ、受刑者の確保を行うのがいいだろう。ただ、方針は臨機応変に変更してもらって構わない」

「まだ、羊頭警察署とは連絡が取れないんですか……」

川上が不安そうに言った。晴樹も羊頭警察署にいる同僚たちの顔を思い浮かべた。

「ああ。こちらの無線や電話から呼び出しは行っているのだが、一向に反応がない」

姉小路が言った。

「機械が故障でもしてるんですよ。心配いりませんって」

「藤井の言うような原因であることを私も祈りたい」

姉小路は一つ息を吐くと、藤井、川上、そして晴樹の顔を順々に見つめた。

「みな、今回は何から何まで特例措置となって申し訳ないな。その上会ったこともない私が指揮を執ることになり、何かと落ち着かない部分もあるだろう。だが、極めて重要なミッションになるので、冷静に任務を遂行してもらいたい」

「わかってます、ご安心を。大丈夫ですよ」

藤井は余裕たっぷりに言い、椅子に深く腰掛ける。ぎいとパイプ椅子が音を立てた。姉小路は一つ頷く。

「よろしい。では船の準備ができるまで、可能な範囲で講義を行いたい」

そしてホワイトボードに向かうと、黒いマーカーを手にした。

「講義、ですって？」

藤井ががたんと椅子を揺らした。

「ああ。リストを渡しただろう？　彼らがいかに危険であるかを、君たちに知っておいてもらいたいのだ。座学に付き合わせて申し訳ないが、できるだけ要点を絞るので……」

「そんなの、必要ないですよ。犯人逮捕の注意点なら、研修で何度も聞いてます。それとも拳銃の撃ち方の確認でもするんですか？『使用及び取扱い規範』でしたらすっかり頭に入ってますし、今さら……」

「いや藤井、そういうことではない。今回逃げ出したと見られる受刑者どもは、危険なのだ。群を抜いて危険なのだ」

姉小路の言葉は、現場で何年も勤め上げてきた藤井のプライドに触れた。彼の目の色が変わる。

「犯罪者が危険ってことぐらい俺たちだってわかります。わかった上で警察にいるんですよ」

挑戦的な台詞だった。晴樹はハラハラしながら藤井の横顔を見る。

「藤井、君が優秀な警察官であることはわかっている。だが、私は彼らの行動を研究してきたんだ。その成果を聞いてはくれないかね」

「机に向かってばかりじゃ、犯人の実体なんてわかりませんよ。キャリアの姉小路さんがお勉強している間もずっと、現場で犯罪者と相対してきた俺らのこと、舐めてもらっちゃ困りますね」

「私は羊頭刑務所に何度も通い、彼らの実態を把握(はあく)している。敵を知ることは、重要なはずだよ」

「実態？　でも姉小路さん、彼らと取っ組み合ったわけじゃないでしょう？」

藤井には、キャリア組である姉小路への対抗心もあるようだった。

「同じ人間じゃありませんか。こんな奴ら、俺が投げ飛ばしてやりますよ。腐(くさ)った性根、叩き直してやりますわ」

藤井はリストにもう一度目を落として言った。

姉小路は冷静な表情で首を振る。

「まさにその考えが危険なんだ、藤井……」

そして穏(おだ)やかな口調で続けた。

「彼らを同じ人間と思ってはいけない」

†

薄暗い部屋。猟奇犯罪対策部の地下である。そこは一種の武器庫であった。金庫には拳銃がいくつか、他には警棒などの護身具、またナイフや催涙(さいるい)ガスのたぐいまで豊富に置かれている。

そこでユカは、武器を物色していた。

「銃はいいのか？」

そばに付き従う黒服の一人が聞いた。もう一人の男は用心深そうな目でユカを監視している。ユカは頷いた。

「この日本で、ただの民間人に過ぎない私が銃を持つことは違法ですよね」

「もちろん建前はそうだ。だが今回は殺し合いになる可能性がある。姉小路部長からは、銃の携帯も目をつぶると言われている」

黒服は小声で言った。

「特例、ですか」

「ああ」

「……でも、いいです。銃って練習したことがありませんから。奪われることを考えると、そっちの方が怖いです。それに、私が銃で受刑者を殺したとしたら、死体に証拠が残ります。もみ消すのが大変でしょう？」

「だが、姉小路部長は……」

「パパに迷惑をかけたくないんです」

ユカはそう言うと、カバーがついたサバイバルナイフをホルスターと一緒に取り、体に巻いた。それからさらに二本、小さめのナイフを取ると、やはりホルスターに入れる。

「これで十分です」

黒服は驚いて確認する。

「それだけでいいのか？　やれるのか」

「ええ」

　ユカは黒服の瞳(ひとみ)を見つめ返す。しばらくのち、黒服は一つ息を吐いて頷いた。

「わかった。上に行こう。姉小路部長がお待ちだ」

「はい」

　再びユカの前後を黒服の男が挟み、そして三人は歩き出した。暗い廊下を、冷たい階段を、二階に向かって。

　ユカの頭の中では、姉小路の言葉が繰り返されていた。

――人を殺せる人間は、総人口のうち約二パーセントしかいない。ユカ、お前はそのごく少数の人間だ。殺人の才能を持って生まれてきた人間だ。

　何度も何度も、聞かされてきた言葉。

――脳の作りが違うのだ。持っている回路が違うのだ。通常の人間は人を殺すと、心が壊れる。その電圧に、脳の配線が耐えられない。だから兵士には訓練とケアが必要となる。戦場の兵士にとって最もストレスになるのは何か、知っているか？　ジャングルから飛び出してくる敵に対する恐怖ではない。物資欠乏(けつぼう)による飢(う)えでもない。空から振りまかれる爆弾でもない。データが証明している。「人を殺すこと」……それが最大にして最高の恐怖なのだと。

　ユカの存在を肯定してくれる言葉。

——人を殺せる人間は、平和な世界ではただの危険人物でしかない。連続殺人犯として
その才能を活かす者もいる。人類の脅威と言ってもいいだろう。だが、彼らは一定の割合
で産まれてくる……なぜか？　彼らが輝ける場所があるからだ。すなわち軍隊、殺し屋、
そして……警察。
　パパの期待に応えなければならない。
——人類は、殺人者を必要としているのだ。
　ユカは唇を真一文字に絞り、拳を握った。

†

　つまらなそうにしながらも姉小路の講義を聞いていた藤井は、二十分ほど過ぎたところ
でとうとう我慢ができなくなったらしい。
「わかりましたよ、わかりました。人を殺せる人間ってのが珍しい存在で、心のどこかが
イッちゃってるってことはわかりました。そういう人種が、サイコパスだとか、精神病質
だとかって呼ばれることもわかりましたよ」
　姉小路の話を遮ってそう言い、頭をかいた。
「そうか、わかってくれたならいい」
「だけどね姉小路さん。繰り返しになりますけど、何と呼ぼうが犯人は犯人。受刑者は受
刑者。同じ人間です。いつも通り、冷静に対処するって話じゃないんですか？」

姉小路はため息をついた。全然わかっていないな、と言いたげであった。

「なら具体例を出そう。このリストにある高橋光太郎、こいつは何をしでかしたか知ってるか」

「連続殺人でしょう。書かれている経歴を読めばわかります」

「ただの連続殺人ではない。こいつは『弱い者いじめ』が好きなんだ」

「弱い者いじめ……？」

晴樹はリストの顔写真を見る。高橋光太郎の神経質そうな目が、嗜虐的に光って見えた。

「こいつは自分より弱い者を狙う。子供を狙っていたぶり殺すんだ」

藤井は顔をしかめた。晴樹も不快な思いが湧き上がるのを感じる。

「方法は様々だ。絞殺もあれば、撲殺や刺殺もある。ただ、一つだけ共通していることがある」

姉小路は一瞬言いよどんだが、無表情に口を開いた。

「死体の穴という穴に、米を詰め込むのだ」

かたん。川上がボールペンを取り落とす音が、室内に響いた。

「炊いた白米だ。湯気の出ている、ほかほかのごはんだ。目も耳も鼻も口も、場合によっては傷口や性器にまでご丁寧に詰め込まれている。なぜそんなことをすると思う？」

「さあね……死体に食わせてやってるつもりなんじゃないすか？　ちょっと頭が変になっちゃってるんでしょ」

「違うんだ、藤井」

姉小路は即座に否定した。

「高橋光太郎は極めて冷静だ。これはだな、計算づくでやっているんだ」

まさか……。晴樹は想像して怖気が走るのを感じた。

「高橋は、遺族に苦痛を与えたかった。遺族が米を見るたびに、子供の死を思い出させようとしたのだ。そのために死体に米を詰めた」

川上が顔を歪める。おぞましい発想であった。愛する者の死だけでも辛いというのに、日本人の主食とその記憶を関連付けさせるとは。そこには遺族を可能な限り苦しめようとする、明確な意志が見える。人間そのものに対する憎悪と言ってもいいほどだ。

「日本で生きている限り、米を目にしないで暮らすことは難しい。だが、米を見れば凄惨な死体が目に浮かんでしまうだろう。日常が地獄になる。レストラン街が死体の陳列棚になるのだ。それを重々承知で、あえてやっているのだよ。彼は頭がいい。遺族の感情を想像する力もある。その上で、より苦しませる方法を選択する……普通の人間が持っている罪悪感というハードルを、ゆうゆうと超えていく。どうだ。こういう人間なのだ、羊頭島の受刑者は」

「……」

さすがに藤井も沈黙する。

「金に困って殺すだとか、痴話喧嘩の果てに殺害に至るとか、そんなものとは次元が違うのだ。カッとなって殴る（なぐ）とか、酔った勢いで刺すとか、そんなものとは性質が異なるのだ。彼らは静かにおとなしく……冷静に穏やかに死を見つめている。人を傷つけ、苦しめ、血を流させて皮膚を切り取り、眼球を刺して唇を裂き、脳に釘（くぎ）を打ちこむことが……平常心でできるのだよ。まるで歯磨き（みが）や、洗面と同じように。わかるかね。闇の住人なのだ」

晴樹は顔写真の一つ一つを見て心が凍りつくような気がした。

彼らの黒い瞳の奥に、底知れぬ闇が広がっているように思えた。

「……だが、気合いを入れてかかれば……」

言い返そうとした藤井の声も震えている。

「今回、私は万全の備えをしようと思っている。君たち三人の能力を疑っているわけではないが、しかし相手は非常に危険だ。簡単には対抗できない。そこで応援を呼んでいる。君たちにはその応援と一緒に、羊頭島に上陸してもらう」

姉小路がそう言ったとき、扉がノックされた。みなの顔がそちらに向けられる。

「応援……？」

「ちょうど来たようだ。紹介しよう……入ってくれ」

姉小路が扉を開けた。

はっと晴樹は息を呑（の）んだ。

そこには一人の女の子が立っていた。小柄で黒髪はさらりと下ろされている。清楚（せいそ）な印象は高校生のように見えたが、顔立ちは大人びていて大学生くらいにも思えた。目は切れ長で眉の形が良い。艶（つや）やかで健康的な肌。紺色のコートに手編みのマフラーを巻いている。緊張しているのか俯（うつむ）き、どこか申し訳なさそうに目を伏せている。どこにでもいそうな少女であった。

だが……。

晴樹は手元のリストに目を落とし、もう一度少女を見る。

間違いない。

「彼女の名前は園田ユカ」

黒スーツを着た男二人に両脇を挟まれた少女をさして、姉小路が口を開いた。

「リストにもあるとおり、彼女もまた注意人物の一人だ。なお、現在は私の養子でもある。だから正確には姉小路ユカとなる。普段は東京の大学に通っているが、今日はたまたま実家に戻っていてね、来てもらった……」

絶句する晴樹たちの前で、ぺこりとユカは頭を下げた。

「なお、十三人殺している。立派な殺人者だよ」

姉小路はまるで些細（ささい）なことのようにつけくわえた。

†

闇の中、波は高かった。船室に入った黒スーツの男は目を細めて波濤（はとう）を見据えると、一つ頷いた。

「準備ＯＫだ」

藤井が言うと、男がエンジンをかけた。ライトが点灯し、駆動音が響きわたり、船体が震える。小さな漁船は左右に揺さぶられながらも、ゆっくりと前進しはじめた。

乗船しているのは六人。

船室では黒スーツの男が気難しそうな顔で舵（かじ）を握っている。他の五人は甲板（かんぱん）の各所を掴み、振り落とされないように必死でしがみついていた。降りしきる雨がばらばらとレインコートを叩く。

遠ざかっていく港では、姉小路が手を振っていた。

ユカは後部甲板で姉小路に手を振り返している。ユカのそばで姉小路の部下が一人、その様子をじっと見つめていた。藤井、川上、そして晴樹の警察官三人は、前部甲板で座り込んでいる。

「何もかも、ありえないな」

藤井が、うんざりという口調で言った。

「隣の島に漁船で乗り込む、ここまではいい。島に危険な受刑者どもがいることもわかった。だが、民間人を連れていくってのはどういうことだ」

「でも藤井さん、あの黒スーツの男性たちは頼りになりそうじゃないですか。元警察官で、警備会社の人間だって言ってましたよ」

「川上、俺が言ってるのはあの女だ。ユカとかいう、姉小路の養子だよ」

「ああ、あの子ですか……」

川上が口をつぐむ。晴樹は首をもたげてユカを見た。とっくに姉小路の姿は見えなくなったというのに、ユカはまだ港の方を見つめて立っていた。

「確かに、どう扱っていいものやら難しいですね」

「難しいなんてもんじゃないぞ。わけがわからん……」

藤井はぼやく。

晴樹は、姉小路から聞いた説明を思い返していた。


園田ユカ。貴重な、人類に協力的なサイコパス。

幼少期を岡山で過ごす。昆虫や動物に興味を持つ、少し内向的だが穏やかな女の子だと思われていた……少なくとも、その頃は。

彼女に〝殺人能力〟があると判明したのは高校一年生のとき。

夜道で変質者に襲われ、返り討ちにしたのだ。金づちを手にして下半身を丸出しにしながらゆっくりと近づいてくる男を見て、ユカは最初どうしたらいいかわからず無抵抗だったという。やがて男がユカを殴りつけ、性器を口に突っ込もうとしたところで、彼女はようやく気が付いた。このままでは、慰み者にされるのだと。

初めて彼女の手が動いた。相手の股間を鷲掴みにし、そのまま睾丸を一つ握りつぶした。たまらず転倒した男に馬乗りになり、金づちを奪ってもう一つの睾丸を力いっぱい殴打。

さらに性器目がけて数度の打撃を加えた。

　男は気絶。

　ユカはどうしていいかわからず、金づちを放り出してその場を逃げ出した。そのとき起きたことについては誰にも言わず、黙したまま過ごした。

　さらなる問題はその後に起きた。性的不能となった男はユカを逆恨み(さかうら)する。また男は地元の不良グループの一員でもあり、仲間を誘ってユカを襲い、復讐しようと企んだ。

　ユカは帰宅中に車に連れ込まれ、縛(しば)り上げられたあげく、人の寄りつかない廃墟へとさらわれた。そこで縄を解かれ、代わりに四肢(しし)を押さえつけられてしまう。さんざん平手で叩かれたのち、制服と下着が剥(は)ぎ取られ、肌を露わにされた。そして男たちが舌なめずりをしながら、ことに及ぼうとしたとき――

　ユカは眼前に差し出された一人の男性器に歯を立て、食いちぎった。ひるんだ相手がユカの腕を離すと、彼の二つの眼球に指を突っ込み、破壊。この男は失血性ショックにより死亡した。次にユカは落ちていた木の棒を拾う。脇の男の右鼻孔にそれを突っ込む。頭を押さえ、執拗(しつよう)に奥を突いた。抜き取ると同時に血が噴出し、先端にはピンク色の肉塊(にくかい)がついていたという。この男は脳をえぐられて即死した。同じことをもう一人に対して繰り返す。この時点で、男たちはすっかり怯えていたそうだ。

　あまりの恐ろしさに逃げ出すこともできず、戦うこともできず、数人は失禁していた。小さなナイフを持っている者が一人いて、申し訳程度にそれをユカに向けていた。ユカは彼の懐に稲妻のごとく飛び込むと、目を棒で潰しナイフを奪った。この時点で男たちの命運は尽きた。あとはただユカの一方的な虐殺が続くだけであった。許しを請う者も、戦おうとする者も、ただ震えているだけの者も……ユカに頸動脈を切られ、腎臓を貫かれ、肺を破られ、性器を切り落とされた。

廃墟の中を全裸のユカが妖精のように赤い粉をまき散らして飛び回り、殺戮は手際よく終わった。

十三人。

ユカの前に骸が転がった。

ユカは外の水道で体を洗い、血をすっかり流してから服を着た。ナイフも綺麗に洗うと、持ち主の死体の上に置いて「お借りしました」と頭を下げる。木の棒も洗い、元落ちていた場所に正しく戻した。自らを縛っていた縄は丁寧にまとめて男たちの車へとしまい、彼らがユカで楽しむために持ち込んでいたバイブレーターやビデオカメラは袋に戻して隅に置いた。この作業の最中、まだ息のある者が一人いたため、彼に止めも刺している。そしてそのまま何事もなかったかのように家に帰った。

事件はほどなくして発覚し、大騒ぎとなる。ユカも自らの行いを認めた。

残虐な殺人について警察官に質問されたユカは、こう答えた。

「どうしたらいいかわからなかったんです。あの人は股間を潰したのに、まだ私に襲いかかってきました。殺すしかないと思ったんです。だから殺しました。もっと良いやり方があったのなら、教えてください……」

正当防衛と言えば、正当防衛であった。だがそれにしてはあまりに凄まじい惨劇であった。戦意を失った人間を殺している節もある。だが過剰防衛だとも言い切れない。ユカは殺戮を楽しんでいたわけではない。凶器を持ち込んだのは殺された側であるし、ユカは基本的に一撃で相手を仕留めようとしていたこともわかった。彼女は身を守るために戦ったに過ぎないのだ。

議論は紛糾した。

ユカは未成年であり、また一貫して警察に対して協力的だった。結局はそれが決め手となり、彼女は罪を免れた。だが殺人者という事実は噂となって周囲に広まり、家族や友人から疎まれるようになる。

同時にユカが家でハムスターや鶏など、小動物の解体を日常的に行っていたことが発覚する。

ユカは急速に「危険人物」として白い目で見られるようになった。

ユカと会話する人物は一人もいなくなった。それどころか両親すら、ユカを気味悪がりはじめる。

そして、ついに両親はユカとの絶縁を決めてしまう。

そこに手を差し伸べたのが、姉小路であった。

子供のいなかった姉小路家にユカは養子として招かれ、現在でもその関係は続いている。

かねてよりサイコパスの研究を行っていた姉小路は、ユカの取り調べにも同席し続けていた。その中で彼女に同情して引き取ったのか、それとも単に研究対象として彼女を養子にしたのか……晴樹に姉小路の真意はわからない。あるいは、その両方なのかもしれない。とにかくユカは姉小路の娘となり、大学二年生の現在まで育てられてきたのだった。ユカは姉小路に恩義を感じており、彼の研究にも協力し続けてきたという。

「殺人者を捕まえるのに、殺人者のアドバイザーを連れていくってわけかね」

藤井はやれやれと頭をかいた。川上が小声で言う。

「それだけじゃないと思いますよ。姉小路さんは『殺し合いになったとき、サイコパスに勝てるのはサイコパスだけだ』と言ってました。それってつまり、あの女の子に我々が……」

「守ってもらうってか？」

藤井が片眉を上げて川上を見る。

「あんな細い腕の女の子に、何ができる。ただの足手まといだよ」

藤井は吐き捨てるように言った。

「ああ、だからあの警備会社の男たちがいるってことかな。姉小路が娘につけた、ボディガードってところか？」

それを聞いた川上が少し俯く。藤井が聞いた。

「川上、どうした？」

「いえ……考えすぎかもしれませんが。あの人たちは本当にボディガードなんですかね？」

川上が振り返る。

後部甲板では、ユカが体育座りをしていた。そのすぐ横に黒スーツの男が立っている。

彼は緊張した面持ちでユカを見つめていた。

「どういうことだよ」

「いや、確かなことはわかりませんけど。あの二人、逆じゃないですか」

「逆って何が」

「つまりボディガードじゃなくて、女の子の監視役ってことですよ」

「……」

藤井はぽかんと口を開けた。

「だってあの子は、十三人も殺しているんですよ。十三人殺しなんてただ事じゃないです。四人とか五人殺しだって、大量殺人犯じゃないですか。はっきり言って異常ですよ。僕たちは犯人逮捕の訓練はしていますが、人を殺したことはありませんよね。つまり、殺人という一点においては、あの子は僕らを遥(はる)かに上回るはずなんです。度胸も、技量も……」

川上の細い声は、晴樹までも不安にさせた。

「あの子は僕たちに協力的だって、姉小路さんは言ってました。一緒に受刑者を捕まえる手伝いをするよう、言い含めてあるし……本人も乗り気だって、言ってました。だけど、どこで本人の気が変わるかなんてわかりません。彼女がその気になれば、僕たちが船の上で皆殺しにされる可能性だってある。僕たちの命は、とっくに彼女の手中なんです。黒スーツの男たちは、万が一の事態が起きないように、女の子を見張っているのかも」

藤井は川上の話を聞きながら、ニヤニヤしていた。

「藤井さん、僕は本当に怖いんですよ。いや、怖いというのは少し違うかな。不気味なんです。あんな普通の女の子が十三人も殺しているんですよ。何だか、底が知れないというか……おとなしくしていても、次の瞬間突然人を殺しはじめそうな、そんな気がしませんか。藤井さん、この船に乗っている人数は、十三人よりも少ないんですよ……」

藤井は川上の背をばんと叩いた。

「心配しすぎだ」

そう言ってニッと笑う。

「安心しろ、万が一あいつがお前に襲いかかってきたら、俺が投げ飛ばしてやるよ」

藤井は自信たっぷりに言った。

「お、お願いします……」

川上はまだ不安な様子である。晴樹はもう一度、ユカの方に目をやった。

ふと、視線が交錯した。彼女もこちらを向いていた。慌てて藤井の方に向き直る。

残像に残るユカの目は印象的であった。黒く、澄み切っていて……。

そして何も見ていなかった。

第一章「血のナイチンゲール」伊藤裕子

　羊頭島は南部が山岳地帯であり、北に行くにつれ平坦な土地となる。北西には三見湾があり、その北部に三見港がある。この港を中心に、三見村という集落ができていた。警視庁羊頭警察署もここにある。一方、羊頭刑務所は港よりずっと南、市街地を越えたさらに奥、衝立山（ついたてやま）の手前に位置している。

　三見村の南のはずれに位置する一軒の家屋の中。本田浩介（ほんだこうすけ）は窓から外の様子を窺（うかが）っていた。羊頭刑務所の方角に目をこらしている。

「どう？」

　浩介の背後でお茶を淹（い）れながら、妻の真理子（まりこ）が聞いた。

「特に様子は変わらないようだよ」

　浩介はそう答えて、食卓に戻る。ほうじ茶を一口すすり、手にした竹刀（しない）をテーブルに立てかけるようにして置いた。

　二人が警戒しているのは他でもない。先ほど、羊頭刑務所の方からサイレンが数度鳴り、そしてやんだのだ。この世のものならぬ獣を思わせる、甲高（かんだか）く連続的なサイレンの音。それ自体はこれまでにも聞いたことがあった。しかし、大抵前後に「試験放送です」などとアナウンスがあったものだ。

今回はそれがなかった。

サイレンは突如として鳴り出し、また唐突にやんだ。

それからずっと、不気味な静寂だけが続いている。

「鳴りやんだんだし、問題はないのかしらねえ」

「それにしたって、夜中に鳴らして人を叩き起こしたんだから、お詫びの一言くらいあってもいいと思うがね」

壁の時計は午前一時を指している。すっかり目が覚めてしまった二人は、ぼんやりと食堂で過ごしていた。

「……警察に連絡してみる？」

真理子が言ったが、浩介は「そこまではしなくてもいいだろう」と首を振った。

「ったく。あんな刑務所、作るべきじゃなかったんだ。何が誘致運動だ。何が人口流出を止めるだ。結局何にもならなかった。心配事が一つ増えただけだ」

何度も繰り返した愚痴を、浩介は吐いた。

「島の仕事は増えたじゃない」

「だから何になるんだ。仕事があったって、金があったって、後を継ぐ人間がいなけりゃ意味がない」

真理子はため息をつく。頬杖をついて話題を変えた。

「紗代は寝てるのかしら」

「二階の電気は点いているようだぞ」

「夜食でも作ってあげようかな」

「やめとけ。集中してるんだったら、邪魔しない方がいい。腹が減ったら勝手に降りてくるさ」

二人の娘、紗代は医学部の受験を控えて勉強中であった。このところ毎日、夜中まで頑張っている。

「……ねえ浩介。気が早いかもしれないけど、紗代が合格したらどうする？」

「どうするって？　何としてでも行かせるさ」

「東京の大学に？　一人暮らしさせて？」

「ああ。金は何とかする」

「そうしたら紗代も、島に戻ってこないんじゃないかしら」

「……そうかもしれんな。だが、それは仕方ない。紗代が決めることだ」

浩介は煙草を取って火をつけた。

島の先行きを心配しながらも、娘には気兼ねせずに羽ばたいてほしいと願う。島に無理に繋ぎとめるのは、娘のためにもならない。人口流出の止まらない島の矛盾は、浩介の中にも潜んでいた。

浩介は紫煙を鼻から吹いて深く息を吸った。

はっと真理子が窓の方を見た。

「おい、どうした？」

「浩介。聞こえた？」

「何？」

二人は息を潜めて窓の向こうの闇を見据える。

今度は浩介にも聞こえた。ひきつったような声。

浩介は竹刀を引っ掴むと、窓を開いた。春の夜特有の、生温かい空気が強い風に乗って入り込んでくる。

「誰かいませんか！　誰か！」

女性の声だ。浩介と真理子は顔を見合わせる。

「お願い、誰か、頼みます。怪我（けが）してるんです！　早く手当てがいるんです！」

声はそんなに遠くない。南側から聞こえてくる。羊頭刑務所の方角だ。

がたがたと階段を踏む音がして、二階から紗代が下りてきた。髪をまとめ、半纏（はんてん）を着て赤のボールペンを手にしている。

「お父さん、外……」

「紗代、真理子、お前たちは家の中にいろ」

浩介はそう言って竹刀を握り、玄関に向かった。

玄関の扉を開けると、猛烈な風が浩介の髪を吹きあげた。雨は少し弱まっている。顔に細かな水の粒がついた。懐中電灯のスイッチを入れ、庭先に向ける。

「誰か、いませんかー！」

声は続いている。

「おい、どうした！　何があったんだ」

浩介は叫びながら、声がする方向に向かって走った。

車道に出てすぐに、懐中電灯の明かりの中に人影が浮かび上がった。男が一人、女が一人。男の方は女に肩を借り、立つのがやっとという様子だ。オレンジの光に照らされて、女性が眩しそうに目を細める。

「ああ、助かった！　人がいた！　大変です、怪我人なんです！」

「怪我人だって？」

浩介は警戒しつつも、ゆっくりと近づく。

女性の顔に見覚えはなかった。年は三十代後半くらいだろうか。化粧はしておらず、髪には白いものがまばらに見える。しかし肌はまだ張りを残していて、丸い顔には半円の眉につぶらな瞳が二つ。左の目の下にほくろ。胸と尻は大きめで、ぽっちゃりとしているがそれゆえの女性的な魅力も感じられた。地味な藍色の服を着ている。

「そうなんです。私だけではどうしようもなくて、困ってたんです」

女性は言った。浩介を見てほっと浮かべた笑みには愛嬌（あいきょう）がある。

浩介は男性の方を照らして眉をひそめる。

男は頭をがっくりと落とし、脱力したまま引きずられている。頭と腕には包帯らしき白い布が巻かれ、鮮（あざ）やかな赤い血が滲み出していた。白と赤のコントラストは妙に毒々しく思えた。

「おい、しっかりしろ！」

浩介は近づいてその男の顔をはたく。頬の周りについた、乾いた血の欠片（かけら）がぱらぱらと落ちた。意識はなく、顔色は白い。目の周りにも包帯が巻かれていて顔ははっきりわからないが、刑務官の制服を着ていた。

「お前……亀川（かめがわ）か？」

浩介は問うたが、やはり反応はない。しかし体格や、顔の骨格からは刑務官の亀川啓太（けいた）だと思われた。浩介の家からほど近いアパートに住んでいて、羊頭刑務所ができてから引っ越してきた。浩介も散歩中などに顔を合わせることがある。美人の奥さんが印象的だった。

「この包帯……タオルを使ったのか？」

浩介が聞くと、女性が神妙な表情で頷く。

「ええ。出血がひどかったので、手近な布で止血と応急処置だけしました。ただ、このままじゃ危険です」

「わかった！　とりあえずうちに運ぼう。ええと、あんた……名前は？」

浩介は女性から亀川の体を引きはがし、自分で背負う。

「あっ、すみません。私は伊藤裕子と申します」

伊藤裕子はぺこりと頭を下げた。


「すぐ、医者を呼んでください！」

浩介が家に招き入れるなり、伊藤裕子は叫んだ。驚いた真理子に浩介が頷いてみせる。

真理子は慌てて古めかしい電話機にとりついた。

「複数の切り傷があると伝えて、できれば外科の先生を手配してもらえますか？　あと輸血も必要ですから、血液型を確認しないと……」

伊藤裕子の剣幕に呑まれ、真理子はうんうんと頷いた。その後ろにいる紗代にも声がかけられる。

「お嬢さん、お湯を準備してください！　容器を煮沸するのを忘れずに。消毒薬はありますか？　過酸化水素水でもアルコールでもいいので、用意お願いします。それから汚れてもいいシーツと、クッションか何かを。患部を心臓より高くしておきたいので。急いで！」

伊藤裕子がてきぱきと指示をした。

「は、はい」

紗代がキッチンへと走る。浩介は目を見張る。

「あんた、医者なのか？」

伊藤裕子は穏やかな顔で首を振った。

「いいえ、ですが医療の知識はあります」

「看護師か？」

「はい。看護学はきちんと学んでおりまして、自信はあります……」

伊藤裕子はそう言ってソファにシーツを敷き、包帯で巻かれた亀川をその上に寝かせた。

亀川はごぼごぼと血の泡を吹きながら、顔を傾けた。

「医者は手配できましたか？」

伊藤裕子の問いに、受話器を持ったまま真理子が首を振る。

「だめ、ずっと話し中」

浩介が眉をひそめる。

「変だな」

伊藤裕子は深刻そうな顔で頷く。

「他にも怪我人がいるのかもしれませんね……しかし、この方の容体は一刻を争います
……」

「他にも怪我人？　一体何が起きたんだ？」

「脱獄ですよ。羊頭刑務所で、脱獄が起きたんです。危険な受刑者たちが逃げ出して、こ

の方たちに危害を加えたんです」

「な、何だって？」

伊藤裕子は申し訳なさそうに頭を垂れた。

「実は、私も受刑者の一人なんです」

浩介はぎょっとして伊藤裕子を見た。彼女の顔に凶悪な気配は見られなかったが、着ている地味な服は、言われてみれば受刑者のそれであった。

何をしでかした人間なのか。盗みか詐欺か、それとも殺しか……。

竹刀を構えようとする浩介に、伊藤裕子は続けた。

「檻から出てはいけないことはわかっています。ですから私は、みんなが逃げていった後も檻の中にいるつもりでした。しかし……この方が、苦しんでいるのを見て、このままほうっておくなんて、どうしてもできなくて……」

伊藤裕子の声は震えていた。その眉は八の字を描いている。

「じゃあ、あんたは亀川を助けるために？」

伊藤裕子はこくんと頷いた。

「医者が来て、この方が助かったら、すぐに警察を呼んでください。そして私を捕まえてください。私は逃げも隠れもしません。ただ、お願いです。この方だけは……助けさせてください」

そのつぶらな目を、浩介にまっすぐに向けて言った。かすかに潤んだ瞳は、強い意志をはらんで輝いている。

浩介はどうしたらいいかわからず、曖昧に頷いた。

そのときだった。亀川の半開きの口が大きく開かれ、鼻と口からばっと鮮血が散った。

「いけない！」

亀川は猛烈に咳き込み、喘ぐ。喉がぜろぜろと鳴った。血淡が詰まっているようだ。空気を求め、亀川は必死に喉と口を動かしている。その呼吸は荒く、不規則だった。喉の奥か、胸に血が溢れているらしい。医学の知識もなく、血に慣れていない浩介はただ怯えて彼を見つめることしかできない。恐ろしかった。目の前で怪我をした知り合いが、苦しんでいる、その事実が。

「タオルを！」

伊藤裕子の顔に赤い飛沫が飛ぶ。浩介は震える手で、近くの棚から白いタオルを取り出して渡した。伊藤裕子はそれを取って亀川の口を拭き、喉の奥を慎重に見つめた。

「血の塊が喉に詰まってる……でも吸引器なんて、あるわけない……」

そうぶつぶつと呟くと、何か決意したように、顔色の白い亀川を見て口を真一文字に結ぶ。

浩介ははっと息を呑んだ。

伊藤裕子が亀川と唇を重ねていた。いや、違う。

伊藤裕子は目を閉じ、必死の表情で肺を動かしていた。亀川の喉に詰まった血を吸っているのだ。その献身的な姿に、浩介の体が震えた。

血塊は簡単には取れないらしい。伊藤裕子の胸が大きく収縮し、息を吸う音が聞こえてくる。亀川はまるで母にすべてをゆだねる赤子のように、されるがままになっている。

伊藤裕子が口を離した。下半分が赤く染まった顔をあちこちに向け、何かを探している。浩介はティッシュ箱を取って渡した。伊藤裕子は軽く感謝の礼をして、ティッシュに血の塊を吐いた。

ティッシュを丸めて脇に置いてから、もう一度大きく息を吸って亀川の口を吸う。さらに血を吸い取り、今度は鼻も吸った。

壮絶な光景を前にして、浩介はほとんど動けなかった。ティッシュ箱を取って渡すだけですら、手が震えて取り落としそうであった。ここまで体を張って人を救おうとする伊藤裕子を、信じられぬものを見るような目で、眺めた。

「気を強く持って！」

伊藤裕子が口を離し、亀川に向かって叫んだ。

目を布で覆われた亀川がぴくりと動いたように見えた。

「亀川、しっかりしろ！　お前は新婚だろ、奥さんのことを思い出せ！」

浩介も叫ぶ。伊藤裕子が亀川の脈を診て表情を歪ませる。弱まっているらしい。しかしすぐに気を取り直し、今度は亀川の喉に向かって息を吹いた。肺に空気を送り込んでいるらしい。

「伊藤さん、お願いだ。亀川を救ってやってくれ。死なさないでくれ！」

浩介は言った。死に瀕する亀川を前にして、もはや頼れるのは彼女しかいなかった。

「絶対に死なせません。死なせるもんですかッ」

伊藤裕子は小さいが気迫に満ちた声で答え、人工呼吸を続けた。

†

ゆっくりとだが、着実に近づいてくる羊頭島のシルエット。

晴樹は甲板の上でそれを見つめていた。激しく波に翻弄される船は、ただ乗っているだけでも疲れが溜まる。川上は気分が悪くなったらしい。青い顔をしてうずくまっていた。藤井は退屈そうに足を組み、あくびなどしている。あと十分ほどで三見港に着くだろう。会話はなく、波と雨の音だけがする。

もうすぐ、姉小路の言う「狼」が五匹……大量殺人犯五人が徘徊している島に上陸する。川上は怯え、藤井はいつものようにやれば大丈夫だと、落ち着いている。正直晴樹はまだ受刑者たちを計りかねていた。どれだけ恐ろしいものなのか、ピンとこなかった。

そのせいか、どこか現実味がない。海水が跳ねてかかっても、船が揺れて体を揺らしても、夢の中にいるような妙な感触が晴樹を包んでいた。

こんなことでいいのか。しっかりしろ。

自分に言い聞かせてみる。

村が襲われるかもしれないんだ。羊頭島に遊びに行ったときに見た、人々の顔を思い出す。スーパーの店員さん、釣具屋のお爺さん。しかし彼らはイメージの中で柔らかく笑っていて、危険が迫っているなんて想像しづらかった。この時間だ、もうみんな寝ているだろうな。

そんなことをつらつらと考えるうち、ふと会議室での姉小路の言葉を思い出した。

「伊藤裕子、こいつはある意味では最も危険な人間かもしれない」

姉小路は一人の顔写真を指し示しながらそう言った。

「普通の中年女性じゃないですか。一番与しやすし、と思いますけど」

そう言った藤井を見て、姉小路は一度は頷いた。

「もちろん正面から殴り合えばそうだ。伊藤裕子の腕力は、藤井にはるかに劣るだろう」

「なら、心配いりませんね。次の人物の説明に移ってください」

姉小路は首を振った。

「藤井、伊藤裕子には他の受刑者たちと異なる特色があるのだよ」

「ほう、何ですか？」

「それは、優しいということだ」

「優しい……？」

「いいかね、伊藤裕子を発見したら早急に確保し、無力化することだ。絶対に心を許してはいけない。何をさせてもいけない。何であれ、彼女の人間性に期待することは最悪の結果を招く」

「……」

「特に、医療行為を行わせるのは厳禁だ。彼女にはある程度の看護知識がある。おそらく、怪我人や病人が出れば協力を申し出てくるだろう。だが、絶対にやらせてはいけない。何もさせるな」

「看護を装って、人を殺そうとするんですか？」

川上が不安そうに聞いた。

「違う。人を救おうとするのだ」

「それがどうして危険なんです？」

姉小路はそこで一つ息をついた。

「彼女は決して、愛情から救おうとしているわけではないからだよ」

そこまで思い出して、晴樹はぶるっと震えた。

あのときの姉小路の表情は、何とも表現しづらいものだった。無力感、絶望感……手の施しようのない闇を前にして、諦(あきら)めのため息を発したような。

「到着だ」

舵を握る男が、ぼそりと言うのが聞こえた。

晴樹は羊頭島へと頭を向ける。

海に浮かぶ亀の甲羅のようだったそのシルエットが、巨大な壁となって迫ってくるように感じられた。

†

伊藤裕子は亀川の胸に耳を当てて心音を聞いていた。

それから顔を離し、依然として深刻な表情ながらも言った。

「少し、持ち直したようです」

その言葉に浩介はほっと胸をなでおろした。

「あの……これ、使ってください」

真理子が湯煎したタオルをおずおずと差し出す。

「ありがとうございます」

伊藤裕子はそれを受け取り、顔と手を拭いた。そしてほっと息を吐いた。

伊藤裕子の手が、かすかな息を続けている亀川の体をなでる。実の子を診るような、慈愛に満ちた動作であった。

「ハサミ、お借りしますね」

文房具入れに刺さっている小さなハサミを見つけ、伊藤裕子は手に取った。そして慎重に、亀川の服に切り込みを入れていく。服には細かい穴が空いていて、血の滲んだ痕がある。

布が切り取られ、亀川の胸が露出した。

「ひどい……」

伊藤裕子が言い、浩介は顔をそむける。

亀川の胸には無残な刺し傷がいくつもあった。ナイフか何かで刺されたようだ。穴から固まりかけた血が溢れていて、皮膚は赤く炎症を起こしている。

「早く手当てしないと。大丈夫。任せてください」

伊藤裕子は浩介たちを安心させるように言うと、腕まくりをした。

「お湯と消毒の用意はできましたか？　彼の傷の手当てをしたいのです」

これには紗代が答えた。

「一応お湯は沸きましたけど……」

「一応とは？」

紗代は少しひるみ、真理子の陰に隠れるようにしながら続ける。

「その、消毒薬は」

「消毒薬がないのですか？」

「ありますが、使うのはどうなんでしょう」

「はい？」

伊藤裕子が不思議そうに立ち上がった。紗代は慌てて言う。

「その、最近は切創の場合は消毒薬をあまり使わない方が、治りがいいって聞きますから。

私も詳しいわけではないんですが、前に学校の先生にそう習ったもので、その……」

「は」

「え？」

「は」

伊藤裕子だった。伊藤裕子が口をかすかに開けて「は」と言ったのだ。途端、紗代の全身に言い知れぬ恐怖が走った。

伊藤裕子は相変わらず、優しそうな表情の中年女性である。機嫌を損ねたのかと思ったが、そんな様子ではない。ほとんど無表情に、かすかな笑みだけを浮かべて……紗代のことをじっと見つめていた。

何か空気が変わった気がした。

紗代は後ずさりした。

「先生に習ったんですか？　その先生は看護の専門知識がおありですか？」

「保健の先生なので、信じられると思いますが……」

「は」

伊藤裕子が一歩前に進んだ。その両手はぶらんと下ろされ、リラックスした姿勢だ。顎（あご）がわずかに前に突き出され、まばたきせずに紗代を見ている。

さきほどまで亀川を看病していた伊藤裕子とは何かが違った。

浩介が異様な気配を感じ、紗代の前に立ちはだかる。

何をするつもりだ、そう言おうとしたときだった。

水が噴出するような音がして、全員がソファに目をやった。

亀川が再び激しく胸を動かしていた。口からは鮮やかな血が溢れ、全身を痙攣（けいれん）させている。

「しっかり！」

伊藤裕子が走り寄った。亀川の顔からみるみるうちに赤みが消えていく。

彼の胸に耳を当て、心臓の音を聞く。ふと、亀川が片手を上げた。

弱々しく上げたその手が伊藤裕子の横顔に触れる。髪の感触を確かめるように数度、指が動いた。

「ま……き……」

妻の名を口にすると、亀川の手がぱたんと落ちた。上下していた胸も、喘いでいた喉も、口も、全ての動きが停止し、静かになった。

誰も何も言わなかった。亀川の命は、浩介たちの目の前であっけなく消え去ってしまった。

伊藤裕子の目からぽたりと涙が落ち、亀川の頬に当たった。浩介は歯を食いしばり、亀川に向かって合掌（がっしょう）した。

「救えませんでした……」

伊藤裕子が唇をわななかせて言った。

浩介は沈痛な思いで、ゆっくりと彼女に近づいた。

「あんたはよくやったよ。亀川のために、どうもありがとう」

伊藤裕子が浩介を見上げる。

「よくやった……そう言っていただけますか。そう言っていただけますか」

「ええ」

真理子も頷いた。

涙目の伊藤裕子が、ほんの少し笑った。

「救えなかった……ああ……」

今度は紗代にその顔が向けられた。

途端、紗代の背筋に冷たいものが走った。

†

港は暗く、申し訳程度に灯がいくつかついているだけ。出迎えは誰ひとりいない。中型の船がやっと数艘接岸できるだけの、こじんまりとした三見港に、晴樹は降り立った。船の上と違って揺れない、頼もしいコンクリートの感触が靴を通して足裏に伝わってきた。

雨は小降りになっていた。風は依然として強いが、寒くはない。

活動服に身を包み、三人の警察官は歩く。ホルスターの中の拳銃と、腰に差した警棒がじゃらと音を立てた。その後ろからユカと、男二人がついてくる。彼らの服装は黒スーツから警備会社の制服へと変わっていた。船内で着替えたのだろう。

藤井は部下の装備を確認すると、頷いた。そして「行くぞ」と告げて歩き出す。川上と晴樹は懐中電灯を構え、その後に続く。

港の周辺には釣具屋と土産物屋（みやげものや）が一軒ずつ建っていたが、どちらもシャッターが閉まっている。店の人間は今頃自分の家で眠っているはずだ。

「三見村に入るぞ」

港から続く、島では数少ない舗装された道路を進んでいく。

闇の中からは、風が木々を揺らす音だけが聞こえてきた。

†

伊藤裕子には、しばらくの間名前がなかった。

家の表札には伊藤と書かれていたし、おかあさんが電話口で「はい伊藤です」と応答しているのを聞いたので、苗字（みょうじ）は伊藤だと知った。しかし名前はいつまでたっても呼ばれなかった。

おかあさんに名前が欲しいと言ってみたことがある。

三度ほど腹を蹴られた。

それでも欲しいと言い続けたところ、やがて「裕子」という名前を貰（もら）った。テレビでちょうどニュースをやっていて、そこに裕子という文字があったので、それでいいだろうとのことだった。テレビに映っていた裕子がスポーツ選手だったのか、アイドルだったのか、はたまた犯罪者だったのか。

　それすら裕子は知らない。


　子供の頃の思い出。

「おかあさん、おかえり」

　帰ってきたので出迎えると、おかあさんは靴も脱がず裕子の腹を蹴りつけた。それが返事の代わりだった。裕子は胃液を床に吐き、腹を押さえてもだえ苦しんだ。涙が出てくる。それでも今日は蹴ってくれたのが嬉しかった。痛かったけれども、無視されるよりはずっと嬉しかった。

　おかあさんが、私を相手してくれた。

「ああ、疲れた」

　おかあさんは偽物のブランドバッグを机の上に置き、ごてごてと装飾がされたコンパクトケースを取り出した。それをソファに向かって投げつける。寝ていた男の頭に当たり、うめき声がした。

「んだよ、いてえな。帰ってきたのかよ」

　ぼさぼさの髪の、半裸の男が立ち上がる。足元で空（から）の注射器がぱりんと割れた。おかあさんが言い返す。

「なんだよその言い方は。お前のために稼いできてやってんだろ」

「そりゃありがとよ。で、薬は？」

「渡しただろ。あのケースの中だ」

「優しく渡せや」

「寝てただけのくせに偉そうにすんな」

男はぺっと唾を吐いた。散らかり放題の部屋の隅から、煙草の箱を取り出して一本くわえ、火をつけた。母親は舌打ちをした。

「灰皿」

男の声。

吐いた自分の胃液を掃除していた裕子は、慌てて雑巾を置いて走った。

「さっさとしろ、灰皿！」

怒声が響いた。窓ガラスが揺れる。

「ごめんなさい、おとうさん」

裕子は全力疾走で棒立ちの男の前までかけつけると、頭を下げた。

「俺はお前の父親じゃねえ。つか、お前の父親が誰かなんて知らねえんだよ」

そう言って煙草の先端を、裕子の頭頂部あたりにぐりぐりと押しつけた。タンパク質が燃える臭いがした。はらりと髪の毛が数本落ちる。裕子は歯を食いしばって痛みに耐える。身じろぎ一つでもしようものなら、男が激怒することはよく知っていた。それでも閉じた瞼(まぶた)の端から、一筋の涙が落ちた。

「くせえんだよ」

目を開くと、おかあさんが汚物でも見るような目で裕子を見ていた。


また別の思い出。

それまでおとうさんだったはずの男が、別の筋肉質の男に殴られていた。まず一発、顎に。そして鼻に。口に。頬に。眉間(みけん)に。腹に。歯が床に落ち、血飛沫(ちしぶき)が舞った。新しいおとうさんができることには慣れていたから、裕子は驚かなかった。黙って床に転がった歯をちりとりで集め、血を雑巾で拭いた。

ぼろぼろになった前のおとうさんは、家から逃げていった。

おかあさんと新しいおとうさんは二人で笑い合った。裕子も何となく笑った。

おかあさんのお腹は大きく膨らんでいた。

「弟ができるの？」

裕子は聞いてみた。

「誰お前？」

おかあさんは答えた。


その次の思い出。

家族が一人増えた。おかあさんは赤ん坊を抱えて笑っている。おとうさんも機嫌がよかった。裕子も何となく嬉しかった。

笑ってみると、蹴られた。

倒れた体を踏まれた。


裕子にはよくわかっていた。

一見、裕子は他の人間と何も変わらないように思える。鼻が一つ、口が一つ、目が二つあって言葉を話せる。だが違うのだ。おとうさんとも、おかあさんとも、あの新しく生まれた男の子とも、隣の家に住んでいる女の子とも、道ですれ違う、おばあちゃんと手を繋いで歩く子とも、裕子は違うのだ。なぜかはわからない。だがとにかく、違うという事実だけは間違いない。

裕子の価値は、他の人間よりもずっと低い。

どれくらい低いか？

おとうさんがお土産でケーキを買ってくると、ケーキをくるんでいる透明なフィルムだけが裕子に与えられる。みんなはケーキを一つずつ食べている。フィルムに付着したクリームを一とするなら、ケーキの価値はどれくらいだろうか。百だろうか、千だろうか。

ケーキそのものを一度も口にしたことのない裕子にはわからない。とにかく、それくらい裕子の価値は劣るのだった。

ゼロではない。それだけが裕子の救いであった。

フィルムであっても、もらえるのだ。甘くて柔らかくて、とろけるようなのだ。裕子はおとうさんがケーキを買ってくるのが好きだった。嬉しかった。

一人だけ寝床が廊下であっても。


また別の思い出。

忘れられない思い出。

その日、おかあさんは玄関先で誰かと話していた。裕子は便器を磨いていた。これが終わったら寝室の掃除をしなくてはならなかった。雑巾を絞ると、バケツの中に汚れた水が溜まった。裕子はその水をトイレに流し、便所から出た。

ふとダイニングルームが見えた。

一歳の弟がソファの上ですやすやと眠っていた。何か食べ物をもらったのだろう、口の周りに欠片が落ちていた。外から差し込む太陽の光が、彼を照らしている。裕子はその姿をしばらく見つめていた。

そのときだった。猛烈な羽音とともに、何か黒いものが飛び込んできた。窓が開け放たれていたのだ。黒いものは部屋の中で壁に一度ぶつかると、弟に向かって飛びかかった。

何が何だかわからなかった。だが、裕子の体は動いた。走り、寝ている弟に覆いかぶさった。弟はおかあさんの「だいじなもの」だ。「だいじなもの」に傷がついたら、それは必ず裕子のせいにされる。何度も蹴られることになる。もはや痣が定着しているみぞおちを、何度も。

耳元で猛烈な風が吹く。ギャッギャッと威嚇するような声がする。背中が、耳が、つねられて突き刺される。裕子の下で弟が泣き出した。

異常に気づいたおかあさんが戻ってくる足音がした。

「何してる！」

声が聞こえ、裕子はすくみあがった。

おかあさんは、弟に裕子が触れることも許さなかった。弟に視線を送ることすら、虫の居所によっては蹴られる理由となった。「だいじなもの」を守れなければ蹴られ、「だいじなもの」に触れても蹴られる。自分の運命はもう一つしかないのだ。裕子は怯え、すくんだ。

おかあさんは飢えたカラスを箒で部屋から追い払うと、ぴしゃりと窓を閉めた。そして不快そうに舌打ちをした。硬直している裕子の体を乱暴に押しのけ、弟を抱いた。

弟は大きな声で泣いていたが、体に傷はなかった。おかあさんはそれを確認すると、ほっとしたように弟に頬ずりした。

弟が泣きやんでから、おかあさんは依然としてその場に凍りついている裕子に目を落とした。蹴られる。裕子は歯を食いしばった。

腹に痛みはやってこなかった。

おかあさんは弟を抱いたまま台所へ行き、戸棚を開ける。中に手を突っ込むと何かを握り取り、裕子の方を見た。小さな物が乱暴に投げつけられる。それは裕子の頭に当たり、床に落ちた。

見ると飴玉であった。

大袋で二百円ほどの安価で小さな飴玉。透明のビニールに包まれたピンク色のガラス玉に似たそれが、太陽の光を浴びて煌めいた。裕子はもう一度おかあさんを見た。

いいの……？

おかあさんはもう台所にはいなかった。弟を別室に連れていく後ろ姿が見えた。

信じられない思いで裕子は飴玉を見つめた。おそるおそる手に取ってみる。袋を開き、手のひらの上に乗せてみる。それは硬く、丸く、表面には細かな線が走っていて、覗き込む裕子の顔をかすかに映し出す。糖蜜の中に閉じ込められた気泡はまるで宝石のように輝き、羽のように軽く、果物のような爽やかな香りがした。

これ、貰っていいの……？

指でつまむと弱い力で張りついた。そっと口に運ぶ。唇が触れ、歯が触れ、舌が触れた。強烈な味がした。鮮やかな甘みが舌に広がり、電撃となって脳を走った。あまりの衝撃に涙が流れた。涙はゆっくりと頬を伝い、太陽に温められて裕子の膝に落ちた。

そして裕子は理解した。弟を救った褒美として菓子をもらったということを。投げつけられたものでも、一言の感謝もなくても、確かに口の中には砂糖の甘味が広がっている。

伊藤裕子は自分の存在意義を知ったのだった。

†

「別に変わったこともないな」

藤井がやや弛緩した声で言った。晴樹たちは三見村の中に入り、羊頭署に向かって進んでいた。道の左右には畑や民家がまばらに見えたが、異常は見られない。

みな寝静まっているのだろう、どの家も灯は消えていた。

上陸したらあちこち死体だらけで、殺人鬼が徘徊している……そんな想像をしていたらしい川上は、拍子抜けしたような顔をしていた。

T字路に辿りついた。

左側、北へ行く道は三見村の中心部に向かう。右側、南に行く道は村を離れて羊頭刑務所の方角になる。この道は少し進めば舗装されていない土の道に変わる。

晴樹は分岐点の中央に立ち、何となく右を見た。

視線の先には人家のものらしき光が、闇の中で数個、ぽつんと浮かんでいる。

「おい晴樹、そっちじゃないだろ？」

左側の道に足を一歩踏み入れて、藤井が笑った。

「何度も遊びに来ているくせに、迷ったのか」

川上も不思議そうに言った。

「あ、すみません」

そう言って晴樹は視線を外そうとした。

だが、外せなかった。

なぜか体が動かない。目が、吸い寄せられるように闇の一点を見つめている。そこを見ろ、警戒しろと無意識が告げている。暗い中から何かがこちらを見ている。かすかに、獣の吐息のようなものが聞こえた気がした。

「何かいるのか？」

藤井が訝しみ、晴樹のそばまでやってきた。

晴樹は懐中電灯を視線の先に向ける。

黄色い円の中に、でこぼこのアスファルトが浮かびあがる。脇の雑草がさわさわと揺れている。小さな虫が光を避けてか、ぴょんと跳ねた。

「何もいないじゃないか……」

川上も目を細め、長い体を折り曲げるようにして道の先を窺う。

突如、光の中に真紅に染まった足が現れた。

はっと川上が息を呑む。

足は二本に増えた。やはり赤い。血を浴びているらしい。足は先端がアスファルトにかすかに触れているが、ほとんど浮かんでいた。そして、滑るようにこちらに向かってくる。

ずるり、ずるりと音がする。

川上が震えはじめた。

「落ち着け」

藤井が低い声で言った。その眉は寄せられ、眼光は鋭い。腰を落として敵を迎え撃つ構えであった。逮捕術に優れるだけでなく、格闘に自信を持つ藤井の構えは、そばにいる晴樹にも威圧感を覚えさせる。

川上が拳銃を抜いて構え、闇に向ける。呼吸は荒い。

藤井が音だけでそれに気づき、闇から視線を外さずに言った。

「川上、不用意に撃つなよ」

「わ、わかってます、わかってます、い、い、威嚇です、威嚇」

川上の歯がかちかちと鳴る。

「晴樹。やつを照らせ」

「はい……」

晴樹は手にした懐中電灯を静かに上向けた。近づいてくる足の正体を求めて光が走る。

そこにいたのは、藍色の服を着た女性であった。荒く息をしている。彼女は自分よりもはるかに体格のいい男性を背負っていた。赤い足は、男性のものだった。

藍色の服は闇に沈み、背負われた男性の足だけが見えていたのだ。

「ゆ、幽霊かと思った……」

川上がほっと息を吐いた。

「油断するな、川上！」

藤井が叱りつける。その理由は晴樹にもわかった。

女性の髪は乱れていた。どこから来たのかはわからないが、男を背負って歩くのはさぞ大変だったのだろう。黒い髪の奥で光るつぶらな瞳。こけしのような顔。

リストで見た、伊藤裕子のそれであった。

写真で見たときもそうだったが、こうして本人を前にしても優しそうな人間に見える。とても人を殺すようには思えない。そのギャップが、晴樹の心をざわつかせた。

晴樹たちが固唾を呑んで見守る前で、伊藤裕子は言った。

「ああ、助かった！　人がいた！　大変です、怪我人なんです！」

「怪我人？」

川上が言う。

「そうなんです。私だけではどうしようもなくて、困ってたんです」

猛烈な、濃い血の臭い。

彼女が背負っている男は、頭をがっくりと落とし、脱力したまま引きずられている。頭と腕には包帯らしき白い布が巻かれ、毒々しい赤い血が滲み出ていた。意識はないようだ。

「出血がひどかったので、手近な布で止血と応急処置だけしました。ただ、このままじゃ危険です。早く医者に見せなきゃと思って、ここまで連れてきたんです。手伝ってください！」

伊藤裕子は切迫した表情で晴樹に訴えた。

背負われた男が、ごほごほと咳をした。つばか血か、とにかく何か液状のものが道路に落ちた。晴樹は一歩前に出て、その男の顔を覗き込む。どこかで見たような気がする。

男は顔の半分を布で覆われていた。気づいたのは藤井だった。

「まさか、本田のおっさん……？」

「えっ？」

間違いなかった。本田浩介であった。

羊頭刑務所の近くに家族で住んでいる男性。酒が好きで、しょっちゅう週末には飲み屋にやってくる。晴樹と藤井が飲んでいると、乱入してくることもしばしばであった。そんな浩介が血塗れで伊藤裕子に寄りかかっている。

「浩介さん！　浩介さん」

晴樹の呼びかけに、浩介は返答しなかった。代わりに、弱々しく呼吸をする音が聞こえてくる。

ひゅうひゅうと、笛を吹くような音である。

†

自分の存在意義を理解してから、裕子の世界は変わった。

それまでは何も得られなかった。ただ、殴られて蹴られるだけの日々であった。大事なのはおかあさんとおとうさんの機嫌を損ねないこと。少しでも失敗すれば、痛い思いをする。たまに最初から二人の機嫌が悪いこともある。そんなときはどうしようもない。ただ、痛い思いをする。

耐えるだけ。

被害を最小に抑えるだけ。マイナスばかりが嵐のように降りかかり、いかにそれを少なくするかを考える。それが裕子の人生であった。

だが、あの日から激変したのだ。

弟を救えば、おかあさんは裕子に何かをくれる。それは安い飴玉だったり、ガム一粒であったり、賞味期限の過ぎたプリンであったり、粉々に砕けた袋入りクッキーであったりした。それでもプラスには違いない。初めて裕子の人生にプラスというものが現れたのだ。

それはまばゆい光であった。

目の前に垂らされた、一本の蜘蛛(くも)の糸であった。

弟はやんちゃな子供だった。勝手にベビーベッドを抜け出したり、コップを割ったり、台所を漁(あさ)っていたりした。その度に裕子は彼を守り、時には体を張って彼の盾(たて)となった。

弟はすくすくと成長した。肌つやもよかった。裕子の体には生傷が絶えなかった。

それでよかった。

裕子には宝物ができた。それはおかあさんにもらったお菓子の袋である。飴玉の袋、ガムの包み紙、プリンのケース、クッキーの袋……少しずつ、ほんの少しずつ積み重なって増えていく。決して捨てずに、溜めておくのだ。

家事の合間などにそれを眺めるのが好きだった。与えられた勲章（くんしょう）を眺めるような、幸せな気持ちになった。

ガムの銀紙はきらきらと万華鏡のように光り、プリンの透明なケースは日光を浴びて小さな虹（にじ）を作り出す。美しかった。涙がこぼれそうなくらいに美しかった。

裕子は時折、宝物に向かって祈った。このささやかな幸せがいつまでも続くように。

「おいゴミ。そのゴミさっさと捨てろ」

おかあさんにそう言われても、裕子は宝物を隠し持ち続けた。

†

「浩介さん！」

晴樹は思わず伊藤裕子の背に駆け寄った。

「ダメです、不用意に触っちゃ……」

伊藤裕子はそう言って晴樹を制すると、ゆっくりと浩介を地に降ろした。浩介は何か口の中でもごもごと言いながらされるがままになっている。

「この怪我は？」

晴樹は伊藤裕子に聞いた。

「わかりません。私が見たときにはすでにこの状態で、倒れていたんです。おそらく刃物で襲われたのかと……胸、腹、そして太ももに刺された傷がありました。それから左目にも傷が。応急措置はしましたが、このままでは危険です。すぐ輸血をしないと。近くに電話はありませんか。ここに医者を呼べませんか」

「おい川上、近くの民家に当たってこい」

藤井に言われて川上が頷き、きょろきょろとあたりを見回す。

そのとき、浩介がまた咳をした。今度は前よりも激しい咳だった。胸が揺れ、喉が震えた。晴樹の顔にも血飛沫が飛ぶ。

その咳が終わると、今度は浩介が口をすぼめて震えはじめた。みるみるうちに顔が紫色になっていく。呼吸が止まっているように見える。肺が縮んだまま戻らないのだろうか。明らかに危険だった。

絶句し、立ち尽くしてしまった晴樹の目の前で伊藤裕子が叫んだ。

「しっかりしてください！」

そして浩介に飛びつくと、ためらいなくその唇に口を重ね、人工呼吸をしはじめた。その表情には鬼気迫るものがある。

晴樹は何も言えず、伊藤裕子を見つめていた。

助けてくれ。浩介さんを、助けてくれ……。

そう願いながら。

†

やがて裕子は気が付いた。弟を守るには、ただ盾になるだけではいけないのだと。カラスに襲われているところに駆けつけるような、そんなケースばかりではない。すでに弟が怪我をして泣いていて、それを発見するといったことも度々あった。

治す技術がいる。

そう知った裕子は、どうしたら習得できるかと考え始めた。最初は家にあった救急箱を開き、説明書を読むことから始めた。学校に行っていない裕子に漢字は理解できず、せいぜい平仮名をいくつか読める程度であったが、挿絵を食い入るように見て覚えた。実際に自分の体を切って傷を作り、救急用品を使ってみた。その次はおかあさんの目を盗んで本屋に行き、看護の本を立ち読みした。毎日数ページずつ暗記することを繰り返す。

徐々に知識は増えていった。ほんの少しずつ、文字も読めるようになっていった。弟の怪我にすぐに対処できるようになった。

おかあさんはじきに、裕子がこっそり看護の勉強をしていると気づいたが、咎めはしなかった。

一度だけ「便利なゴミだな」と言ってくれたことがある。

裕子は嬉しかった。便利なゴミ。間違いなく褒め言葉である。もっと言ってもらいたかった。おかあさんにもっと褒められたかった。

　また、裕子にはもともと献身の才があったのかもしれない。弟の傷を手当てしているとき、何とも言えず幸せな気分だった。正しい行いをしているという感覚。人に感謝されることをしている実感。

　他者の苦痛を癒すのは、裕子にとっても幸福であったのだ。

　もっと治したかった。もっと弟を助けたかった。

　裕子の準備はいつでもできている。しかし、何事もなく終わる日の方が多い。

　もどかしくなった。もっと弟に怪我をしてほしかった。

　足りなかった。

　足りなかったから……。

　裕子は思いついた。


　初めはわざと、弟のそばに刃物を置いてみるくらいだった。やがて何も知らぬ弟がそれで遊びはじめる。誤ってどこかに怪我をし、泣き出したところで駆けつけた。

　裕子を奴隷としてこき使うことに慣れきった両親は、裕子の企みに気が付かなかった。

　やがておかあさんが再び飲み屋に働きに出るようになると、裕子と弟が二人きりでいる時間が増えた。

　弟はまだ言葉も話せない。ただ泣くだけだ。ついに裕子は彼を傷つけるようになった。ナイフで肌を切りつけ、ハンマーで指の先を叩き、画鋲を突き刺した。そしてすぐに手当てをしてやった。

この頃が裕子の人生にとって、最も充実していたときだったかもしれない。幸せであった。自分の存在意義を確認し、やりがいを得られた。

弟の傷が増え、裕子の肌はつやつやになった。

弱い毒を試した。必要以上の下剤を飲ませた。そうして弟が下痢になれば薄い食塩水を飲ませてやり、嘔吐すれば文句ひとつ言わずに床を掃除して、トイレまで連れていってやった。何も知らぬ弟は、姉に身をゆだねることしかできなかった。

苦しそうに咳き込む弟の喉に優しく指を入れ、体内の毒を吐かせてやる裕子。吐しゃ物や血で汚れても、使命感と愛に満ち溢れ、時には笑みすら浮かべながら献身を続ける裕子。その姿はまさに天使そのものであった。

そのときだけは。

やがて弟が死んだ。

裕子に殺意はなかった。

足を軽く折ろうとしただけだったのだ。本で読んだ添え木という技術を試したかっただけ。そのために玄関を開けておき、まだはいはいでしか動けない弟を車道へと導いた。

通り過ぎたトラックは、足どころか弟そのものを粉みじんに砕いてしまった。震える手で弟だったものを取り上げて裕子は泣いた。裕子の心の中に、衝撃と後悔が津波のように押し寄せてきた。

取り返しのつかないことをしてしまった。

これでもう、弟を救えない……。

もうすぐおかあさんが帰ってくる。夜になればおとうさんが帰ってくる。裕子はもう弟を救えない。飴玉も、クッキーも、ご褒美も、存在意義ももはや得られない。沈んでいく夕日に照らされて、裕子の影は細く長く、まっすぐに伸びては闇に溶けていく。まるで世界の扉が閉じるように思えた。

裕子は逃げ出した。

夕闇に沈んでいく街の中を、ただ走って。

そのポケットにはお菓子の空き袋だけが入っていて、裕子が足を動かすたびにかさかさと音を立てた。

†

晴樹が見つめる前で、浩介の呼吸はみるみるうちに弱っていく。

伊藤裕子の処置が悪いわけではなさそうだった。ただ、浩介の怪我がひどすぎるのだ。もう、助からない。手の施しようがない……。

そこまで想像して、晴樹は首を振った。怖かった。それ以上を考えるのが怖かった。死という現実に向き合うのが恐ろしくて、代わりに死と戦ってくれている伊藤裕子の存在がありがたかった。

藤井も同じような思いなのだろう。

藤井は手錠を準備しながらも、じっと伊藤裕子を見つめていた。

やがてしばらくして、人工呼吸を続けていた伊藤裕子がうなだれた。

「……また……」

ぽたり、ぽたりと涙が落ちるのが見えた。

「また、救えなかった……」

悲痛な思いがあたりに満ちた。

晴樹は目の前で起きていることが信じられなかった。

浩介さんが死んだって？　ついこの間、羊頭島で会ったときにはピンピンしていた浩介さんが？　どうして？　誰にこんな傷を負わされたんだ？　伊藤裕子はどうして、浩介さんの看護をしているんだ？

わからないことだらけだった。現実だけが次々に襲いかかってくる。ただ茫然と立ち尽くしていた。

だから、伊藤裕子がぼそりと呟いた一言も、すぐには意味がわからなかった。

「新しく、救う人をつくらなきゃ……」

彼女はそう言った。

そして立ち上がる。浩介の体がごろりと転がった。先ほどまで一生懸命に手厚く看護していた浩介を、ぽいと放り出したようだった。まるでもう、用済みだと言わんばかりに。

晴樹は困惑していた。

伊藤裕子は何を言っているんだ？

新しく救う人とは誰……？

伊藤裕子は一つ息を吐いて、顔の汗を手で拭(ぬぐ)った。

そして晴樹の方を見た。二人の間の距離は一メートルもない。伊藤裕子は穏やかに頷いて一つ微笑(ほほえ)むと、すいと晴樹に向かって一歩を踏み出した。同時にその右手が懐から何かを取り出して握った。

伊藤裕子が手にしたものが、きらりと懐中電灯の光を反射する。

その像を晴樹はしっかりと見たが、伊藤裕子の動きがあまりに自然で素早かったため、理解するのに時間がかかった。

……幅広のカッターナイフ。

把握したときには、噴き出た血が数滴、晴樹の頬にかかっていた。

肉が裂ける音がして、晴樹は目を閉じた。

†

家を出た裕子は、いくつかの住処(すみか)を転々として過ごした。

主に一人暮らしの貧しい老人などがその餌食(えじき)となった。

家に転がり込むと、裕子は献身的な介護を行う。すっかり信頼された頃合いを見て、毒を飲ませる。弱った老人はさらに裕子の助けを必要とする。裕子は一生懸命に面倒を見る。強固な信頼関係ができていく。

やがて判断力すら失われていく老人に、裕子は様々な形で傷をつけ、それを癒し続ける。できるだけ裕子がたくさん、救えるように。できるだけ長い間、殺さずに救い続けられるように……。

裕子の腕前はどんどん上がっていった。看護の技術も、生かさず殺さず痛めつける技術も。一人の人間を救い終わり、次に「救う人間」を見つける技術も……。

裕子は何人も救った。救い続けた。天使のように。

――天使は美しい花を撒き散らす者ではない。苦悩する者のために戦う者だ。

そう言ったのは近代看護の母、フローレンス・ナイチンゲール。

看護を学ぶ中で裕子も彼女のことを知った。血で血を洗うような凄惨な戦い、クリミア戦争に自ら志願して従軍し、戦傷兵を助け続けたナイチンゲール。裕子には、自分と同質の人間であるように思えた。

きっとナイチンゲールは人を救いたかったのだ。それが自分の使命だと確信していたのだ。ナイチンゲールは運がよかった。ちょうど戦争が起こったから。

ガーゼも消毒薬も、麻酔薬も包帯もない。看護師も外科医も足りない。そこに砲弾で体を失った兵隊たちが毎日運び込まれる。血と膿と蝿、そして死。そんな野戦病院があった。

裕子だって同時代に生まれていたら、迷わず野戦病院へと赴いただろう。しかしこの日本に戦争はない。外国に行くには金がいる。その辺の人を救いたくても、資格や免許のない裕子は治療に参加させてもらえない。

裕子は救いたいのに、救う人がいないのだ。

なら仕方ない。作り出すしかない。

ナイチンゲールだって、そうだったろう。もしクリミア戦争が起きなければ、自分で人を傷つけてでも救っただろう。血で血を洗う戦争が起きて、歓喜すらしたはずだ。喜び勇んで現地に向かったはずだ。

食べるために田を耕すように、空気を吸うために水中でもがくように、救うためには傷つけねばならない。

愛とは、哀れなものなしには成立しえないのだ。

裕子は心からそう信じていた。疑いの余地などなかった。他に生きる方法など知らなかったから。


十二人。

事故死として処理された弟を含めるのであれば、十三人。

それだけの人間を「狂った看護」の果てに死に至らしめ、裕子は逮捕された。

最後に看護していた老婦人は最後まで裕子を疑っていなかったが、不審視していた娘が通報した。乗り込んでくる警察官たちの前で、老婦人はあくまで裕子をかばっていたという。裕子がわずかずつ老婦人の食事に盛ったヒ素によって、体中を蝕まれていても。

裕子は取り調べにおいて、自分の行いを正直に自白した。しかし、一向に罪を認めはしなかった。

善意につけ込み、傷つけ続けて、多数の人間を死に至らしめたことは認めているのに、悪いと思っていないのだ。

だが、彼女は繰り返し警察官に謝罪した。

「人を救えていなくてすみません」

申し訳なさそうに、涙さえ流しながらの謝罪であった。

そしてことあるごとにこう詰め寄った。

「誰か苦しんでいる人はいませんか。私の助けを必要としている人はいませんか。私、何でもやります。やらせてください」

伊藤裕子は罪を否認するわけではない。理解していないのだ。

例えばすべての行状が明らかになったあと、弟についてどう思ったかを尋ねても、「救えなくなってしまったのが悲しかった」と答えるばかり。そうではなく、弟の人格を踏みにじったことについてどう思うのだと質問されると、首を傾げてきょとんとする。何度も繰り返し質問されると、「すみません、すみません、人を救えていなくてすみません」と泣き出してしまう。

これを反省が見られない邪悪と判断するべきなのか、それとも努力の方向性が間違っている純粋さと見なすべきなのか。警察内でも、裁判所でも議論が巻き起こった。

伊藤裕子の生育環境を詳しく聞いた人物が、彼女を擁護（ようご）した。

伊藤裕子は生まれながら劣悪な環境で育ったことが明らかであり、善悪をきちんと学ぶ機会がなかった。凶悪な犯行はそのために起きたものであり、きちんと教育がなされていれば防げていた。罪を償う必要はあるが、再度教育がなされるべきである。伊藤裕子自体は純粋で真面目（まじめ）な「いい人間」である……。

結果としてこの擁護は却下（きゃっか）された。

伊藤裕子は何度教えられても、善悪を理解できなかったのである。人を救うためであろうと、人を故意に傷つけてはならないということが、最後まで理解できなかった。

彼女にとって他人は「裕子が救うために存在する者」「人を救った裕子を褒めるために存在する者」の二通りしかいない。それ以上の広がりは一切存在しなかったのだ。どこまでも自分本位な愛。

問題は生育環境だけではない。彼女には、何かが足りない。人間なら当然持っているべき何かが……。

サイコパス。

伊藤裕子はその両手を見つめながら泣く。人を救いたいと泣く。自分のために人を救いたいと泣く。純粋に、誠実に、愛に満ち溢れた涙を流し続ける。

その涙は、底知れぬ闇から流れ出てきていた。

ひょっとしたらそれは、人間誰しもが持つ闇なのかもしれない。

見返りを欲しない看護など存在するのだろうか？

人が誰かを看病するとき、そこに何かを求める気持ちが存在しないと言い切れるだろうか。金銭、感謝、名誉……そういった何らかの報酬を、心のどこかで期待していないだろうか。助けた後で感謝の言葉一つもらえず、誰からも評価されなくても、不満を感じないのか。愛というコーティングで邪なエゴを覆い隠して、あたかも天使のように振る舞っていないだろうか。

愛による奉仕とは本来、欲望そのものなのではないか？

伊藤裕子の体内では愛と欲望が混ぜ合わされ、凝縮され、血液中に満ち溢れていた。まるで見たくないものに蓋をするように、議論の末死刑は回避されたものの、伊藤裕子には有罪判決が下された。彼女は「生まれながらの邪悪」と判断され、羊頭刑務所に収監された。

†

「は」

晴樹は、伊藤裕子がそう言うのを聞いた。

「はあ……ぐぶっ」

後半は言葉ではなかった。音であった。

何が起こったのかわからない。とにかく伊藤裕子がすぐ目の前にいた。驚いたような表情で、目だけが下を見ている。その喉には深々とカッターナイフが突き刺さっていた。カッターナイフは伊藤裕子の喉を裂き、大穴を空けている。穴からひゅうひゅうと風が吹いていた。だらだらと鮮やかな血が溢れている。傷口からも、伊藤裕子の口や鼻からも。

「はぐっ、ううっ」

伊藤裕子はカッターナイフを握った右手を引き、必死で喉から抜こうとしている。だが抜けない。晴樹はそこでようやく、自分と伊藤裕子の間に入っている黒い影に気が付いた。

園田ユカであった。

人類に協力的なサイコパス。ついさっきまで晴樹たちの後ろで大人しくしていたはずのユカが、晴樹の前に潜り込み、その両手で伊藤裕子の腕を押し返している。ユカは歯を食いしばり、細い腕には筋肉が浮かび上がっていた。吹きすさぶ風に黒髪が揺れている。

何が起きたかようやくわかった。

伊藤裕子はカッターナイフで晴樹に襲いかかった。そこにユカが猛然と飛び込み、伊藤裕子の腕を掴んでひねり、相手の喉めがけて押し戻したのだ。

ユカはなおも力を緩めず、伊藤裕子をまっすぐに睨（にら）みつけている。その目は血走り、船で見たときとは別人のように鋭かった。

猛禽（もうきん）のそれを思わせる。

「下がってください」

ユカは低い声で言った。だが晴樹は動けない。

「は、は……」

伊藤裕子の形相は、この世のものとは思えなかった。窒息。そんな表現が一番ぴったりくる。水を奪われた魚のような切迫した顔。

「救わせて……あなたを、救わせてぇ……」

喉を裂かれながら、その顔に浮かんでいるのは怒りではない。ただ、救わせろと言い続ける。怪我人を求めて地獄を彷徨う血の看護師。その目に他のものは何も映っていない。

「怪我を……してよ……」

カッターナイフが伊藤裕子の顎近くまで達した。進めば進むほど自分の肌を裂かれるというのに、伊藤裕子はなおも恐るべき力で晴樹に向かって進もうとする。晴樹は戦慄しつつも、気づいた。カッターナイフで伊藤裕子の喉に空けられた傷が、浩介の全身に刻まれていた傷とそっくりなことに。

「うわあああああ！」

遠巻きに様子を見ていた川上が悲鳴を上げた。

「こいつだ！　こいつが、怪我人を作ったんだ！　で、自分で助けようとしてたんだ！　自作自演だ……こいつ狂ってる、狂ってるよ！」

「落ち着け川上！　伊藤裕子はそういう奴だって、姉小路からのリストにもあっただろ」

藤井が叫ぶが、川上の絶叫は止まらない。

「藤井さん！　見ました？　さっき、カッターナイフ！　見えました？　わかりました？　攻撃されるなんて、想像できました……？」

川上の思いは晴樹にもよくわかった。伊藤裕子がカッターナイフを晴樹に向かって突き出したとき、そのあまりの澱みなさに驚いた。決意を要した様子もなく、握手でもするような何気なさであった。ついさっきまで浩介を介抱していたのに。ついさっきまで普通に会話をしていたのに。

伊藤裕子は、傷つけるという行為を日常にできる者なのだ。

晴樹はその凄みをようやく理解した。かすかな殺気や恐怖すらも感じられなかった。拳銃だって持っているのに、構えることさえできなかった。きっと、殺されても気付けないだろう。事実、晴樹たちはその瞬間まで、誰も動けなかったのだ。歴戦の警察官、藤井ですらも。

反応できたのはたった一人、ユカだけ。

ユカだけが超人的な速度で動き、晴樹の命を救った。

「今、死んでたんですよ！　絶対死んでました、晴樹死んでたんです！　し、し、し、死んでた……」

川上の声が遠くに聞こえる。

晴樹も同じことを考えていた。

今、僕は死んでいたんだ……。

何一つ感慨など持たないうちに、血を流して地面に倒れていたはずだったんだ。

「殺されるんだあ……殺される……逃げなきゃ！　ふ、ふ、藤井さん、逃げなきゃダメですよお！　早く、早く、早く！」

足音が遠ざかっていく。

「おいコラ、待て川上……どこへ行く！」

「待て、待てッ！　おいお前ら、川上を取り押さえろ！」

背後では川上が逃げ出したらしい。騒がしい音が続いている。だが、晴樹に振り返る余裕はなかった。眼前では、依然として伊藤裕子がユカと組み合っているのだ。

「諦めてください」

ユカが言った。

「伊藤裕子さん。諦めてください」

「救わせて……」

伊藤裕子は喉と口から血の泡を流しながら、うがいでもするような声で訴える。

「いいえ。おとなしく捕まってください」

「怪我をして……」

「……」

ユカが諦めたように息を吐き、口をつぐんだ。そしてどこか穏やかな瞳で伊藤裕子の顔を見つめた。

どうするつもりなのか晴樹にはわかった気がした。ユカもまた、サイコパス。人を殺すことができる人間。となれば伊藤裕子一人消すくらい……造作(ぞうさ)もないのだろう。

ユカはさらに力を込めて腕を押し返しはじめた。ゆっくりとその腕が伊藤裕子の意思に反して動き、カッターナイフがじりじりと喉を裂いていく。頸動脈の方へと。

晴樹は正視できず、再び目を閉じた。

布製のガムテープが千切(ちぎ)れるような音がした。


道路に倒れて動かなくなった伊藤裕子を見下ろし、ユカはふうと息を吐いた。そしてひょいと晴樹に目をやる。

「あの、高宮晴樹さん……でしたっけ」

「は、はい」

晴樹は立っているのがやっとだった。目の前で起きた惨劇に血の気が引き、足元の感覚すらおぼつかない。人間の体液の臭いを吸い過ぎて、悪寒が止まらない。

「見ましたよね」

「見たって、何を？」

ユカは両の掌(てのひら)を開いて示した。そこには何もない。また、伊藤裕子の首に突き刺さったままのカッターナイフも指さした。

「殺しました」

ユカは涼しい顔でさらりと言った。

「が、正当防衛です。私は武器すら使っていません」

「ああ……そ、そうですね」

「パパが、いえ……姉小路部長がかばってくれるから大丈夫だとは思いますが。万が一問題になったら、証言をお願いしますね」

晴樹はただ無言で頷く。

ほんの数秒前に人間を一人、それも頸動脈を切って殺したと言うのに、そこまで考えられるところが、やはり普通ではない。晴樹の背が、ぶるっと震えた。

「大丈夫ですか？」

ユカは晴樹の体のあちこちをじっと見る。そして手を伸ばし、服のところどころに触れて確認する。

「返り血だけですね……良かった」

心底安心したように言うと、晴樹と目を合わせて小さく微笑む。

「はい……」

晴樹はユカを見た。

華奢（きゃしゃ）で小柄な女子大生。そしてサイコパス。

だが、味方。

「お役に立ててほっとしました」

笑うユカを見て、晴樹は頼もしく思った。同時に理解した。姉小路が彼女を同行させた理由を。

伊藤裕子のような人間たちと渡り合うには、ユカの存在は必要不可欠だ……。

「いつの間にか、みんなはどこかへ行ってしまったようですね」

ユカが周囲を見渡して言う。確かに藤井たちの姿はなかった。ここにはユカと晴樹だけ、それと浩介と伊藤裕子の死体が転がっているだけだ。

「川上さんが逃げ出したようですから、追っていったのでしょうか……だとすると危険です。この島にはまだ殺人鬼が四人いるんですよね。私と別行動するのはお勧めできません」

晴樹は顔を手で拭った。それから両手を二、三回ぎゅっと握りしめた。まだ吐き気はするが、しかし大丈夫だ。警察官としての使命がある。

「すぐにトランシーバーで藤井さんたちと連絡を取ります。急いで合流しましょう」

晴樹が言うと、ユカは頷いた。

「はい、お願いします」

ひゅうと風が吹いていく。晴樹は二つの死体を見た。そしてそばに近づき、黙って目を閉じ、手を合わせた。浩介に対しても、伊藤裕子に対しても。

そしておそらくは、浩介の家で倒れているだろう、その家族に対しても。

しばらく時間が過ぎてから目を開く。そしてトランシーバーを取り出すとスイッチを入れ、呼びかけた。

†

……おかあさん。
おとうさん。
裕子……もう、人が救えない。
ねえ、血がいっぱい出てるのよ。おかあさん、おとうさん。
裕子のことを救ってくれる人はいないのかな。
あのね。裕子が救う人なんだったら、裕子は誰が救ってくれるの？
かみさまが救ってくれるの？
だんだん、あたりが明るくなっていくよ。白くなっていくよ。
救ってもらえるのかな。
かみさまが来るのかな。
かみさま。

第二章「ごはん男」高橋光太郎

足音が聞こえて、押入れの中で高橋光太郎はびくっと震えた。

恐ろしかった。

思わず布団の中にぐいと体を押し込んだ。そして手だけを出して周囲の布団をかき集め、何重にも自分を布団でくるんだ。

それ以上音は聞こえなかった。

それでもしばらく光太郎は布団の中で息を潜めながら、あたりの様子を窺っていた。自らの吐く息で、布団の中の空気は汚れていく。少しずつ息が苦しくなっていく。しかし目を閉じ、耐え続けた。

十分ほどの時間が過ぎた。光太郎は闇の中で目を開けた。

気のせいだったのだろうか……。

「そこにいるんだろ？」

唐突に声がかけられて、光太郎は凍りついた。

†

「こちら藤井。晴樹か？」

トランシーバーから藤井の声がした。晴樹は答える。

「はい。園田ユカさんと一緒にいます。藤井さん、どちらですか？」

「すまん、すぐ戻るつもりがはぐれちまった。こっちは三見村の中心近くだ。伊藤裕子はどうなった？」

晴樹は一瞬言いよどむも、すぐに気を取り直して続ける。

「伊藤裕子は死にました」

「……そうか。了解だ」

藤井は詳しくは聞かなかった。

「藤井さん、川上さんは捕まったんですか？」

「ダメだ。見失った。警備会社の男が二人いただろ？　犬飼（いぬかい）と樺田（かばた）って言うんだが、今そいつらと一緒に探してるとこだ。とにかくこのままバラバラに行動するのはまずい……どこか場所を決めて落ち合おう」

「わかりました。じゃあ、とりあえず羊頭警察署に向かいます」

「ああ……いや、待ってくれ」

「はい？」

「いた！　川上だ。三見村診療所に向かってる。追いかけるから、診療所で落ち合おう！」

「診療所ですね。了解しました」

晴樹はそう通信を打ち切ると、ユカの方を見た。ユカは一つ頷く。

「行きましょう……私、この島の地理をよく知らないので、案内してもらえますか」

「わかりました。ついてきてください」

晴樹は懐中電灯を構えて前方を照らすと、ユカの前に立って小走りで進みはじめた。慎重に闇の中に向けて懐中電灯を振る。

「大丈夫ですよ」

晴樹の心を見透かしたようにユカの声がした。

「敵がいたら、私が戦います」

お願いしますとも言えず、晴樹は黙ったまま進んだ。

†

「羊頭刑務所には五人のサイコパスが収監されていたって、知ってる?」

布団にくるまったまま、高橋光太郎は男の声を聞いた。

「警察がつけた二つ名で言えば……〝血のナイチンゲール〟伊藤裕子。〝人形解体屋〟霧島朔也。〝膣幼女〟川口美晴。〝ごはん男〟高橋光太郎。〝真面目ハンド〟山本克己。二つ名ってのはこうして口にしてみると、ちょっとアホらしいよね」

男の声は、光太郎が潜んでいる部屋の入口あたりから聞こえてくる。

全身にだらだらと汗が流れるのを感じた。誰だ。誰がそこにいるのだ。誰もいないはずなのに。みんな潰したはずなのに。

「しかし、こりゃひどい。あちこち血塗れじゃないか。君がやったんだろう？　なあ、その布団の中にくるまっている君……聞いているの？　名前を教えてくれないかい？」

光太郎は無視を決め込むつもりだった。怖かった。出ていくのは怖かったし、知らない人間に会うのも怖かった。

相手は普通の人間ではないとわかっていたから、より恐ろしかった。死体だらけのここに踏み込んできて平気でいられる奴など、普通の人間であるはずがない。

「仕方ないなあ。じゃあ、ちょっと考えてみようか。僕がこの診療所に足を踏み入れてから、これまでに見つけた死体は九つ。白衣を着た男女が一人ずつに、ナースキャップをつけた女が四人。職員の女が一人。パジャマを着た男女が一人ずつ。みんな診療所にいた人間と見てよさそうだね。君は刑務所を逃げ出したあと、ここにやってきて中にいた人間を皆殺しにしたわけだ」

男が一歩踏み出した気配がした。ぴちゃと血を踏む音。

「殺し方は乱雑極まりない。一階にいた三人は包丁で滅多刺し。脂に塗れ、刃こぼれして切れなくなった包丁はそのまま床に投げ捨てていたね。階段に倒れていた男の首には、細い紐による絞殺の痕があった。二階に、首下げ紐のついたＰＨＳが無造作に捨てられていたから、あれが凶器かな。診察室の女医は頭がくぼむほど殴打されていた。粉々に割れたディスプレイと、脚が曲がった椅子が転がっていたから、それで殴ったんだろう。しかしあの椅子の脚をよく曲げたものだね。金属製だよ。君はよほどの怪力のようだね」

男の声が、光太郎がここで行ったことを説明しはじめた。

その指摘は全て正確で、光太郎は震える。

「さて、次に君は手術室に飛び込むと、そこにあったメスだのハサミだのをやたらめったらに使って二人殺してる。手術室はまるで子供が玩具箱（おもちゃばこ）をひっくり返したみたいだ。血だらけのメスが何十本も落ち、死体にも大量にぶっ刺さっている。あのさあ君、急所くらい狙ってあげなよ。唇にメス刺したって人は死にやしないよ？　部屋は棚も机もひっくり返って、散らかり放題。無影灯（むえいとう）には殴りつけたような痕があった。むしゃくしゃしたのか知らないけれど、ものに当たってどうするのさ。とにかく行き当たりばったりな殺し方だよね。それから点滴棒を持って病室でひと暴れ。病室では二人の患者が死んでたけど、殴って引き倒してから首を絞（し）めたのかな。それでもう、診療所内に誰も人間はいなくなった。ほっとした君は、ゆっくりと倉庫へと向かう。そう、ここへとね」

光太郎はもはや吐き気すら感じていた。

全て言い当てられている。なぜわかるのだ。どうして……。

「いない振りしたって無駄。君、血でベッタベタの靴を履いたままだから、ずうっと足跡が残ってるよ。僕はそれを辿ってきたんだ。足跡は……そこの押入れまで続いている。シーツと布団が詰まっているのが見えるね。中にいるんだろう？　名前を言ってほしいかい」

　しばらくの沈黙ののち、男は続けた。

「まず、川口美晴と山本克己は除外される。この二人には僕、会ったことがあるんだ。そもそも殺し方が全然違うしね。川口美晴は罠(わな)を張って待ち受けるタイプで、山本克己は絞殺専門だそうだ。伊藤裕子とは面識がないけれど、どうやら殺すというよりもいたぶるような真似をするらしい。となると、残り候補は二人。その中から僕、霧島朔也を除くと一人しか残らないわけだね……そうだろう？」

　光太郎の緊張は頂点に達した。

「高橋光太郎君？」

　霧島朔也が光太郎の名を呼んだ。

　その途端、光太郎の体がびくんと震えた。恐怖のあまり全身が硬直し、すぐに弛緩する。

　腰から太もものあたりがじんわりと温かくなった。

　何かと思うと同時に臭気が漂ってくる。

　光太郎は失禁していた。

「まさかお漏らしとはね」

　朔也は鼻をつまんで苦笑している。光太郎は黙って俯いた。

「し、仕方ないだろ……お前が脅(おど)かすから」

「脅かしてなんていないよ。君、いくつだっけ？」

「三十一」

「三十一かあ。君、最近でもよくお漏らしするの？」

「そりゃ、たまには。昔よりは減ってるよ」

「うわっ、ひどいね君」

朔也はまた笑った。光太郎は何も言えず、赤面したまま汚れた下着とズボンを脱ぎ、手近な死体からパジャマを奪って身に着けた。

その様子を朔也がじっと見ている。

「君が〝ごはん男〟かあ……ねえ、この死体にはごはん、詰めなくていいの？」

「つ、詰めないよ。だいたい、米がないだろう」

「ハハハ、確かにそうだね。しかし君がそうなのか。こうして会ってみると……死体にごはんを詰めて遺族を苦しめるような凶悪殺人鬼には見えないね」

「そ、そうかな」

「うん。神経質そうだけど、無害な人に見えるな」

光太郎は長身をかがめ、不揃いな前歯を見せて笑った。

「お、お前こそ、人を殺しそうには見えないよ」

光太郎は朔也に言った。

霧島朔也は好青年であった。さらさらの黒髪に、小さな顔、涼しげな目。鼻筋はすらりと通り、柔らかそうな唇はピンク色。身長は光太郎より少し低いが、姿勢がいいため印象としては大きく見える。年は二十代前半くらいか。どこかで受刑服は着替えたのだろう、白いシャツと茶のズボンのシンプルな格好であった。

「そう？　僕も、相当殺してるんだけどね」

「ふうん」

「まあ一つよろしく、同じサイコパス仲間ってことでさ」

「ああ」

光太郎はそれだけ言うと、朔也のまっすぐな視線から目を逸らした。

とりあえず朔也は光太郎をいじめるわけではなさそうだった。だが、どこか威圧感を覚える。光太郎は早足で部屋の隅まで歩くと、長い体を折りたたむようにしてその場でうずくまり、上目づかいに朔也の様子を窺った。

「光太郎君？　何でそんな隅っこで体育座りしてんの？」

「え？　だ、だめか？」

「別にいいけど……さっきも布団の中に潜り込んでたし、そういう場所が好きなの？」

「好きだよ」

「ふうん」

朔也は未知の珍獣でも見るような目を光太郎に向けた。

「あの……」

　光太郎は小声で言う。

「ん？」

「いや、なんでも……ない……」

　朔也の自信に満ちた物腰に気圧（けお）され、光太郎は口の中でもごもご言った。何で俺に話しかけてきたんだ、と尋ねたかったのだが怖かった。朔也の目が怖かった。小動物のようなびくびくした態度で、光太郎は落ち着かなそうに親指をしゃぶった。

「変わってるね、君」

「よく言われる……」

　光太郎は爪を噛（か）みながら答えた。

†

「一口にサイコパスと言っても、その種別は様々だ」

　晴樹は三見村診療所に向かって歩きながら、姉小路の講義を思い出していた。

「人を殺せるからサイコパスというわけではない。殺せないから人間とも言えない。人間は多様で、ひとくくりにはできないのだ。段階がある。様々な形での段階が」

「段階、ですか？」

　晴樹はそこで聞き返した。

「例えばだね、君は人を殺さなくてはならないとする。相手は一切抵抗しない。君が殺すだけだ。さて、ここでいくつかの方法が選べる。一つめ、ナイフで直接首を切る。二つめ、銃で五十メートルの距離から撃つ。三つめ、君は自宅の椅子に座ったまま、ボタンを押す。そのボタンを押すと別室に仕掛けられた銃が作動し、標的を撃ち殺す。どれを選ぶかな？」

「……」

「感覚的にわかるかもしれないが、方法によって心理的障壁の度合いが異なることが証明されている。ボタンを押すだけであれば、人を殺せる者は多いだろう。あとで後悔の念に悩まされるとしてもね。だが、ナイフで切り殺すとなるとハードルが高い。被害者の息遣い、ぬくもり、呻き、苦悶の声、血飛沫、何もかもが圧倒的なリアリティで迫ってくる。これを無視して刃を入れられる人間はかなりの少数だ」

「方法が重要ということですか」

「まず一つ、距離だな。同じ刃物であっても、ナイフよりも刀の方が、刀よりも槍の方が心理的抵抗が少ないことがわかっている。遠い方がいいのだ。人間は近づくほど、相手に親近感を抱く性質がある。肌と肌が触れ合えば恋人となる。逆に遠ざかれば遠ざかるほど、相手を人間と思わないでいられるようになる。その痛みに鈍感になれる。物理的距離というのは、実は非常に大きい要素なのだよ。戦場で槍が流行したのは、反撃を受けづらいからだけではない。経験の浅い兵隊でも、相手を殺せる率が高かったからなのだ」

「相手と肌が触れ合うほど近い距離でも、迷いなく殺せるのがサイコパスなわけですね」

「そういうことだ。次に迫真性だ。これは、自分が殺したという手応えがどれだけあるか。例えばナイフで血管を切るとしたらどうだろう。そこから血液がほとばしり、相手はみるみるうちに青ざめ、弱っていく。自分が殺したという手応えは明らかだ。じゃあ、毒を盛るのだったら？　相手が飲むコーヒーに毒を入れて、自分は待つだけ。これはナイフに比べて、どこか間接的な気がしてこないか。自分が命を奪った、という手応えが少し減じるとは思わないか」

「思います」

「つまり人間は、毒が命を奪うという現象をイメージしづらいのだ。体内で毒が赤血球を破壊しているだとか、臓器の機能を奪っていくだとか、いまいちピンとこないのだよ。だからナイフよりも迫真性が減じ、抵抗感が薄れる」

「……」

「その最たるものは、戦争だ。大砲の砲手を考えてみよう。上官からこの座標に一発ぶちこめと命令される。言われた通り、方向と発射角度をセットし、スイッチを押す。砲弾が空を飛び、着弾点に陣取る敵兵を粉々に吹き飛ばす。だが、この砲手に果たして人を殺した実感があるだろうか？　人を殺す抵抗感を持つだろうか。存外、持たないものだ。そこまで想像できない。座標と砲身のセットとスイッチ。これが、人間の手足をバラバラにする行為だと、結びつけてイメージできない。理屈ではわかっても、感情がついていかない。ノコギリで実際に人間の手足をバラバラにするのとは違うのだ」

「イメージ、ですか……」

「これはミサイルのスイッチを押す兵隊や、高空から爆弾を落とす爆撃機のパイロットにも同じことが言えるわけだ。じゃあ逆に狙撃兵はどうだろうか？　遠方から敵兵に狙いをつけ、ライフルで撃ち抜く狙撃兵だ。彼らはスコープで、標的をじっと観察している。シャワーを浴びて出てきたばかりの半裸の男が、胸に巻いたロケットを開き、妻と子供の写真を見ている。その後頭部に狙いをつけ、引き金を引く。すると男の頭が砕け散る。力なく彼の体は倒れ、ロケットは血の中に沈む……因果関係は明確だ。自分が殺した触感が伝わってくる。狙撃兵は大砲の砲手とは違う。もっと相手に近づいている。相手の息遣いを感じているんだ」

「だから、大砲の砲手よりも狙撃兵の方が訓練が必要なのですか」

「そうだ。的当ての技術以前に『人を殺す』訓練が必要になる。その手応えを受け入れる能力が必要となる」

「……姉小路さん。人を殺すのが難しいと言っても、その難しさは距離や方法で違ってくる、ということはわかりました」

「うむ」

「ですがそれが、サイコパスとどうかかわってくるのですか？」

「つまるところ、『人を殺す難しさ』は『相手を人だと思える度合い』によって変わってくると言えるんだよ」

「相手を人だと思える度合い……？」

「大砲の砲手のように『座標』だと思って撃つ場合は、相手を人だと思っていない。狙撃兵のように『家族を持つ父親』だと思ってその後頭部を狙う場合は、相手を人だと、どうしても感じてしまう。標的が自分と同じ人間だと思えば思うほど殺しにくくなり、それ以外の何かだと思えば殺しやすくなる」

　そこで晴樹はぞっとした。姉小路が言葉を続けた。

「そう、サイコパスは相手を同じ人間だとは思っていない。自分以下の生き物だと思っている。痛めつけてもいいし、殺してもいいと思っている」

「……」

「私たちも似たような考えを持っている。度合いは色々だ。例えば蚊やゴキブリに対しては、目についたら殺してしまってもいいと思っている人が多いね」

「人間ではありませんからね」

「じゃあ、子犬だったら？　子犬は人間ではないよ。だが、ゴキブリと同じように罠にかけたり、毒を食わせたり、叩き潰してしまっていいだろうか？」

「……それは嫌です」

「猫だったら？　殺せる？　猿だったら？　鳥だったら？　鳥と言っても、雀だったら？　ハトだったら？　カラスだったら？　カラスに石を投げつけることはできても、雀にはできないかもしれないね」

「そうですね……」

「つまり私たちはそれぞれに勝手な尺度でもって、殺していいか、殺していけないかを分類しているわけだ。しかも、その尺度に統一性はない。クジラを殺すのに強烈な抵抗感を持つ人たちもいれば、それを食べる人もいる。ある国では犬はカラスのように嫌われていて、子供たちは石を投げつけて遊ぶ。その犬を家族のように扱う人たちもいる。その犬を食べる人もいる」

　晴樹は複雑な気持ちになった。

「そう言われると人間って、矛盾だらけですね……」

だが、姉小路は話をそっちには持っていかなかった。

「まあ、この際それは置いておこう。色んな人がいる、とだけ思ってくれればいい。これがサイコパスを理解するのに重要なんだ。似たようなところが彼らにもある」

「似たようなところ……？」

「つまりだね、『どういう人間なら、殺してもいいか』が人によって違うんだ」

　晴樹はその言葉をゆっくりと頭の中で咀嚼する。

　考えたこともない概念であった。

「髪の長い白人の女は全て、殺してもいいと思っているサイコパスもいる。自分より年下の男は下等生物だとみなしているサイコパスもいる。黄色人種は全員ゴミだと考えている者もいれば、老人は殺したって構わないと認識している者もいる。もちろん自分以外は全て殺してもいいという者もいるんだが、これは意外と稀なんだ。調べていくと、例えば母親だけは殺せないだとか、子供は殺せないだとか、『ここまでは殺せない』『ここからは殺していい』というラインがあったりする」

「なるほど」

「サイコパスはただ単純に異常者なのではない。彼らが身勝手に人を殺せるからと言って、人間と全く異質の存在と考えるのも間違いなんだ。人間はそもそも身勝手なものなんだからね。その身勝手な『殺していい』ラインが、人の中にまで踏み込んでいる者たち……それがサイコパスなんだ」

「……」

「サイコパスに対峙したときは、相手が『どこまで殺せる』タイプなのか、見極める努力が必要だ」

「それは、どうしてですか」

「つまりだな。ある人間の前ではおとなしく従順な顔をしていても、別の人間を前にしたときに、突如として牙を剥く。そういうサイコパスがいるってことだよ」

姉小路はそう言って、理解しているか確認するように、晴樹を見つめた。

晴樹は考えていた。自分だったら『どこまで殺せる』のか。

「何、考え込んでいるんですか？」

ふと、ユカがすぐ横から晴樹を見ていた。

「いえ……ちょっと、姉小路さんの話を思い出していたんです」

「ああ、そういえば講義を受けたそうですね。サイコパスの講義。退屈だったでしょう？」

「ええと、ユカさんも講義を受けたことが……？」

「はい。パパとの食事の時間は、いつもサイコパス研究のお話ばかりでしたから。あ、私のことなんかユカでいいですよ」

「え？」

晴樹は思わず聞き返した。

「ユカでいいです。呼び捨てにしてください。敬語もいりません」

「え、あ……じゃあ、ユカ」

「はい、晴樹さん」

「僕のことも晴樹でいいよ」

「いえ、そういうわけにはいきません」

「だけど」

「そういうわけにはいきません」

ユカは淡々と繰り返した。

「……わかったよ」

「はい」

しばらく沈黙が続いた。

晴樹は気まずさを誤魔化すように聞いた。

「ユカは怖くないの？」

「何がですか？」

「人を殺すのが……」

「怖くありませんよ」

返答はあっさりしていた。それを聞いてどうするつもりだったのか、晴樹は今頃考えていた。

「そう……」

「みんな、怖いみたいですね。私からすれば、どうして怖がるのかわかりません」

「そりゃ怖いよ。あんな、あんな残酷な……」

カッターナイフで喉を裂かれた伊藤裕子の姿を思い出し、晴樹はうっとえずく。

「じゃあお花屋さんも怖いですか？　お花の首根っこを花バサミで刈り取って、切断面からうっすらと透き通った液が流れてくるのも怖いですか？」

「それは怖くないけど」

「私にとっては、そちらの方が不思議です」

ユカはきょとんと首を傾げた。

「ユカは、花バサミで枝を切るように、人を殺しているの？」

「ええ」

「信じられないよ。やっぱりああいうグロいものが好きなの？　ホラー映画とか、スプラッタな動画とか見るの？」

「ちょっと待ってください。私、好きとは一言も言ってませんよ」

　ユカはきっぱりと言った。

「じゃあ、どうしてあんなことができるのさ？」

　ユカが押し黙った。晴樹ははっと口をつぐむ。いつの間にか強い口調になっていた。ユカを含む殺人者たちへの恐怖が、拒絶的な声となって出ていた。

　ユカは小さな声で、ぼそりと答えた。

「それくらいしか、私にできることなんてありませんから……」

「どういうこと？」

「言葉の通りです」

　しばらく二人とも何も言わない。重苦しい空気だった。

「晴樹さんは、サイコパスが怖いですか？」

　ユカが晴樹の心を読んだように質問した。

「そりゃ怖いよ」

「どういうところが？」

「どういうところって……わけがわからないところ、かな」

晴樹は伊藤裕子を思い出しながら答える。

「伊藤裕子はいきなり切りかかってきた。何の前触れもなかったし、何の警告もなかった。そのわけのわからなさが怖い。だけど、ずっと『救わせて』って言ってた。切羽詰まってはいたけど、錯乱していたわけじゃない。伊藤裕子の中ではきっと、筋が通っているんだ。人を傷つけることにきちんと理由があるんだ。その理由が……伊藤裕子の心が、想像もつかなくて、それが怖い」

ユカは立ち止まり、晴樹をじっと見た。

「……何？」

晴樹も立ち止まる。

「ううん」

ユカは首を振り、また歩きはじめる。

「怖い理由を、ちゃんと言ってくれる人って初めてでしたから」

「……そうなの？」

「はい。普通はみんな、ただ怖がりますよ。そして理由なんて聞く前に逃げ出します。私と会話をしようとしません。私たちの存在なんて、認めようとしません」

「ふうん……」

それを聞いて晴樹は思った。晴樹たちから見れば、ユカや伊藤裕子は異常者だ。どうにも正体の掴めない、未知の存在だ。

　では逆にユカからは、晴樹たちがどう見えているのだろうか。ただの獲物なのか。それとも、同朋なのか？

「あの、川上って人もそうでしたね。私を怖がっていました」

「ああ、川上さんは割と怖がりだからね」

「あの人、何で逃げたか知ってますか？」

「え？　伊藤裕子が襲いかかってきたからじゃないの？」

「たぶん、違います」

　ユカは首を振る。

「もちろん川上さん、伊藤裕子のこと怖がってました。だけどそのときはまだ逃げませんでした。踏みとどまっていました。ですが、途中で目が合ったんです。伊藤裕子と組み合う中で川上さんと私、目が合ったんです。そうしたら川上さんは『殺されるんだあ……殺される……逃げなきゃ！』……そう言って弾かれたように逃げ出しました」

　晴樹は眉間に皺を寄せる。

「じゃあまさか、川上さんが恐れたのは……」

「はい。私なんだと思います」

　晴樹はユカを見た。ユカは目を伏せていた。

「……悲しいの？」

「え？」

「いや、泣いていたように見えたから」

「泣いていませんよ」

　ユカは顔を晴樹に向ける。確かに泣いていなかった。光の加減で、そう見えただけだった。

「そもそも私、泣いたこと、ありませんから。これまでも、たぶんこれからも」

「そう……」

　ユカはしばらく目を細めて宙空を見つめた。そしてすぐに瞳を見開き、晴樹に焦点(しょうてん)を合わせる。

　瞬間、晴樹は闇に呑み込まれるような気がした。猛獣の胃の中に放り込まれ、世界が閉ざされたかと思った。それほどにユカの目には底知れぬ深さがあった。

　晴樹は冷や汗が溢れてくるのを感じた。

　手の先が震えた。

　やはり、何かが違う。ユカが晴樹を見る目は、他の人間とは決定的にどこか異なっている……。

「晴樹さんも、私のことが怖いですか？」

　ユカの声が地鳴りのように鼓膜(こまく)に迫ってくる。

「……怖くないよ」

晴樹はユカの目ではなく、そこに映る闇を見て答えた。

「どうしてですか？」

「だって、助けてくれたから。怖くない」

嘘だった。怖かった。ユカのことが怖かった。

「そうですか」

ユカは無表情にそう言った。

†

「光太郎君。君はここから逃げた方がいいんじゃないの」

霧島朔也は高橋光太郎に向かって続けた。

「に、逃げるって？　檻からはもう逃げたじゃないか？　これ以上どこにもいきたくないよ。俺、この布団の中にいたいんだ」

「そうは言ってもさ、わかってる？　ここ、羊頭島だよ。太平洋に浮かぶ島なんだよ」

「だ、だからなんだよ」

「わからない？　君は袋のネズミってこと。警察が押し寄せてきたら、また捕まってしまうんだ」

光太郎はそう聞くと顔をひきつらせ、口を大きく開けてキャッと叫んだ。

「嫌だ、嫌だ嫌だ！　警察は怖いよ！　捕まえるよ！　捕まえるんだ、俺を捕まえるんだあいつらは！　そして俺を怒鳴る……叱るんだ……」

「うん、そうだろうね。サイコパスがばらばらに島に逃げたところで、各個撃破されるだけだろう。だから僕から一つ提案。手分けして島の人間を殺して、警視庁が事態を把握するのをギリギリまで遅らせるんだ。そうして時間を稼ぐ。後は逃げ出すも、殺し続けるも、好きにできる」

「こわいよ、警察怖いよ。いじめられる。ごめんなさい、ごめんなさい……」

光太郎は頭を抱えて部屋の隅で震えはじめた。

「まあ落ち着いて聞いてよ、光太郎君。他のサイコパスは、もう協力に賛同してくれているんだよ。今頃美晴さんは村役場を、克己君は羊頭警察署を掃除してくれているはずなんだ」

「そ、掃除……？」

朔也は頷く。

「うん。村の中枢になっている施設は潰しておいた方がいいからね。僕はこの三見村診療所を掃除しにきたんだけど、すでに君がやってくれていた。手間が省けたよ。気が利くね、ありがとう」

「え？　いや、え、えへへ」

光太郎は頬を赤くして頭をかいた。

「主要施設を沈黙させてしまえば、あとはどうとでもなる。羊頭島の人口は五百人ほどだけれど、僕たちサイコパスは一騎当千だ。大いに勝算のある戦いというわけさ」

「嫌だよう、戦うのは嫌だよう、こわいよう」

光太郎は頭をぐしゃぐしゃにかきむしり、泣き声を上げた。

「光太郎君。大丈夫だよ。そんなに怖がる必要はない」

朔也は優しく声をかける。

「俺は無理だよ。俺はいじめられるんだ。いじめられるに決まってる。だから何にもしたくない、もうどこにも行きたくない、布団の中にずっといたいんだよ！　母ちゃんに会いたいよう、母ちゃん！」

泣きわめく光太郎を見て、朔也は一つため息をついた。

そして素早く左手で光太郎の首根っこを掴んだ。凄まじい力だった。身を縮こまらせた光太郎の目の前にボールペンが一本突き付けられる。

「ごめんね、光太郎君。目玉潰していいかい」

「……」

光太郎の瞳孔が収縮する。朔也は穏やかな表情のまま続ける。

「正直、君と話すのは面倒くさくなってきた。興味も薄れつつあるんだ。一応最後にもう一回聞いてあげるよ」

光太郎の歯がかちかちと鳴った。

「僕らと一緒に、人間と戦うかい？」

朔也の射抜くような視線の前で、光太郎は涙を流しながら頷くことしかできなかった。

†

「藤井さん！」

「晴樹！」

三見村診療所前の駐車場で、藤井と晴樹は落ち合った。ユカ、そして警備員の二人、犬飼と樺田も一緒だ。

「無事でよかった」

「藤井さんこそ。川上さんは？」

藤井は顎で診療所の方を示した。

「中に飛び込んじまった。五分ほど前だ」

晴樹も診療所を見る。三見村診療所は東京でいえば中型くらいの病院になるだろうか。病室こそ少ないが、それでも手術室やCT室、X線室などの設備は一通りそろっている。人の気配はないが、明かりはこうこうと輝いている。

「懸念事項もあってな。人数が揃ってから突入すべきだと思っていたんだ」

「懸念事項？」

藤井は頷き、アスファルトを指さした。

「見ろ。足跡だ」

晴樹は懐中電灯で、手前を照らす。確かに足跡だった。どす黒い色で地面に刻み込まれ、まっすぐ診療所の中へと進んでいる。

「おそらく血だ。川上の足跡じゃない。血を踏んだ奴が、先に診療所の中に入っている」

緊張が走った。

「受刑者の一人ですか……？」

「かもしれない。診療所内の状況は不明だ。物音は聞こえないし、川上とは連絡が取れない」

「中で川上さんが人質にされている、なんてことは？」

晴樹はおずおずと聞く。

「ないとは言えないな」

藤井は眉間に皺を寄せた。

それから警備員二人を見て頷く。

「突入するぞ。準備はいいな。犬飼、樺田」

鼻がとがっていて口を半開きにしている、どこか犬を思わせる男が犬飼。鼻が広がっていて口の大きい、カバを思わせる男が樺田。二人は伸縮式の警棒を手にし、頷いた。

藤井は晴樹とユカにも言った。

「晴樹も準備はいいな。拳銃は出しておけ。ユカさんは……我々から離れないように」

晴樹は頷き、ホルスターから拳銃を取り出して持った。ずっしりと鉄の手応え。ついにこれを使うときがきたのか。発砲予告をすること。撃った場合は使用の日時を覚えておくこと。頭の中で、拳銃の取り扱い規範がぐるぐると思い出される。訓練は何度もした。ルールも覚えている。

だが、人に向けて撃ったことはなかった。

隣でユカがコートに手を突っ込み、静かな表情で診療所の入り口を見つめている。コートの中では何か武器を手にしているのかもしれない。

「俺が先頭。晴樹、犬飼、樺田が後に続け。ユカさんは最後に」

拳銃を手にした藤井がそう言うと、入口のすぐ近くに取りついた。

全員が頷く。

「五」

藤井がカウントダウンを口にした。

「四、三……」

二から先は声に出さずに、指で示すことで全員に伝える。晴樹は感覚が研ぎ澄まされていくのを感じた。診療所を抜けていく風の音、転がる落ち葉の音、診療所内のかすかな床のきしみ、そして潜んでいる何者かの息遣いまで聞こえたような気がした。

心の中で二つ数え終えたとき、藤井が扉を蹴り開けた。

†

「光太郎君は脱獄してから、どうしてたの？　まっすぐここに来たの？」

光太郎は朔也に聞かれ、答えていた。

「ど、どうだったかな。檻で寝てたら……誰かが刑務官を締め上げて、鍵を開けて回っていた。だから俺は走り出した。そ、そうだ。刑務官たちと出くわしたから、出会った奴らは殺した……い、いいだろ？　だって、捕まるのが嫌だったんだ」

「うん、いいと思うよ。それでこそサイコパスだ。ちなみに、君の見た『誰か』ってのは、僕と克己君だからね。感謝してね」

「そ、そうなのか。見てる余裕なかったし……それに……俺……」

「そのままこの診療所に来たの？」

「い、いや。ちょっと近くの家に寄って、靴と服を貰った。そこの家の奴も……殺した。ご、ごはんは入れてないよ？　やる余裕がなかったんだ。いや、炊いてもよかったんだけど、その時間がなくて。っていうか米びつがどこにあるかなんて、俺知るわけないし。そうだ、そこはテレビが凄く大きくてさ、こんな、両手いっぱいくらいの幅でさ……ああいうの、いいよな、欲しいよな」

「テレビの話はどうでもいいかな」

朔也は退屈そうに耳たぶをいじる。

「ご、ごめんよ。ごめんよ」

光太郎の謝罪を聞き流して朔也は呟く。

「他に何か情報は？　知っていることはない？」

「し、知っていることって？　ごはんは腹につめておくと、ちょっとずつ腐るけど……そういうこと？　違う？」

「何言ってるのさ。いいかい、僕の質問をよく聞いて的確に答えるんだ。意味のない問答を次にしたら、左の鼓膜も破るよ？」

　朔也は笑った。光太郎の右耳からは、つうと血が垂れている。朔也の持っているボールペンの先端は赤く濡(ぬ)れていた。

　光太郎の要領を得ないやり取りに業(ごう)を煮(に)やした朔也は、すでに彼の右耳を破壊していた。

「やめて、やめて……ごめん。痛いの嫌なんだ。嫌だよ」

　ふと、朔也が立ち上がった。

　黙り込んだまま、その眼球がくるくるとあちこちを見る。

「え？　ど、どうしたの？」

「光太郎君、ちょっと黙っててくれる？」

　鋭い声で光太郎を黙らせ、朔也は目を閉じて集中した。数秒後、目を開く。

「診療所内に誰かが入ってきているね」

　光太郎も耳を澄ませた。

　確かに何かが聞こえた。足音だ。それと、荒い呼吸の音がかすかに。

「近づいている」

光太郎にも聞こえてきた。ゆっくりと、確かに接近してくる。

「一人かな。殺さないとね」

朔也はぼそっと言った。

そのときだった。板が弾け飛ぶような大きな音が響いた。光太郎がヒャッと叫んで尻を浮かす。そして複数の人間の足音。四、五人はいる。

「さらに人が来たかな。千客万来だね」

朔也は首を傾げると、光太郎の近くまでやってきてぐいと襟首(えりくび)をつかんだ。手首を返すと光太郎を引き起こし、その目を見てぼそりと言った。

「光太郎君。一人で入ってきた奴は僕がやるよ。君は団体さんを掃除してくれるかな」

光太郎は怯えて声も出せない。蒼白な顔で、脂汗(あぶらあせ)を流しながら鼻息だけを荒くしている。

「よろしくね」

朔也は冷たい目で一方的に告げると、手を離した。

そして足を忍ばせて病室を出ていった。

一人残された光太郎は、自分の手を見る。細かく震えていて、一向に収まらない。嫌だった。怖かった。死ぬほど恐ろしい思いをしてここまで逃げてきて、何度もダメだと思いながら診療所の人間を何とか殺しきり、ようやく布団の中で落ち着いていたのだ。

なのにまた戦わなくてはならないなんて。

嫌だ。怖い。嫌だ。怖い。

足が接着剤で張り付いたように床から動かない。足の裏から、掌から、頭皮から、背中から汗が流れ続けている。

しかし、言われた通りにしなくては今度は朔也に殺されてしまう。あの朔也という男は、凄く恐ろしかった。

なんで俺はいつも、こんな目にばっかり遭うんだ。

涙が溢れ出してきた。母ちゃんに会いたい。どこでもいいから、平穏な世界に行きたかった。光太郎が心安らかにいられる場所はどこにもない。少なくともこれまでの三十一年の間一度も、そんな場所にはめぐり合わなかった。

嫌だ、嫌だよう……。

光太郎は涙で霞む視界に、顔をぐしゃぐしゃにしながら一歩踏み出した。

また一歩、また一歩。ゆっくりと弱々しく、ごはん男は病室を出た。


「ああ、ああ、ああ、ああ……」

荒い吐息とも、絶望の声とも取れる音が少しずつ近づいてくる。二階に上がってくる。

朔也は置かれた台車の陰に身を隠しながら、廊下の先を窺っていた。

「お、俺は何てついていないんだ。どうしてこんな目にあうんだ。嫌だ。こんな島、いたくない。逃げたい。警察官なんて、やめて、逃げたい……俺には無理だ、無理だ……」

ぼそぼそと独り言も聞こえてくる。

階段から人影が現れた。身長の高い男だ。

震えながら、きょろきょろとあたりを見回しつつ歩いている。顔色は真っ青だ。

蛍光灯の明かりがその姿を照らし出した。警察官の活動服に身を包んでいる。

朔也はその姿をじっと見つめた。

「ああ、また死体……嘘だろ？　どこに逃げればいいんだ？　こ、怖い。怖い。どうすればいいんだよ、嘘だろ……死にたくないよう……」

警察官は握りしめた拳銃を振り回し、あちこちに銃口を向けている。ひどく怯えていた。

経験の浅い警察官かな？　確かに一階も階段も、光太郎君が散らかした死体でぐちゃぐちゃだから、心の弱い人なら耐えられないかもしれないね。

さてと。

朔也は手術室で拾ったメスを一本、中指と薬指の間に挟んだ。予備のメスを尻ポケットに入れ、立ち上がる。そして警察官に向かい、正面から静かに歩き出す。

「え……えっ？」

突然目の前に現れた朔也を見て、警察官は目を見開いた。

「あ……お前……え……？」

その顔が驚愕と恐怖で歪む。どうしていいかわからないらしく、何度もまばたきする。

朔也はそれに構わず、まっすぐに近づいていく。

「や、やめろ、来るな、撃つぞ……撃つぞ！」

「言う前に撃てばいいのに」

朔也は右手を鋭く振った。後ろから前に、突き出すように。ダーツの矢のごとくその指先からメスが放たれる。警察官の顔面目がけて。

「ひいっ！」

警察官は思わず目を閉じ、体をすくめる。メスは外れ、目の脇をかすめて後ろに落ちた。だが、それで十分だった。警察官が再び目を開けたときには、もう目の前に朔也は近づいていた。

「く、来るなっ！」

警察官は銃を朔也に突きつけようとした。二人の体格はかなり異なる。長身で、曲がりなりにも訓練で鍛（きた）えられている警察官に対し、朔也は平均的な身長で手足も細かった。だが朔也は穏やかな表情で、警察官は恐怖に顔を歪めている。

警察官の右手に何かが巻きついた。見ると朔也の脇に挟まれている。腕が動かない。朔也は無表情のまま自身を投げ出すように体（たい）を落とした。警察官は廊下に倒れ、何か部品が外れるような音が響いた。

「次」

流れるような動きで、朔也は警察官の左腕も掴む。身を翻（ひるがえ）し、その勢いをもって肩の関節を本来稼働（かどう）しない領域にまで動かした。警察官には何が起きたか、ほとんどわからなかった。

「あああああ……」

　あっという間に、警察官の両肩、および両肘の関節が外されていた。腕はおかしな方向に曲がり、動かない。銃がころんとその手から落ちた。天井を見上げ、廊下の上でもがく。朔也は軽く髪をかきあげると立ち上がり、虫でも見下ろすように警察官に目を向けた。

　脂汗を垂らし、唸りながら、それでも警察官は必死に足だけで立ち上がろうとする。

　その足を躊躇なく朔也が払う。警察官は再び倒れ込む。朔也は一つ息を吐くと、再びしゃがみ込んだ。視界から朔也が消える。

「やめろ……やめてくれ」

　その声に返答はなかった。ふくらはぎが掴まれ、足首に指が這う。そして瞬間的に力が加えられる。曲がらない方向に、逆向きに。ぱきん、ぱきんとまるでプラモデルでも壊すような音が鳴り、両足首の関節が外された。

　力任せの攻撃ではなかった。人体の構造を正しく理解した上で、ピンポイントに最小限の力を加え、結果として抵抗力を全て奪う、そんな攻撃。

　警察官はもはや、四肢をもがれた達磨であった。

「頼む……殺さないで」

　激痛に耐えつつ、それでも警察官は請う。朔也は聞いていない。ぱきん、ぱきん。一つずつ足の指を外していた。繋がりあっているところにきちんと力を加えると、簡単に外れていく。

右足の指を全て壊し終え、左足の中指まで来たところで、朔也は立ち上がった。警察官は目に涙を浮かべながら、蛍光灯を背に逆光で立つ朔也を見る。

「飽きた」

それだけ言うと、朔也は警察官を、いや達磨を、ひっくり返す。そして予備のメスを取り出し、腰のやや右上あたりを狙って突っ込んだ。中指と薬指でメスの方向を固定し、掌底、腕、肩と力を伝えるようにしてぐいと押し込む。皮膚と筋肉を貫く手応えがあった。メスは半分以上、警察官の体内に吸い込まれた。

「……」

警察官の顔が、これまでで最大の苦痛に歪んだ。みるみるうちに顔色が白くなり、かすかに痙攣し、そして動かなくなった。

腎臓を破壊すると、人間は激痛のあまり声も出せずにショック死する。

終わり。

朔也は特に感慨もなく、まだ温かい男の体を仰向けに起こした。活動服の胸元を開き、持ち物を漁っていく。拳銃が手に入ったのはありがたい。ホルスターごといただいて身に付ける。それから警棒を取り、警察手帳を見た。

「川上信吾……巡査か。なるほど。ふつうのおまわりさんなら、血に慣れていなくても仕方ないかもね」

独り言を口にしながら探っていると、指が何かに触れた。

「ん？」

紙束だ。細かく折りたたまれている。

「何だこれ」

朔也はそれを取り出してみる。開くと、顔写真がいくつか並んでいた。

〝リスト〟

紙束はそう題されていた。

†

診療所の一階に飛び込んだ晴樹たちの目に入ったのは、無残な三つの死体であった。体中を刃物で刺されている。鋭いもので刺殺されたというよりは、叩き切られたという感じであった。死んでからも執拗に攻撃されたらしく、顔や腹は文字通り飛び散り、原形を留めていない。

「ひどい有様だ」

藤井は片手で鼻を押さえていた。

猛烈な臭い。血と肉と脂と、腹の中の半消化物と糞と、そしてかすかな診療所特有の消毒薬の匂い。汚染された空気は湿気を帯びて、顔面に張りつくようだった。

受付の窓が、待合室に並べられている雑誌や絵本が、花の活けられた花瓶が、依然として輝いている蛍光灯が、置かれたスリッパが、敷かれたマットが、何もかも血や皮膚や骨で汚れている。脂肪(しぼう)でてらてらと光り、肉に塗れている。

晴樹も顔を歪め、正視しづらい光景に必死に耐えていた。気を抜けば胃液が上がってきそうだった。樺田は青ざめた顔で壁に手をついて何とか体を支え、犬飼は待合室のソファに向かって嘔吐している。ただ一人ユカだけが落ち着いていて、犬飼の背を撫(な)でてやっている。

「悪魔だ……」

さすがの藤井も、声が震えていた。それでも職務は忘れていない。拳銃を構えて慎重にあたりを観察している。見える範囲に川上の姿はない。この惨劇を引き起こした危険人物の姿も。

「二階ですかね」

晴樹が言った。血の足跡が階段の方へと続いていたのだ。

藤井も無言で頷き、犬飼と樺田を見る。

「おい、行けるか？」

犬飼は口元を拭きながら、樺田は額をさすりながら、弱々しく頷く。頼りない姿であった。その後ろにいるユカの方が泰然(たいぜん)としていて、よほど頼もしい。

藤井は眉間に皺を寄せ、晴樹を見て頷いた。晴樹も目で合図を返す。そしてゆっくりと階段に向かって歩き出した。

一段ずつ階段を上っていく。靴が床に当たり小さな音を立てる。踊り場にさしかかったところで、先頭の藤井がぎょっとして息を呑んだ。

白衣の男性が四肢を投げ出して倒れていた。すでに息はない。顔は土気色で、喉に赤黒い跡が横断していた。ひも状のもので絞殺されたと思われる。

「……お前？」

藤井が声を出す。

倒れている男性のそば、踊り場の隅っこに一人の男が座り込んでいた。体育座りになって膝の間に顔を突っ込み、両手で頭を抱えていた。ジャージのような服を着て、かすかに震えている。こちらはまだ生きていた。

「おい、お前」

藤井が再び声をかける。油断せず、距離を置いたままだ。

男はびくっと体を震わせた。そして猫背のまま上目づかいでこちらを見た。表情は引きつり、涙と鼻水と涎が流れている。可哀想なくらい怯えていた。

「だから嫌だって言ったのに……俺は嫌だ……嫌なのに……」

男は何かぶつぶつと繰り返している。どこかで見たような顔であった。三十代くらいだろうか。細い目、細い眉、頬骨が浮き出た神経質そうな顔。

男はふらりと立ち上がった。意外と上背があり、藤井よりも大きかった。相変わらず涙は流れ続け、かちかちと歯が鳴っている。

「お前、生き残りか？　名前は？」

「こ、こ……光太郎です」

「光太郎だって？」

高橋光太郎。リストにあった、被害者に炊いた白米を詰めた連続殺人犯の名前が、晴樹の脳裏に蘇る。よく見れば確かにあの写真と同じ顔だ。だが、受ける印象はあまりにも異なっていた。

顔写真における高橋光太郎は、捕食者だった。ワニを思わせる獰猛で冷酷な目に、残忍さと狡猾さを詰め込んだような薄笑い。

しかし今そこで震えている男は、どちらかと言えば食われる側の者に見えた。蛇に睨まれたカエルのような、怯えて動けない弱い存在。強者に嬲られるだけの存在。これまでにも何度もいじめられ、虐げられてきた、そう思わせる卑屈な光が目に宿っている。

お前があの高橋光太郎？

晴樹も、藤井も信じられない思いだった。

「おとなしく手をあげろ。お前を拘束する」

藤井は拳銃を向けて言う。

光太郎はまた大げさに震えてから、観念したように俯いた。だらだらと汗を流しつつジャージの中に手を入れる。腹のあたりをまさぐると、何かを取り出そうとした。

「無駄な抵抗はやめろよ。容赦なく撃つぞ」

「わ、わかってますよ。わかってますから、いじめないでください。本当に、お願いします。痛いのは嫌なんです……」

そう言いながらも光太郎は手を止めようとしない。その両手がジャージの中から出てきた。小さなスイカくらいの大きさの球を抱えている。何かと思った瞬間、光太郎はそれをぽいと放り投げた。

ばさっと音を立ててそれが床に落ちた。

全員の視線が集中する。晴樹は息を呑んだ。

髪をふり乱した中年の女性の頭部であった。目をかっと開き、口からはだらりと舌が飛び出している。それだけではない。右の眼球には注射の針とおぼしき太く長い針が数十本突き刺さっている。左の眼球はメスで真っ二つにされていた。鼻には注射器が二本つっこまれ、口には花束が入っている。歯の下あたりで赤いダリアが鮮やかに咲き、その茎は首の切断面から飛び出している。

死者を冒涜したのだ。ひどすぎる。

藤井は銃を取り落としそうになり、必死に両手で持ち直す。

晴樹は思わず目を背けた。血の気が失せそうだったが同時に怒りも湧き上がり、何とか勇気を振り絞って光太郎を睨みつけた。

だが背後の樺田と犬飼は耐えられなかった。腹を押さえて屈みこみ、激しくえずいた。むなしく唾液と胃液が口から流れるばかりだが、それでも体内に入ってきた邪悪な情報を外に追い出そうと、食道が逆流し続ける。咳と嘔吐の音が響き渡った。

その二人を見て、光太郎がぼそりと言った。

「あ……よかった」

口調が少し変わっていた。安心したような声だった。

「君たち、俺より下なんだ」

そして晴樹は見た。

高橋光太郎の顔が、爬虫類のそれへと変貌するのを。

†

人間が二人以上集まれば、どちらが上でどちらが下かが決まる。

上か下かが決まれば、順位ができる。

人間が一億二千万人集まれば、一位から一億二千万位までの順位がつけられる。

上の者は、下の者をいじめることができる。搾取できる。奪える。

それは当然の権利であり、悪いことではない。世界の秩序は、こうして維持されている……。

高橋光太郎がそんな「ルール」に気づいたのは、小学校の頃だった。

最初はうっかり騙されていた。世の中は平等と平和を謳っている。大人たちは、弱い人には親切にし、優しくするようにと教える。喧嘩はしてはならない。力が強い子が力の弱い子に手をあげるなんてもってのほか。いじめ、嫌がらせ、悪口、それらは人の道に外れた行いである。

光太郎は素直な少年であったから、馬鹿正直にそれを信じていた。クラスにいた少し勉強のできない子の宿題を手伝ってやり、体の弱い子はかばってやった。困っている人がいれば手を貸し、人が嫌がる仕事には手を挙げた。見返りなど求めなかった。それが当たり前だと、正義だと思っていたから。

何か変だと気づきはじめたのは、自分に「ドレイ」という仇名がついていることを知ってからだ。クラスの中で、光太郎はみんなに引っ張りだこだった。

「掃除当番？　ドレイにやってもらおうよ」

「ボールの片付け、ドレイにやらせればいいじゃん。あいつ喜んでやるよ」

「お前のクラス、ドレイいるからいいよな」

「欲しけりゃ貸してやるよ？」

「ドレイ、ジュース買ってきて」

「ドレイ、肩揉んで」

「ドレイ、花瓶割ったのお前ってことにさせて」

「ドレイ、エロ本盗んできて」

「ドレイ、金くれ」

「ドレイ、ちょっと親指貸して。ナイフの試し切りしたい」

「ドレイ、うんこ食ってみせてよ」

「ドレイ、死んで？」

勉強ができない子は、光太郎をドレイと呼んで宿題をやらせるようになった。体の弱い子は、光太郎をドレイと呼んで掃除をやらせるようになった。

光太郎が仕事をすると、みんな感謝してくれる。「ありがとう」「サンキュー」「ご苦労さん」口ではみんなそう言ってくれる。クラスの今月の標語は「助け合い」で、半紙に墨で書かれた標語が全員分、それぞれの筆跡で壁に貼られている。

だが実際には助け合ってなどいなかった。助けているのは光太郎ただ一人であった。

光太郎はようやく理解した。

弱者が助けられるのではない。

弱者が助けるのだ。

弱い者を助けているつもりだった。弱い者を助ける自分は、強いのだと思っていた。そんなことはなかった。自分が弱いから、助けさせられるのだ。

このクラスで最弱の者は、光太郎だったのだ。

それまで信じていた価値観が逆転した。他人のために労をいとわない性格だと思っていたが、違う。ただ断りきれない性格なだけだ。友達から相談されやすい人間だと思っていたが、違う。ただ厄介事を押しつけやすい人間なだけだ。人当たりが柔らかいわけではなく、ただ弱気なだけ。正義感のあるクラスの中心人物ではなく、ただのドレイ。

とっても便利なクラスの奴隷。

光太郎からは、クラスメイトの順位がよく見えた。頂点に位置するのはスポーツも勉強もよくできる太田で、次に位置するのがその取り巻きの鶴屋と亀井。宿題が出されると、まず太田が鶴屋と亀井に「やっとけ」とノートを押しつける。鶴屋と亀井はさらにその下に位置するクラスメイトに、自分のノートを加えて押しつける。それが何度か繰り返され、最後にクラスのいじめられっこから、光太郎のもとへとノートの束がやってくる。光太郎はみんなの筆跡を真似しながら、宿題を片付ける。

完成した宿題をいじめられっこに渡すと、そこからノートが上層へと逆流していく。いじめられっこが光太郎に「サンキュー」と言い、鶴屋と亀井はその部下に「サンキュー」と言い、太田は鶴屋と亀井に「サンキュー」と言う。全員が仕事を押しつけ合い、お礼を言い合っている。そう言う意味では表面上は「助け合い」と言えるのかもしれない。しかし実際の仕事の大部分を行ったのは光太郎ただ一人なのだ。

どうやらこの世界は、そうして成り立っているらしい。

光太郎の父は会社で残業ばかり。聞けば上司から厄介な仕事を押しつけられているそうだ。その上司は、そのまた上の上司に押しつけられている。そのさらに上の上司は、もっと大きくて力のある会社から仕事を押しつけられている。そのもっと大きくて力のある会社は、さらに大きな会社から、さらに大きな会社はもっと規模の大きなところから……押しつけられている。

上と、下があるのだ。

上の奴らは、下に押しつければいい。それだけで仕事をしたことになる。それだけでたくさんのお金がもらえ、時間の余裕もできる。いい家に住んでいい車に乗り、子供と海外旅行に出かけたりできる。

下に行けば行くほど大変だ。少ないお金でたくさん働かなくてはならない。働く内容も危険で、汚く、体を酷使するものばかりになっていく。休日はなく残業代ももらえず、父は一度も光太郎と一緒に遊びにでかけてくれない。疲れ切って帰ってくる、痩せ衰えた父親。

一度くらい、一緒に遊園地に行きたかった。

遊園地がどんな場所なのか、光太郎は知らない。クラスメイトが話しているのを聞いて、何だかとても楽しそうなところだとは知っていた。だが、行く前に光太郎の父は過労で死んだ。

母はもっと昔に病気で死んでいた。

光太郎は一人になった。

花も少ないわびしい葬式で、やってきた会社の上司とやらは一言も謝罪をしなかった。むしろ父がやり残した仕事の多さに、愚痴をこぼしていた。誰も上司を糾弾などしてくれなかった。味方は一人もいなかった。

光太郎は状況を正しく理解した。

つまり、そういうことなのだと。

上が下から奪うのは当たり前。悪ではない。

悪があるとしたら、それは下でいることなのだ。

学校の勉強があんまり社会で役立たないように見えるのも当たり前。あの勉強は、「仕事に役立つ知識」ではない。ただ、「順位づけるための指標」なのだ。テストで上位になり、上の方の人間になれさえすれば、「仕事に役立つ知識」なんていらない。仕事はしなくていいのだから。下に押しつけるのが仕事なのだから。

気づくのが遅かった。

光太郎はすでに、下の方の人間になってしまっていた。

中学、高校……年を取るにつれ、順位を覆すことは難しくなっていく。上に行くには能力か金が必要だった。どちらも十分に持たない光太郎は、どんどん奪われて下層へと転落していく。

能力と金がないから能力と金が得られない。どこまでも続く悪循環。

世界に愛などない。

世界とは巨大ないじめだ。

上の方にいる奴ほど、いじめ方がうまい。いかにも善人のような顔をしてかっさらっていく。職業を、ポストを、金を、女を、一流大学の席を、一流企業の席を、この世のあらゆる資源を。上の方にいる奴が自分に都合のいい法律を作り、自分に都合のいい国に仕立て、経済の流れを牛耳る。そして、寝ていても弱者から奪い続けられるような仕組みを作り上げてしまう。下の方にいる者は、無力ゆえにその中で生きるほかは選択肢がない。

光太郎は上に行きたかった。

行こうと、努力し続けていた。

だがやっとの思いで高校を卒業した頃、不可能だと悟った。

たった一人の肉親である父を失って、光太郎は必死でバイトして生活費を稼ぎ、卒業した。友達と遊ぶ暇も、部活に打ち込む余裕もなかった。光太郎の高校生活は、ただひたすらに工場でボルトを締め、勉強を続けただけであった。

一方小学校の同級生である太田は、有名私大に推薦で合格し、見分を広めるためだとかで、全国を自転車で一周旅行に行くと言っていた。可愛い彼女がそばに寄り添い、両親はともに健康で、父親は大企業の専務。相変わらずのガキ大将気質ではあったが友達も多く、慕われていた。

太田が何か血の滲むような努力をしたようには見えなかった。だが、彼はうまかったのだろう。下の者から奪うのが。きっと彼の父もそうなのだ。だから専務なんかになれる。優れたイジメの才能を持つ血筋。イジメのサラブレッドなのだ。

片や、バイト先でもキツイ仕事ばかり割り当てられている光太郎。あとから入ってきた要領のいい奴にどんどん地位も給料も追い越されていく。

……次元が違い過ぎる。

太田と光太郎は、順位で言えば、おそらく数千万位ほどは離されていた。

光太郎の力でそれを覆すことなど、できるわけがなかった。

そしてあるとき、光太郎は諦めた。

世界を支配する、残酷な順位という「ルール」の前に、屈した。

†

「なんだ。下なら怖くないや」

光太郎の体の震えが止まった。口調が変わり、顔つきが変わり、態度が変わった。それからの光太郎の動きは素早かった。

腰のあたりから防災用の手斧を取り出すと、駆け出した。手斧を振りかぶり、藤井に襲いかかる。

藤井が真一文字に閉じた口の奥で歯を食いしばり、拳銃の引き金を引いた。

銃声。藤井が放った拳銃弾は光太郎をわずかに逸れて、背後のガラス窓を打ち砕いた。ばらばらと破片が落ちる音に混ざり、鈍い音が響いた。

藤井の唸り声が聞こえた。

晴樹は藤井を見る。藤井は右肩を押さえて悶絶していた。手斧で一撃されたのだ。拳銃は手から零れ落ち、ホルスターの紐に引っかかって揺れる。リノリウムの床に血痕が一滴、二滴と落ちた。

藤井がたまらず膝をつくのを確認した光太郎は、その爬虫類のような目を晴樹に向けた。ぞっと晴樹の背筋に悪寒が走る。

狙われている。

晴樹は構えた拳銃で光太郎に狙いをつけた。昭和三十七年五月十日国家公安委員会規則第七号が頭の中で再生される。

――「事態が急迫であって威かく射撃をするいとまのないとき、威かく射撃をしても相手が行為を中止しないと認めるとき又は周囲の状況に照らし人に危害を及ぼし、若しくは損害を与えるおそれがあると認めるとき」警察官は、相手に向けて拳銃を撃つことができる――

撃っていいのだ。

警察官は、それを許されている。

正義のために撃ち殺せ。悪の命をその手で終わらせろ。

光太郎が口を大きく開けた。犬歯が飛び出し、唾液が糸を引き、奥で細い舌が揺れている。その牙に噛みつかれるような気がした。

光太郎は晴樹に向かってまっすぐに迫ってくる。血塗れの手斧が振り上げられた。晴樹との距離は二メートルと空いていない。

足を狙う余裕はない。みるみるうちに接近する光太郎の眉間に、晴樹の拳銃のフロントサイトが合う。頭か、腹を狙うしかない、当たれば一撃だろう……。

歯を食いしばる。

体中から汗が噴き出した。引き金にかけた指が震えた。ちゃんと弾は入っていたっけ？　撃って、跳弾しやしないか？　余計なことばかりが脳裏をよぎる。そして最も頭の中を走り回ったのは、撃ちたくない、という思いだった。

いやだ。

殺したくない。

自分が放った鉛塊が、人間の頭がい骨を破壊するところなんて見たくない。皮膚を、脳を、ばらばらに粉砕し、血が噴き出すところなんて見たくない。それをしたら、自分も受刑者たちと同じ人殺しではないか。

だけど、殺さなければこっちが殺されるんだ。

死ぬか、殺すかだ。どうする？　どちらを選ぶ？

殺せ！

晴樹は奥歯を音が鳴るほど噛みしめて、ほとんど目を閉じて引き金を引いた。思ったよりもずっと乾いた音が鳴り、腕にずしりと反動がやってきた。硝煙の香りが散って、空気が一瞬張り詰めた。

目を開く。

正面に光太郎の姿はなかった。

引き金を引く瞬間、光太郎が素早く屈み込んだのを思い出す。

しまった。

晴樹はまだうっすらと煙を吹いている拳銃を構えながら、振り返る。光太郎の背中が見えた。樺田に向かって手斧を振るおうとしている。晴樹をやり過ごして後ろの人間に襲いかかったのだ。

晴樹は慌てて光太郎に銃口を向けたが、樺田に当たりそうで撃てない。光太郎はきっとそこまで計算づくなのだろう。

樺田は震えつつ、光太郎を見つめている。

その目は泣き腫(は)らして真っ赤だ。口からは唾液と、吐き戻した胃液が垂れている。怯えて脱力し、どこか諦観(ていかん)すらあった。

これ以上この恐怖を味わうくらいならいっそ殺してくれ。解放してくれ。そんな樺田の感情が晴樹にも読み取れた。大柄な樺田が、足をもがれたか弱い野兎(のうさぎ)のように見える。

光太郎の手斧が横薙(よこな)ぎに振られ、樺田の耳下あたりに突き刺さった。

赤が散る。

「あ。トマト食いたい……」

光太郎は独り言のように呟いた。

†

二十歳になった光太郎は、前よりは賢くなったと自分でも思った。

確かに上に行くことは諦めていた。太田と競うなど、望むべくもない。だが、下の奴らをいじめることを覚えたのだ。

と言っても、勤務先の工場に入ってきた新人をいじめるほどの勇気はなかった。いじめたのはもっぱら小動物である。

最初は昆虫から始まった。雨の日。上司に理不尽に叱られた帰り、悔し涙を浮かべてアパートの入り口を開けると、大きなカトンボが紛れ込んでいた。こちらに気づいているのかいないのか、傘立ての上をふらふらと飛んでいる。カトンボまで俺を馬鹿にするのか。そんな怒りに駆られて傘で思い切り叩きつぶした。

カトンボはばらばらになって、床に落ちた。

それを見下ろして光太郎は不思議な満足感を覚えていた。カトンボの命を奪ったのだ。自分勝手な都合で。

これが上であるということか。

今、間違いなく、光太郎はカトンボよりも順位が上だと確認された。確認するまでもなくそうだったのかもしれないが。とにかく光太郎は自分の順位が一つ上がったような気がした。

一つ、上に行けた。

不思議な幸福感だった。

それから少しずつ、光太郎は自分の手で命を奪いはじめた。

捕まえたゴキブリの触角を少しずつ切ったり、蝿の羽をもいで宙吊りにしたりした。一息に命を奪うのではなく、いたぶる方が面白いことにも気づいた。考えてみれば当然のことである。弱者があがくからこそ、強者に利がある。

会社の上司だって同じだ。光太郎を一息に殺してしまったら、何にもならない。生かさず殺さず安い給料で使い倒すから、得をするわけだ。光太郎が必死にあがいてこそ、上司は自分の地位を活用できると言える。

光太郎の虐待の対象は、次第に大きな動物へと移っていった。クモ。トカゲ。ヘビ。ネズミ。ハムスター。雀。文鳥。ハト。猫。ウサギ。犬……。

ペットショップに足しげく通っては購入し、時間をかけていたぶり殺す。どんなに苦痛を与えられても、一生懸命に生きようとする動物たち。

もっと肉体的苦痛を。精神的苦痛を。

自分がかつて太田たちにされたことを応用する。ナイフで少しずつ皮膚を切ったり、煙草の火を押しつけるのは太田たちの手法だ。目の前に餌をぶら下げて一向に与えないということもやった。これは駄菓子を餌に、亀井にやられたことだった。

そして光太郎は知った。

いたぶるのが意外と楽しいことに。

それまでは攻撃される側だった。だからいつも相手を憎んでいたし、天罰が下るように祈ったことも一度や二度ではない。

だが自分が攻撃する側に回ってみると、これが実に愉快だった。むしろ、相手がこちらを憎んでいるのがわかるほど、より面白かった。その小さなクチバシと爪で必死に抵抗する文鳥。痛くもかゆくもない。そして戯れ程度の力で握りつぶす。自分が圧倒的に強いことを実感できる。

罪悪感はなかった。だって相手は下なのだ。下の奴に同情心など湧かない。というか、下なのが悪いんじゃないか。

スポーツだって、ゲームだって、そうじゃないか。実力に差があるのは当たり前。強い奴が勝つのは正しいこと。ルールは弱者にチャンスを与えるように作られているわけではなく、全員が実力を正しく発揮できるように作られている。つまり強い者が順当に勝つことが、望ましいのだ。

これは、確かにやめられない。

動物への虐待を続けるうちに、光太郎は太田への親近感を覚えた。太田も、自分も、同じ人間であることがわかった。太田は血も涙もない残酷な存在ではなかった。ただ光太郎より早く世界の真実に気づいただけで、似たような考えを持つ人間だったのだ。

そう、太田だって今頃さらに上位の人間からいじめられているのかもしれない。順位の頂点に座らない限り、人間はみないじめられるのだから。誰もがいじめられ、いじめている。みんな同じだ。太田を憎む気持ちがやわらぎ、むしろ同情すら覚えた。

ペットの猿を殺した頃、光太郎は次は人間をいたぶってみたいと考えはじめた。二十代の後半であった。

もちろん人間の順位として下の方に位置する光太郎がいたぶっていいのは、自分より下の人間だけだ。

光太郎は慎重に行動した。

できるだけ貧しい家庭を狙った。自分と同じ工場につとめながら、四人の子供を食わせている同僚。母子家庭の子供。老人の二人暮らし。彼らはみな、下である。彼らから搾取する分には問題ない。おそらく父の上司が、父と光太郎の父子家庭を下と見なしていたように。

金持ちだったり、学がありそうな人間は狙わない。そういう人間を攻撃してはいけない。周到に情報を集め、よく相手を見定め、計画的に襲った。

一家を全滅させることもあれば、一人ずつ殺していくこともあった。一人を殺して残りの人間が悲しむのを見て楽しんだりもした。

警察は怖くなかった。ただ、順位を間違うのだけが怖かった。

弱者をいたぶっても天罰は当たらない。だが、下の者が上の者を攻撃するのは重大な違反だ。この世の摂理(せつり)に逆らっている。それは、きっと天罰を呼ぶ。

光太郎はそう信じていた。

一人殺した。二人殺した。三人殺した。次々に殺した。

死体にごはんを詰めるのはいいアイデアだと自分でも思っていた。だが、それも太田の案が元になっている。

小学校五年生のとき、光太郎は太田とその取り巻きに、人糞を食わせられた。ひどい味であった。舌の先が痺れ、苦みと表現するのが適切でないほどの苦み、そして吐き気を催す激臭。全部呑みこむまで太田は許さなかった。

そして最後に、太田は光太郎に水を一杯くれた。そのとき太田は言った。

「うんこと水だぞ。わかったな？　覚えたか？」

初めは意味がわからなかった。とにかく口の中を浄化したいという思いでそれを飲みほした。

意味は次第にわかってきた。それから太田と、その取り巻きたちはことあるごとに言い続けたのだ。

「うんこと水だぞ」

光太郎が水を飲むたび、給食で牛乳を飲むたび、耳元でそう言われた。人糞の写真が光太郎のコップに貼られ、それで飲み物を飲むことを強要された。やがて光太郎の頭の中には一つの回路が完成された。

飲むという行為と、人糞が結びつけられたのだ。

何を飲むときにもあのおぞましい体験が想起される。朝起きて水を飲み、吐き出すことが増えた。何も混ざっていない水道水でも、ひどい臭気を感じるような気がした。地獄であった。水に触れずに過ごす日などない。

毎日毎日、光太郎は苦しみ続けた。喉が乾いたらできるだけ我慢し、飲むときには鼻をつまんで一気に飲み干す。そして吐き気に耐えて胸を押さえる。

光太郎が救われる時間は、寝ているときだけであった。布団の中にいるのが好きだった。それでも、ふと夢の中で人糞を見て飛び起きることもあったが……。

光太郎のごはんは、太田のアイデアを応用しただけに過ぎない。上の人間にされたイジメを、下の人間にも受け継いでいく。

光太郎は時々、太田には敵わないとため息をついた。太田はおそらくイジメの天才であった。水と人糞を結びつけて記憶させるなどという残酷な手法は、光太郎にはとっても思いつけない。天才的なアイデアだと思っている。この世の中で上位に位置する人たち、成功者と呼ばれる人たちはきっとみなイジメの天才なのだろう。

彼らがうらやましかった。

光太郎は太田にはなれない。いつか限界が来るはずだ。

太田ほどの才能はないし、所詮下層の人間だ。奪い方だって下手だし、いつか捕まってしまうだろう。そして警察だとか、裁判官だとか、検察官だとか、よくわからないけど上の人たちにいじめられて終わる。

そんな予感がしていた。

三十歳を目前にし、ごはんを用いた殺しにも慣れてきた頃、予感は現実へと変わる。

凶悪連続殺人犯「ごはん男」高橋光太郎は逮捕された。姉小路を含めたごく少数の人物が心神耗弱を根拠に弁護を試みたが、無期懲役は避けられず、羊頭刑務所へと収監された。

†

樺田の首に、その手斧の半分ほどが突き刺さっていた。

光太郎が手斧を引き抜くと、樺田の耳の下から血が勢いよく噴き出した。まるで公園の噴水のようにアーチを描き、幾何学的な模様を中空に描いた。赤い水滴は壁と天井を走り、雨のように降り注いだ。

致命傷だと一目でわかった。

倒れた樺田は痙攣し、その目にはもはや生気がない。

光太郎は樺田の顔を、力いっぱい踏みつけた。樺田の鼻が折れる音。

「やめろ！」

藤井と晴樹が叫ぶ。

だが、光太郎は止まらない。手斧を手に、今度は犬飼を見据えた。

「ひいっ」

犬飼は手にしていた警棒を投げ出すと、手を上げて降伏の意思を示す。

「助けて、助けて、助けて、許して！」

光太郎は何も答えない。黙ったまま手斧を持ち、手首を二、三回ひねると、犬飼に向かって歩き出した。その目はらんらんと光っている。

「ひいいいい、やめて、やめて！」

犬飼は光太郎に背を向け、必死で逃げ出した。完全に腰が抜けていて、這うという表現が近い。床の上を泳ぐように、もがくように、腕と足をてんでんばらばらに動かして、少しでも光太郎から距離を取ろうとしている。

「晴樹、撃て！　撃つんだ！」

藤井が叫んだ。藤井はまだ左手で右肩を押さえている。右腕が上がらないようだ。先ほどの光太郎の一撃で、腱か筋肉をかなり傷つけられたらしい。

晴樹は構えた拳銃の引き金に力を込めた。

ここから撃てば犬飼を誤射する可能性がある。だが、何もせずに見ているよりはましだ。光太郎の背に狙いをつける。再び汗がどっと噴き出しはじめる。掌の汗で拳銃が滑りそうだ。いまなお、人を撃つのは恐ろしい。

だが、晴樹は撃たなかった。代わりに叫んだ。

「ユカ！　下がって！」

脇から飛び出してきたユカが、光太郎の腰のあたりに抱きついたのだ。長身の光太郎と比べてユカの体はいかにも小さい。廊下の上で引きずられながらも、しかし光太郎の突進を妨げた。

「え、なにこれ」

光太郎は下を向き、自分に絡みついている小さな女の子を見た。足元に雑草でも引っかかったような態度ではあと小さなため息を吐くと、体を弓のごとく反らせて大きく振りかぶる。そして、よたよたと逃げる犬飼の背中を目がけて手斧を投げつけた。

ぼすっ。

発泡スチロールを突き破るような音。

「あはは、ビンゴ」

光太郎が呟く。廊下の先で、犬飼が動かなくなっている。脳天に手斧が突き刺さっていた。犬飼の頭部は、まるで棚から落ちた柔らかい果物のようだ。

晴樹は震えた。

あっという間に二人、殺された。それも警備技術を身につけた屈強な男二人が。樺田も犬飼も体格がよく、威圧的な風貌であった。ヤクザと言っても通用しそうである。町で出くわしたら思わず道を譲るだろう。格闘の試合でも、大抵の人間に勝利するに違いない。彼らも、その自信がありそうだった。

しかし、血を見た瞬間に彼らは役立たずに成り果てた。

迷いなく人間に手斧を突き立てる光太郎を見て、青ざめ、震え、恐怖し、戦意を喪失した。

光太郎の言う通りだった。下なのだ。こと殺し合いにおいては光太郎の方が上。樺田も犬飼も下。経験も、技術も、胆力も……。赤子の手をひねるように、光太郎は二人を殺してのけた。彼は血も、死体も、恐れていない。精神的な部分で、光太郎は晴樹たちをすっかり呑みこんでしまっている。

「さあて」

光太郎は胸元から何かを取り出した。銀色に光が反射する。メスだ。それを逆手に掴むと、腰にくっついているユカの背を目がけ、何の躊躇もなく振り下ろした。

「ユカ、危ない！」

晴樹が叫ぶとほぼ同時に、ユカがぐいと左腕を横に引き、それから両手を離した。床を転がるようにして光太郎と距離を空けると、立ち上がる。そして光太郎と対峙した。ちょうど晴樹と光太郎の間にユカが入る形になった。

メスを刺し損ねた光太郎は、その手を中空で止めたまま自分の腹を見つめている。不思議そうに口をぽかんと開けていた。

「あ……」

光太郎の腹が開いていた。へその横あたりから右に十五センチほど、服もろともに肉が裂かれ、生々しく大きな傷が開いている。

「うぐ」

光太郎は苦悶の声を上げながら左手で腹を押さえ、しゃがみこんだ。ぬらっとしたピンク色の腸が、腹圧に負けて飛び出してくる。尻餅をつくとさらに腸は蠢き、いくら両手で押さえてもその隙間からぬらぬらと漏れ出している。

「い、い、痛い、痛いよう……」

光太郎は泣き声を上げ、上目づかいにユカを見た。その顔からは狂気が消え去り、怯える弱者の雰囲気が戻っている。

ユカに動揺は見られない。呼吸を落ち着け、力のほどよく抜けた体勢で光太郎の前に立っている。その表情は見えなかったが、右手には刃渡り二十センチほどのサバイバルナイフが握られていた。手の甲には返り血がかかっている。すでに乾きかけた伊藤裕子の血と、新たについた高橋光太郎の血。

「き、君……まさか……」

高橋光太郎の体がぶるぶると震えはじめた。地に尻をつけ、足でずるずると床を押すようにして後退する。明らかにユカを恐れている。

「僕よりも……上なの……順位……？」

はっきりとした変貌ぶりだった。相手が自分より上だと悟った瞬間に、光太郎は無力な存在になる。相手が自分より下だと感じた瞬間に残忍な殺人鬼になる。コインがひっくり返るように、光太郎にはどちらかの面しかないのだった。

「う、上……上だ……無理だよ、無理だよ……嫌だ、嫌だ、痛いの嫌だ……助けて……助けて……母ちゃん。助けてよ、母ちゃん」

わなわなと唇を震わせる。その目には懇願と恐怖が浮かんでいる。

先ほどの、彼の前で怯える樺田や犬飼の様子とひどく似ていた。

晴樹はそんな光太郎を見て思った。

何をもって、光太郎は「上」とか「下」とか決めているのだろう？　ユカのことも、樺田や犬飼のことも、さほど知らないはずなのに。何となくの雰囲気だろうか？　不明確な基準で、そこまで態度を変えられるものなのか。

いや、そういうものかもしれない。

誰だって勝手に他人をランク付けしている。訳知り顔で他人を評価して、正義面で他人を批判する。会ってすぐに、見下すべきかおもねるべきかが決定され、態度を変える。何がその根拠になっているのかよくわからない。肩書きや態度によるものか、あるいは本当に、単なる感覚なのかもしれない。

とにかく、決めているのだ。

光太郎が相手を殺してもいいか、否かを判断しているように。

「ああ、ああ、痛い……痛い……凄く痛いよう。助けてよ。お願い、助けて……ねえ、俺、死ぬの……？」

光太郎は見苦しく泣きじゃくった。ユカが静かに答える。

「お腹を切ったから、そのままにしておいたら死ぬと思うよ」

「嫌だ、嫌だよう」

「でもすぐには死ねない。ゆっくりと失血死するか、腹膜炎か……私は専門家じゃないからわからないけど、しばらく苦しみが続くと思う」

「嫌だ……助けて……」

「助かるには縫合手術をするしかない」

「い、い、痛いよ……助けてよう……ううう」

野太いうめき声が上がる。光太郎の顔は青ざめ、脂汗が流れている。かなりの苦痛のようだ。

ユカが息を吐いた。

「助けたくても、無理」

「そんなこと言わないで……」

「だって。診療所のお医者さんたちは、あなたが殺しちゃったじゃない」

光太郎を責めるわけでもない。たしなめるわけでもない。ただ事実を述べ、だから仕方ないね、というような口調だった。

光太郎ががっくりとうなだれる。ぽたぽたと涙が落ちた。

「だから嫌だったんだ……い、嫌だって言ったんだ。だけど、やられたんだ……そうだよ、俺は結局下だから……上の奴に奪われるだけなんだよ……そういう人生なんだよな……悲しいよ……悔しいよ……」

嗚咽。

「ねえ、俺より上の人。せめて苦しまないように殺してくれよ……」

ユカがちらりと晴樹、それから藤井を見た。

藤井は少し迷ったようだったが、結局は頷いた。

彼はもう長くない。そしてここは孤島だ。治療ができない以上、止めを刺してやるのも情けだと思ったのだろう。

ユカがナイフを持ったままゆっくりと光太郎に近づいた。光太郎は涙と鼻水でくぐもった声で、ぼそぼそと続けていた。

「もし……もし、かなうんだったら……俺、次は上の方に生まれてきたいよ。そんなに上じゃなくたっていいさ……太田ほどじゃなくていい。もうちょっと、もうちょっとだけ上でいいんだよ……」

オオタという男が誰なのか、晴樹にはわからなかった。

何よりも晴樹は混乱していた。目の前にいる哀れな男を、どう判断していいか未だにわからなかったのだ。異常な殺人鬼であることは間違いない。何の罪もない診療所の人間を殺したばかりか、死者を冒涜し、晴樹たちの仲間も傷つけ、殺した。憎むべき敵であり、おぞましい悪魔だった。

その一方でこの弱々しさは何だろう。

施しを求める者のように、無力感と絶望に満ちている。

「こいつは『弱い者イジメ』が好きなんだ」

姉小路はそう言っていた。

だが、むしろ彼こそが弱者ではないか。いじめられ、虐げられてきた者の目じゃないか。

なぜ、彼の中に二つが両立するのだ。その異常さをサイコパスとひとくくりに言ってしまえば簡単だが、そんな言葉では割り切れないように思えて仕方なかった。

　ユカが光太郎の首筋にナイフを当てる。

　光太郎は腹を押さえたまま、何の動きも見せなかった。ユカが上だと悟ってから、一切の抵抗する意思を失ったようだった。

「そう、今よりもほんのちょっとだけ上でいい。遊園地ってところに行けるくらいで……いいよ」

　最後の言葉はあまりにもか細くて、誰にも聞き取れなかった。

　ユカは一息に光太郎の頸動脈を断ち切った。

　ユカが光太郎より上だと、証明された。

第三章「膣幼女（ちつようじょ）」川口美晴

踊り場付近の様子を、霧島朔也は二階の物陰からずっと見ていた。

あまり面白い戦いではなかった。高橋光太郎と警察官たちの激闘は、十五分ほどで警察官たちに軍配が上がった。

警察官たちが会話している。

「ユカ、大丈夫か」

「うん、怪我はない……犬飼さんたちは？」

「ダメだ。もう息はない」

光太郎はほぼ一方的に攻撃し、一人に怪我を負わせ、二人を仕留めた。だが四人目には返り討ちにあった。惨（みじ）めに敗れ、止めを刺された。

意外だった。

サイコパスが普通の人間に遅れをとるなど信じられなかったからだ。警察官たちが統制のとれた行動をとっていたなら、まだありえたかもしれない。しかし、警察官たちの動きは決して褒められたものではなかった。逃げ出そうとする者もいたし、完全に戦意を喪失している者もいた。状況は光太郎に有利だった。人数差など問題にならず、あっという間に警察官の死体が転がるはずだった。光太郎が敗れるなど想像もしていなかった。

　となると、やはり……。

　朔也は川上から奪った資料……〝リスト〟と題された紙束を再び広げた。

　そこには朔也たち、羊頭刑務所に収監されている五人のサイコパスの情報が書かれている。警察官たちに事前資料として配られたのだろう。だが、資料にはなぜか六人目の情報がある。

　園田（旧姓）ユカ。

　知らない名前だった。刑務官から聞いたことはない。川口美晴からも、伊藤裕子以外に女性の受刑者がいるという話は聞かなかった。

　高校一年生のときに変質者を返り討ちにし、合計十三人を殺害。素手、ナイフ、棒を使って相手を破壊しつくしている。間違いなく朔也たちと同類の人間だ。

　彼女は資料には名前があるものの、受刑者ではない。そして階下には「ユカ」と呼ばれる、顔写真とそっくりの少女がいる。

　つまり……。

　警察の味方をしているというわけか。サイコパスでありながら。

　朔也は首を傾げた。

　そういうのもいるんだ。

　珍しいね。サイコパスと警察官なんて、最も協力しあえない組み合わせの一つだと思うけれど。司法取引でもしたのかな。存在しているだけで危険なサイコパスと、司法取引の余地なんてあるのだろうか。

もしくは、騙されているのかもしれないね。資料によれば園田ユカはまだ大学生だ。世間を知らない。うまく言いくるめられて、よくわからぬうちに人間の味方をしているのかもしれない。

ふうん。

朔也は資料を折りたたんだ。

踊り場で動きがある。見ると、警察官たちが二階へと進みはじめていた。近づいてくる。さっき朔也が「壊した」川上という警察官の生死を確認しに来るのだろう。

さて、どうしようかな。

朔也は顎に手を当てて、しばし考え込んだ。

それにしてもあの警察官たち、今の戦いを見る限りユカに頼りっぱなしじゃないか。本当にわかっているのかな。自分が、どれだけ恐ろしいものに頼っているのかを。飼いならしたと思っている犬の、隠し持つ牙の鋭さを……。

園田ユカがただ騙されているだけだとすれば、こちら側に引っ張り込むのは容易だろう。

朔也は、川上から奪った備品を確認して立ち上がった。

奪ったものは資料。拳銃。警棒。活動服も奪っておけば面白い使い方ができるかもしれないが、時間がない。

「私が先頭を歩きます。晴樹さんは、後方を警戒してください」

ユカの声が聞こえてきた。

朔也は素早く廊下を進むと、物陰に身を潜めた。

今出くわしたら、戦闘になるだろう。ユカを説得するには、仕切り直した方が良さそうだ。

人影が近づいてくる。ユカが、近づいてくる。

改めて近くで見ると、気弱で素直そうな女の子だった。

『仲間ごっこ』もいいけれど……」

朔也は小声で口にした。

「まだ僕たちの方が、君を理解してあげられると思うよ」

朔也は足音を殺し、警察官たちの死角へと体を滑り込ませた。

†

晴樹は診療所の二階へと、ユカに続いて階段を歩く。後ろからは、肩を押さえた藤井がついてくる。布と包帯で簡単に止血はしたものの、藤井の怪我は重症であった。幸い命に別状はないが、腱を切断されて右腕が上がらない。格闘が難しくなることに加え、拳銃も片手でしか持てなくなった。藤井の戦闘力はほぼ奪われたと言っていい。

空気は重い。

診療所の二階に辿りついたとき、晴樹は額にだらだらと垂れてくる汗を拭った。暑いわけではなかった。しかし、堰を切ったように汗が噴き出して止まらない。額だけではない。体中が濡れて、湿っていた。

晴樹には汗の理由がわかっていた。

ほっとしているのだ。人を殺さずに済んだと。

さきほど晴樹は高橋光太郎に銃を向けた。狙いをつけ、撃った。殺されるくらいなら殺してやると思った。だが晴樹の弾は当たらず、光太郎を殺したのはユカだった。ユカが殺してくれた。ユカが引き受けてくれたのだ。

殺そうとして銃を撃ったのは事実なのだから、結果的に光太郎は死んだのだから、安堵していい理由などないのかもしれない。

だが、体はそうは思っていないようだ。

発砲したとき、晴樹は恐怖した。

自分はやってはいけないことをしている。嫌悪感が全身から湧き上がった。

放った銃弾よ銃身に戻れ。

あのとき確かにそう祈った。嫌だった。人殺しになるのが、凄く、凄く、凄く嫌だった。

こんなに嫌だとは思っていなかった……。

晴樹は汗をもう一度拭い、ユカを見た。

彼女は、とっくに心を切り替えているようだ。汗も流していなければ、動揺も見られない。晴樹が目の当たりにし、そしてかろうじて回避した「人を殺す恐怖」は、ユカの中には存在しないのだろう。

改めてユカが怪物に思えた。

ユカはもう、二人も屠（ほふ）っている。

事実上、最も頼りになる味方だった。

川上は行方不明。藤井は右手を動かせない。二人の警備員はいずれも殺された。警察官たちは壊滅状態だった。

先頭を歩き、二階の様子を窺っていたユカが立ち止まった。

そして晴樹たちを振り返り、目を伏せて言う。

「そこで、川上さんが……」

藤井と晴樹もすぐにそれを見つけた。そして絶句した。廊下に仰向けに倒れていたのは、川上の死体であった。

「なんだ、これ……」

晴樹は息を呑む。

川上の死体は、無残な有様であった。手足の関節が外され、壊れた人形のように転がされている。さぞかし苦しかったのであろう、その死に顔は極限まで引きつり、なおも目が見開かれたままだった。

「ひどい……」

晴樹は歯を食いしばった。

「くそっ……だから一人で行動するなと言ったのに！」

川上の死体を前に、藤井が拳を握りしめた。

ユカは平然と川上の体をまさぐり、調べている。

「致命傷は背中の傷のようです。メスの一撃で、即死させられています」

「くそ、あの高橋光太郎の奴め……」

「藤井さん。この殺し方、高橋光太郎とはちょっと違うように思います」

ユカの言葉に藤井が首を傾げた。

「何を言ってるんだ？　高橋が川上もやったんだろうよ」

「どうでしょう。関節は、恐ろしく綺麗に外されています。肩、肘、加えて足首までですよ。よほど正確に力を加えなければ、こうはいきません。メスの一撃もそうです。重要臓器を狙って、迷いなく刺しこんでいます。特殊部隊みたいな殺し方です。解剖学の知識も必要でしょう。高橋がこれほど冷静に動けると思えますか」

晴樹は高橋光太郎の殺し方を思い出す。

光太郎の殺人には恐怖がまとわりついていた。自分よりも下と見なした者に対し、徹底的に呑んでかかる。怯えさせ、逃げ惑う相手を蹂躙し、まるで玩具を散らかすように暴れまわる。死体は無茶苦茶で、そこには急所を狙うだとか、そういった理性は見られなかった。

「言われてみれば……」

藤井も頷いた。晴樹が言う。

「高橋光太郎以外に、他の受刑者がいたってこと？」

「私はそう思います」

「だとすると、誰だ？」

「藤井さん。パパ……いえ、姉小路部長に貰った資料を覚えていますか。それぞれの受刑者の特徴が書かれていますよね。高橋光太郎、伊藤裕子を除くと残りは三人。山本克己は絞殺専門。川口美晴は罠を張るタイプ。霧島朔也は合理的に人体を破壊する……」

「となると、霧島か？」

藤井が眉間に皺を寄せる。

「そうですね。まだ近くに霧島朔也がいるのかもしれません」

ユカは周囲を見渡しながら言った。あたりは不気味に静まり返っている。

「……人の気配はないな。もう逃げてしまったのかもな」

「藤井さん。だとすると、もっと厄介かもしれません」

「え？」

「川上さんがこの診療所に入ったのは、ほんの少し前とのことでしたね。当たり前ですが、霧島朔也が川上さんを殺したのは、その後です。となると診療所内で霧島朔也と、高橋光太郎は接触している可能性があるわけです。いえ、霧島朔也と高橋光太郎は役割分担しながら動いたとも考えられます」

ユカの言葉を聞きながら、晴樹は顔が青ざめてくるのを感じた。状況は最悪だ。

「受刑者たちは単独に行動しているのではなく、連携しているのかもしれません。集団で襲いかかられたら……私は戦いますが、皆さんを守る余裕は今まで以上になくなるでしょう。全滅もあり得ます」

晴樹は沈黙する。不吉な想像が頭の中を走る。ユカが続けた。

「何か方法を考えないとなりません……」

藤井は険しい表情をした。

「俺の見込みが甘すぎたみたいだな」

悔いるように俯く。それから、物言わぬ川上のまぶたを下ろしてやり、手を合わせた。

†

羊頭小学校の体育館には、三つの人影があった。

「えー、それってつまり、敵にも殺人鬼がいるわけ？　こわあい」

三人のうち一人、川口美晴がそう言って子供のように笑った。

「お前だって殺人鬼だろうが」

山本克己が逞しい腕で坊主頭をかきつつ、ため息をついた。

「ちょっとカッちゃん。あなたたちはともかく、私に対して殺人鬼なんて言い方、やめてよ。可愛くないじゃない。殺人ビューティーとか、殺人猫ちゃんとか、そういうのがいいなあ」

美晴はロールケーキのように巻かれた運動用マットにまたがり、ごろんと仰向けに体を寝かせた。その体躯は百四十センチそこそこしかなく、童顔も相まって小学生のように見える。ふわりとレースのスカートが浮き、人形のように白く細い足の奥が霧島朔也に見えた。

「下着くらい穿いたらどうなの、美晴さん」

朔也は言う。

「えー？　サクちゃんってばママみたいなこと言うのねえ」

美晴はさかさまになったベビーフェイスの頬を赤く染める。ほんの少し茶がかかった髪が、唇に入った。舌でそれをぺろりと舐めてみせる。

「でも下着って嫌いなの。だって……すぐ、びしょびしょになっちゃうんだもん……」

今度は右足を立て、つま先をすっと伸ばしたまま徐々に上げていく。自分の性器が、男二人から見えるか見えないかの位置にあることを十分自覚したうえで、美晴はにっこりと笑った。

「それとも舐めてくれる？」

「色情狂が。汚い股を閉じろ」

克己がバスケットボールの入った籠を眺めつつ、吐き捨てるように言った。

「あら、あなただってここから生まれてきたんでしょ？」

美晴はけだるそうに身を起こす。上に着ているのは薄い生地の白シャツ。Bカップほどの小ぶりな胸の形がはっきりとわかった。透けて見えるピンク色の小さな乳首が、つんと上を向いている。

「俺の母親はお前のような女じゃない」

「同じよ。女はみんな同じ。そして男もみんな同じ」

美晴はスカートの上から股間に手を当てる。そこを中心に、レースの生地が少しずつ濡れていく。染みが広がるのと同じくらいゆるやかに、しかし途切れずに美晴の口から言葉があふれ出る。

「ね……ここから生まれてきた男が、ここに帰りたいって思うのは当然のことなんだよ。だからここに入っていいんだよ。おいで。思い出して。ママの中のあったかさ、ママの中の湿り気。あたしね、こんなちっちゃな体だけど、体の中はママと同じなんだよ？」

その目は半開きで、表面が欲情の涙で濡れている。

「美晴さん、それはどうでもいいから、まずは話を終わらせない？」

朔也がそう言った。

あら、と美晴は肩をすくめる。

「男にとって、セックス以上に大事な話なんてあるの？」

「あるに決まってるだろ。まずは仕事の報告と、状況の整理だ」

克己が言う。

「克己君の方はどうだったの？」

朔也の質問に、克己が厚く大きな掌を返しながら答えた。

「羊頭警察署の署員は、見つけた限りは始末した」

「やっぱり絞殺なのかな？」

「ああ、絞殺だ。俺はそれ以外で殺すことを許されていない」

「何人殺した？」

「四・三人だ」

「……〇・三人って何さ」

「俺に怯えた壮年の警察官が、逃げようとして三階の窓から飛び降り、首の骨を折った。つまりそいつの死は、俺とそいつの共犯だ。直接手を下したのはそいつだが、間接的な原因となったのは俺。責任の比率は七：三というところだろう。だから〇・三」

「相変わらず厳密だね。でも、その間抜けな警察官は絞殺できなかったわけだろう？　いいのかい？」

「いや、絞殺した」

「どうやってさ」

「落下した死体を抱え上げて、首の骨が外れるまで締め上げた。イレギュラーではあるが、これで絞殺とカウントする」

「わざわざ死体をもう一度締めるだなんて、律儀ねー。男ってほんと、頭固い。固いのはアソコだけでいいのに」

克己が美晴を睨む。

「黙れ、色情狂。お前の首尾はどうなんだ。村役場の担当のはずだったな」

「うん。言われた通り見に行った。でもこんな時間だし、村役場には誰もいなかったよ」

「通信機器は？」

「よくわからないけど、電話のコードとかは切っといた。ああ、あと警備員のおじさんが来たからハチミツスティック味わってから、ちょっきんしといたよ」

美晴は指でチョキの形を作り、満面の笑みで閉じてみせる。

「ハチミツスティック……？」

「ああん、もう、察してよ。ほら……男の子の足と足との間についてる、とっても素敵なところのこと。ハチミツみたいに濃くって、甘くって、でも苦くって、ねばねば糸を引くものが出るの」

克己がウンザリといった様子で腕組みをする。朔也は淡々と聞いた。

「殺したんだね？」

「うん」

美晴は無邪気に頷くと、唇の端を人差し指で押さえ、目を伏せて言った。

「とっとくほどの棒じゃなかったもん」

「ふん。ならまあ、いい。で？　朔也、お前はどうだった」

「僕は診療所を潰してきたよ。刑務所の通信設備も破壊した。これで主要施設は沈黙、通信機能も麻痺。まあ、個人の電話なんかはどうしようもないけれど、闇に紛れて動けば問題ない」

　克己が頷く。

「時間稼ぎには成功したわけだな」

「うん。あ、そうだ。一つ忘れてた」

「何？」

「光太郎君が死んだ」

「ああ、あいつ死んだのか。ま、どうでもいいが」

　克己がさしたる感慨もなく言う。

「そうそう、裕子ちんも死んでたよ。死体が港の近くで転がってた。ま、どうでもいいね」

　美晴も髪をかきあげた。

「伊藤裕子も？　ふうん、案外脆いもんだね。残りは僕ら三人というわけか」

　朔也はふうと息を吐く。克己が眉根を寄せる。

「おい、朔也。さっき言ってた、警察に協力してるサイコパスのことだが……」

「うん。園田ユカさんだね。光太郎君もこいつにやられたんだ。園田ユカを含む警官隊は、羊尾島からやってきたみたいだ。港付近で裕子さんがやられたとするなら、裕子さんも園田ユカに殺されたのかもしれない」

「サイコパスってのは厄介なもんだな。敵に回すと」

克己は顎をさする。朔也が頷いた。

「猛獣みたいなものだからね」

「そのユカとかいう女、味方に引っ張り込めないのか？」

「うん、僕もそうできたら面白いと思っていたんだ」

「自信はあるのか、朔也」

朔也は頷く。

「そうだね。どこかで待ち伏せをかけるのはどうだい。そこで警察官とユカさんを分断し、ユカさんを説き伏せる」

「いい案だな。説得役は朔也、お前がやってくれ」

「え、僕？」

「俺はそういうのが得意じゃない。美晴に至っては、論外だ。お前に頼みたい。嫌か？」

えーひどーい、と足をばたつかせる美晴を無視し、克己は朔也を見る。

「わかった。僕はどちらでもいいよ」

「よし。決まりだな」

「じゃあ、克己君と美晴さんは、ユカさんを他の警察官と分断する係を頼むよ。その間に僕が説得する」

「わかった。警察官は何人だ？」

「二人かな」

「それだけか。簡単だ」

ごきりと山本克己は指を鳴らした。

「カッちゃん、私にも一人ちょうだいねえー」

川口美晴がマットの上で騎乗位の体勢になり、ゆっくりと腰を振っている。マットには粘液の染みがついた。

「うまくいくといいけどね。まあ……どちらでもいいけど」

その言葉を聞き咎めた克己が、朔也を睨む。

「……あのな、朔也。お前はなんでそうなんだ。俺たちは一応、お前の指揮で動いてるんだ。なのにお前ときたら、やる気があるのかないのか、さっぱりわからん。どちらでもいいとか、口にするのはよせ。もっと真面目に事に当たれ」

「僕の性格なんだよ」

朔也は無表情に答えた。

「にしても、限度がある。いいか、羊頭島には大量の島民がいるんだぞ。島民のほとんどは、まだ事態を把握していない。眠り込んでいるか、死んでいるかだ。とはいえ、時間の問題だ。朝には騒ぎが起きはじめる。俺たちはその前に船を奪って、警察の目をかいくぐって逃げなければならない。やることはたくさんあるんだ」

「いっそ島民を皆殺しにして、僕らの島にしちゃうってのはどうだい」

　朔也は笑って言った。

「……本気で言っているのか？」

「うん」

「馬鹿げてる」

　克己は唾を吐き捨てた。

「数日程度はもつだろうが、いずれは誰かに気づかれるさ。島民も本土に家族がいるだろう。彼らが様子を見に来るはずだ」

「様子を見に来た人間も、みんな殺すんだよ」

「国の目はごまかせない。警察署と通信が途絶しているのに気づかないってことはないだろう」

「まあ、確かにね。そうなったら、いっそ本国から独立してしまうのはどうだい。サイコパスによる、サイコパスのための、サイコパスの国を作るんだ。日本国とは戦争状態ということにすればいい」

「……お前、誇大妄想の気でもあるのか？　戦争なら人が死ぬのは当たり前だからね」

　朔也は笑って受け流す。

「僕は割と真面目だよ」

「まあいい……お前は国でも何でも好きにやれ。俺は船で逃げる。本土にやり残しがあるもんでな。方針が違うなら協力関係はそこで終わり、それだけの話だ。だが、園田ユカとやらにちょろちょろされると厄介なのは事実だ、彼女を寝返らせるまではちゃんと働けよ」

「善処するよ」

「ふん。まあいい。そろそろ行こうぜ」

話はこれで終わりとばかりに、克己は立ち上がった。身長百九十はある筋肉質の巨体が闇に浮かび上がる。

「美晴も行くぞ」

「えぇー？」

ひとり、暗がりで股間と胸をいじっていた美晴が物憂(ものう)げな声を出す。

「もう行くのぉ」

「来ないならいい。俺一人で二人相手にするだけだ」

「やあん、一人分けてってばあ」

しぶしぶ美晴も立ち上がった。指先についた愛液をぺろりと舐め、舌を出す。

「あーエッチしたい。ね、サクちゃん。園田ユカの周りにいる二人の警察官って男？」

「うん、そうだね」

「じゃ、少なくとも片方とはエッチできるのね」

美晴はぱっと顔を輝かせ、鈴を転がすような声で笑った。

†

「……羊頭警察署に向かおう」

川上の死に顔にハンカチをかけてやってから、藤井はそう言った。晴樹は頷く。

「署の警察官と合流するんですね」

「そうだ。人手が必要だ。応援も……受刑者の奴ら、想像以上だった。このままじゃ大量の死人が出る。早く統率を取って、住民を避難させなくてはならない」

「それよりも、残りのサイコパスを見つけ出して、殺した方が早いと思います」

ユカがさらりと言った。

「……」

藤井も、晴樹も絶句する。ユカは補足した。

「署が無事とは限らないじゃないですか。いや、私が受刑者だったら真っ先に襲撃をかけて、殺すと思います」

「だとしても、生き残りがいるかもしれない」

「仕留めそこなうようなサイコパスはいませんよ。万が一、生き残りがいたとしても、数はそう多くないでしょう。島民全員を守るなんて、ちょっと無理です。それよりも、残り三人の敵を消す方が現実的ではないでしょうか」

「……日本は法治国家だぞ。危険だからといって、人間をいきなり殺すなんてことは許されない。受刑者にだって人権はあるんだ。俺たちの仕事は、サイコパスを殺すことじゃない。彼らをとっ捕まえ、しかるべき形で裁きの場へ送ることだ」

藤井は震える声でそう言った。ユカは首を傾げる。

「安心してください。殺すのは私がやりますから。藤井さんはやらなくて構いません」

藤井がうっと押し黙る。

ユカはまっすぐに藤井を見て、続ける。

「そうです。皆さんこそ、避難してください。船で羊尾島へと戻ってください。私がやればいいんです。私が殺すんですから、島には私だけがいればいいんです」

「何を言っているんだ。そんなことをすれば、お前が罰せられる可能性だってあるんだぞ」

「そのときはどうぞ、罰してください」

ユカは言い切った。

「私にできることは、これしかないんですから」

「何だって？」

藤井はしばらく沈黙すると、低い声で言った。

「……一つ聞いていいか？　お前、さっき高橋光太郎を攻撃したな」

「ええ」

「腹に抱きついて、ナイフを刺した」

「そうです」

「なぜあんなやり方をした」

藤井の目は射抜くように鋭い。ユカは目を伏せた。

「なぜって……他に思いつきませんでしたから」

「晴樹は銃を構えていたんだ！」

藤井は叫んだ。

「晴樹が足を撃てば、高橋は確保できた」

「しかし、晴樹さんが弾丸を外すかもしれませんよ」

「俺が言いたいのはそういうことじゃない。どうしてあんな危険な方法を取ったのかって話だ。お前は高橋に組みついた。高橋はお前を後回しにして、まず犬飼に手斧を投げつけた。だからお前がナイフを刺す隙もできたんだろう。だが、最初から手斧でお前を殴りつける可能性だってあった。そうしたらお前は死んでいた」

「ああ、それはそうですね」

ユカは何でもないことのように言う。藤井はユカを睨みつける。

「つまり、お前は殺したかったんだろう？　高橋を」

「はい、殺したかったです」

「自分が死んだとしても、殺したかった」

「ええ。他の人に殺されるくらいなら、危険であっても私が殺したかったです」

「なぜだ。お前がサイコパスだからなのか？」

「……」

藤井は拳を震わせながら問う。

「お前の中に、人殺しの血が流れているからなのか？　血に飢えたその体が、殺しを求めてやまないのか？　サイコパスを消した方が早い？　簡単にそう言ってしまえるのは、お前が人を殺したいからじゃないのか？」

ユカはなぜか、申し訳なさそうな顔をして俯いた。

「いえ、私は……」

藤井は畳みかけるように続ける。

「お前は人間じゃないよ……人間じゃない。人間は、殺されたくないし、殺したくもないはずなんだ。なぜお前は殺す？　なぜ殺すために、命すら差し出せるんだ？　おかしいだろう？」

晴樹には、藤井はユカを責めているのとは少し違うように思えた。

「そうじゃない。人間はそうじゃないだろう。そうじゃないと、言ってくれよ！」

ユカに対して、何か伝えたいようだった。

「どうして命を粗末に扱う？　どうして殺すのを怖がらない？　辛くはないのか？　お前は民間人だ！　怖がっていいし、恐れていいんだよ。お前たちを守るのが、俺たち警察なんだ。俺はそのために警察官になった！　……どうして俺たちに頼らない？　俺は、お前を連れて羊頭島に来るのは嫌だったんだ。お前なんかに、頼りたくないんだ。お前みたいな子供が、俺たちを頼れない世の中なんて、嫌なんだよ！」

藤井の顔は歪んでいた。この世の理不尽を前に、悲痛な思いで言葉を絞り出していた。

ユカは俯いていた。何かを考え込んでいた。

しばらくの沈黙の後、ユカは答えた。

「私は、民間人ではありません。だから、警察を頼ることはできません」

「……何？」

「私は、サイコパスです」

ユカはそう言って、藤井の目を見た。

なおも何か言おうとする藤井に対し、ユカは告げた。

「うさぎを殺しちゃいけないって、どこにも書いてないじゃないですか」

「……え？」

「うさぎですよ。小学校で飼っていたんです。うさぎ」

ユカはぽつりぽつりと続ける。

「私、平気だったから。教室に入ってきたゴキブリとか、クモとか。素手でひねりつぶすの平気だったから。だから、みんなが言ったんです。うさぎ殺してみなよって。ユカならできちゃうんじゃないの、能面女だからって、笑ったんです」

　震える声。

「冗談だったんだと思うんです。そうですよね、きっと冗談なんです。少なくともみんなには、冗談だってわかるんでしょうね。私にはわからなかった。だって、どこにもうさぎを殺しちゃいけないなんて、書いてないんですよ？　ゴキブリとクモは殺してもいいのに、うさぎだけがダメだなんて、どうして想像できます？　みんながあんまり囃し立てるから、私、殺してもいいんだって、クラスの空気を読んで殺すべきだって思ったんです。だって盛り上がりそうじゃないですか。実際、ゴキブリやクモを殺したときは、みんな喜んでくれましたよ。ありがとうって言ってくれました。それと同じだと思ったって、不思議じゃないと思います」

　ユカは一つ息を吐く。

「うさぎの首を持って教室に入ったら、みんなが私を見ました。そして悲鳴が上がりました。先生が大声で叫び、校長先生が飛んできて、大騒ぎになりました。私、怖かったです。自分が気づかないうちに、何か大きな失敗をしたらしいことがわかりました。怖かった。すごく怖かった。その失敗も。その失敗が何なのか、まだわからない自分自身も」

「わからなかったのか……うさぎを殺してはいけないって」

「わかりませんよ。どうして皆さんは、わかるんですか？」

　ユカは不思議そうに藤井を見た。

「それ以降、クラスの誰も、私と会話してくれなくなりました。私はいつも一人ぼっち。みんな私を見ると、距離を置く。私を見てひそひそ話をする。クラスメイトだけじゃありません。大人たちもです。クラスメイトの両親や、先生までもですよ。腫れ物を扱うようで。先生はいつも、失敗は悪いことじゃない、反省すればいいだけだって言ってましたけど、嘘だってわかりました。謝っても取り返しのつかないことってあるんだって知りました」

「それは、いつのことなの？」

晴樹が聞く。

「小学校三年生のときです。翌年には、こんなこともありました。上級生が私の噂を聞きつけたんです。五年生の男子生徒たちが私を取り囲んで、『お前、肝が太いんだってな』と言いました。私、もう失敗はしたくなかった。だから、『何かを殺すことは私、しないよ』って言ったんです」

「うん」

「太った子に『じゃあ、俺と殴り合う？』って言われたんです。よく意味が分かりませんでした。でも、『交代で殴り合うんだ。我慢できなくなった方が負けな。お前からでいいよ』と一方的に言われました。にやにや笑ってました。何となくからかわれていることはわかりました。でも私、これはゲームだと思ったんです。向こうが提案してきたゲームなんだから、いいと思ったんです。いいえ、ゲームに付き合ってあげた方が相手も喜ぶんじゃないかと思いました」

　ユカは掌を開き、もう一度閉じた。

「その太った子は、下っ端のような男の子で『見本』を見せてくれました。下っ端の子の頬を、物差しで強かにひっぱたいたんです。その子は倒れましたが、よろよろと立ち上がって『平気』と言いました。『これ、繰り返すルール。思いっきりな』と言われました。私は理解しました。ルールもちゃんとわかったし、平気だと思いました。だから……」

　ユカは少し俯いた。

「リコーダーで太った子を力いっぱい叩いたんです。その子は眼鏡をかけていて、その眼鏡に向かってまっすぐに、正面から」

　晴樹は思わず顔をしかめる。

「眼鏡が割れました。ガラスが粉々になって、目の周りの皮膚が破れ、太った子は鼻血を出して倒れました。あとから聞いたことですが、片目が破裂し、骨にヒビが入ったそうです。また、大騒ぎになりました。叫び声を上げる男の子たち、先生を呼びに行く下っ端の子、やってくる先生……私は何が悪かったのかわからず、おろおろとするばかりでした」

　ユカは頭を抱えた。

「私には、わからないんです。どこからどこまでが、していいことなのか。ゴキブリとクモは殺してよくても、うさぎや犬はダメなんですよね。物差しで叩くのはよくても、リコーダーはダメなんですよね。私には見えませんが、どこかに境界線があるんですよね。学校でも教えられないのに、みんなが自然に理解しているそのことが、どうしてもわからない」

その体は心細そうに震えていた。

「私には、わかりません。どこまで他人を傷つけていいのか。みんな、私には人の痛みがわからないって言います。違います。傷つけたら痛いことくらい、私にだってわかります。でも、加減がわからないんです。だってみんな、肌をつねったりとか、頭を小突いたりとか、しているじゃないですか。それをするのは、仲良しの証拠ですよね。そういうのに交ぜてもらえないのは、本当に仲がいいとは言えませんよね。でも、リコーダーで眼鏡を殴るのはダメなんですよね。どこかに境界線がある。誰もその存在を教えてくれない。どこまでは傷つけていいの、どこまでは殺していいのって聞いても、変な顔をするばっかりで教えてくれない。私は必死の思いで聞いているのに、誰も教えてくれない。みんな、私を気持ち悪いって言う。私を、嫌うんですよ」

ユカの声は小さくなっていく。

泣き出しそうな顔だった。

「私、みんなのこと、好きなのに……」

しかしユカの目から涙は落ちなかった。ただ俯き、悲痛な表情で血の広がった床を見ている。

「友達のアイちゃんのこと、好きでした。一緒に遊んでて楽しかったんです。交換ノートまでしたのに。かっこいいリョウ君って子がいました。ドッジボールしてる姿を見るのが好きでした。どんなボールでも、こう、見事にキャッチしちゃうんです、それが凄いって思って。マキエ先生も好きでした。教え方がとってもわかりやすくて、私、苦手だった理科が大好きになったのに。嫌われたく、ないのに。好きなのに。私、どうしても、できない……できないんです……」

晴樹も、藤井も、何も言えなかった。何か言わなくてはと思っても、言葉が出てこない。だいたい、何と言えばいいのか。ユカの力になってやりたくても、どうしたら彼女と同じ地平にまで降りていって、彼女の悲しみをともに見つめることができるのか。

「これでも、私、頑張ったんですよ」

ユカは晴樹を見た。

「どこまで殺していいのか誰も教えてくれないなら、自分で学ぶしかないと思いました。だから順番に殺してみたんです。虫や、小動物を集めてきて、庭で殺しました。潰して、首を切って、分解して、殺しました。そしてママの反応を見るんです。あ、ママと言っても……昔のママですけど。反応が全然違うんです。たとえば、蚊を潰してもママはちっとも驚かない。褒めてくれさえします。でもハムスターを潰したら、ママは絶叫しました。ハムスターは殺してはいけない、そう学びました。殺し方によっても異なることを学びました。ゴキブリを潰すとママは褒めてくれます。でも、ゴキブリを分解するとママはやっぱり嫌がるんです。分解してはいけないのだと、知りました。色んな動物で試しました。

色んな殺し方を試しました。そうして、少しずつ自分の知識を埋めようとしたんです。みんなと同じになるために」

「まさか、小動物を殺していたというのは、そういう理由で？」

晴樹は身を乗り出した。

「ええ。私なりに頑張ったんです。みんなを、嫌な気持ちにさせないために」

「そんな……」

晴樹の声は震えた。

小動物を日常的に殺していたと聞いて、誰がそんな理由を想像するだろう？　ただ残虐な行為に興味があるのだと、ただ異常者なのだと考えるだけだ。だが違う。ユカは異常ではあった。だが、正常になりたかったのだ。みんなと同じになりたかったから、健気(けなげ)に努力をしていたなんて……。

「そこからはご存じですよね。あの、変質者の事件が起きました。私は変質者を十三人、殺してしまったんです」

晴樹は奥歯を噛んだ。

「あのときは、どうしていいかわからなかったんです。ただ、変質者が私をもういじめないようにしたかっただけでした。それ以上の意図はありませんでした。それに、明らかに私をめちゃくちゃにしようとしていたのがわかりましたから。相手がそういうつもりなら、反撃で殺してもいいと判断したんです。さすがに、それはいいだろうと思ったんです。でも、ダメだったんですよね。警察や、両親の反応を見て知りました。また、加減を間違えたんだって。もう、取り返しがつかなかった。本当に、取り返しがつかなかった」

ユカは細い声を、振り絞るように言った。

「あの事件のせいで。お父さんとお母さんが、私のお父さんとお母さんが……私を捨てたんですから」

ユカの目には深い絶望が広がっていた。

晴樹はそれを見つめる。ただ、見つめる。

ユカの異常性に耐えられなくなった両親は、ユカと絶縁することに決めたと姉小路から聞いた。両親の気持ちはわからなくもない。小動物を殺戮し、人の痛みがわからず、さらに十三人を血祭りに上げた娘など、気味が悪くてもしかたない。

だが、ユカの気持ちはどうなるのか。ユカは決して、面白半分で殺してきたわけではない。ただ、わからなかっただけだ。生まれながらに境界線が見えなかっただけなのだ。誰もが見えている境界線が……。

どんなに心細かっただろう。どんなに疎外感を味わったことだろう。どれだけ毎日が不安で、寂しく、孤独だっただろう。それでもユカは必死で生きてきた。自分なりに努力し、もがき、耐え、あがいて、苦しんで、そしてその結果今ここにいる……。

「あのときは死のうと思いました」

ユカはさらりと言った。

「私は欠陥品。私は失敗作。私はダメ。私は不要。私なんて誰にも必要とされていない。お父さんもお母さんも、先生も友達も警察の人も、社会の誰ひとり私を必要としない。私が愛する人は、みんな私のことが嫌い。これからも、ずっとそうなのだと思いました。だから死ぬつもりでした。簡単だと思いました。他人を殺すのがあんなに簡単だから、死ぬのだって簡単だって」

ユカはどこまでも淡々と言う。

辛かったと訴えることすらしない。他人事を説明するように言う。

晴樹はもう、耐えられなかった。

視界が滲むのを感じた。

「でも、姉小路という人が、今のパパですが、私に声をかけてくれました。私がサイコパスなんだって、人を殺せる特殊な人間なんだって、教えてくれました。そして、その力を人類のために役立てる方法があるって言ってくれたんです。姉小路さんはサイコパスの研究をしていて、そのために私が必要なんだって、言ってくれました」

「それで、姉小路の養子になったのか」

藤井の声に、ユカは頷いた。

「自ら、研究対象になったのか……」

「そうです。それ以外に、私の存在価値なんてないから」

「う、う、う……」

晴樹は泣き出した。職務中なのに、泣き出した。

「泣かないでください、晴樹さん」

「だって、だって……君は……」

「なぜ泣くんですか。私の話です。晴樹さんが悲しむ必要はありません」

晴樹の足の力が抜けた。床にへたり込んで、そして泣いた。涙がぼろぼろとこぼれて止まらない。ユカの記憶が、雪崩（なだれ）のように心に入り込んでくるような気がした。それに耐えられなくて、泣いた。

こんなに悲しいのに、こんなにユカの力になってやりたいのに。どうしたらいいのかわからない。彼女をどうしてあげたらいいのかわからない。泣いている自分をどこかで客観視しながら、己の無力さを感じた。

藤井は沈痛な表情で黙り込んでいる。

「だから姉小路さんはパパである以前に、恩人なんです」

「あいつを恩人だなんて言うな！」

藤井が怒声を放った。

「よく考えろ、あいつは戦務に忠実なだけだ。ユカ、お前を引きとったのは姉小路が猟奇犯罪対策部の部長だからだ。決してお前を実の娘のように愛しているわけじゃない。研究対象として都合がよかっただけだ。そうだろう？」

ユカはきっと藤井を睨む。

「今のパパを悪く言わないでください」

「いや、言わせてもらう。どうなんだ？　姉小路は本当はお前を警戒しているんじゃないのか？　半分監視役みたいな、警備員までつけられていたじゃないか。姉小路の妻はどうなんだ、本当にお前を娘だと思ってくれているのか？　温かい目を向けてくれているのか？」

「今のママは私を愛してくれています。手編みのマフラーだって作ってくれました」

ユカは首に巻いたマフラーを示した。

「見せてみろよ」

藤井はそれを掴み、端をほどいてみる。詳しく調べるまでもなかった。そこにはブランドタグが切り取られた跡があった。

「ママは手先が器用なんです」

「……随分上手な手編みだな。俺には既製品にしか見えない」

ユカはあくまで受け入れない。

「そうかよ！　じゃあ聞くがな、どうしてこんな危険な任務にお前を送り込むんだ？　娘を、殺人鬼五人がいる島に放り込んだんだぞ。いいか、本当に親として愛しているなら、そんなことはしないはずなんだ。わかるか？　お前は利用されているんだよ。だから俺は、最初からこんな話は気に入らなかったんだよ！　あの姉小路って奴も、気にくわないんだ！」

「利用……」

　ユカがそう呟いて沈黙する。

「そうだ、利用だ！　扱いやすい駒として、お前は使われてるんだ。いや、それだけじゃすまないかもしれないぞ。あの姉小路って奴、これを機会にサイコパス同士の戦いを作り出して、それを研究の一環として観察しようって腹かもしれない。この際どっちが死のうが、別に構わないという考えで……」

　そこで藤井は口をつぐんだ。さすがに言い過ぎだと思ったのかもしれない。

　だが、ユカはひるまなかった。

「それでも、いいんです」

「何？」

「利用されてもいいんです」

　ユカはまっすぐに藤井を見ていた。

「だって、私に居場所を与えてくれるじゃないですか。それだけで十分ありがたいんです」

　稲光が走った。

　藤井の顔が一瞬白く染まり、また元の色に戻る。

「私は、サイコパス。欠陥品ですから」

　ややあってゴロゴロと雷鳴が轟く。

「人間として扱われたいなんて、望む権利はありません。ともに生きていられるだけで、感謝すべきなんです」

ユカは言い切った。

その目に悲しげな光はあっても、迷いはなかった。

雨が降りはじめる。ばらばらと窓に雨粒が衝突する。

晴樹はまだ、泣き続けていた。

†

受刑者の川口美晴と山本克己は、対照的な外見であった。小さく、華奢で、愛くるしい川口美晴に対し、山本克己はあらゆる点で無骨だった。大きく、太く、ごつかった。

だが、そんな二人にも見解の一致がある。

サイコパスという概念の否定だ。

彼らは二人とも、姉小路によってサイコパスと判断されていた。サイコパス。反社会性パーソナリティ障害。二人はこれを、実にばかばかしい考え方だとみなしていたのだ。

人を殺せる人間と、殺せない人間が存在するのは事実かもしれない。殺せる人間の比率がかなり低いということもわかる。だが、殺せる人間がみな同じかと言えば、そんなことはない。殺人者は多様だ。殺す動機も、方法も、それぞれに異なる。異なる個々の集合体に、「サイコパス」と名前だけつけて、何の意味があるだろう?

二人は降りしきる雨の中を、羊頭警察署に向かって歩いていた。そこにやってくるであろう園田ユカと二人の警察官を分断し、処理するために。

川口美晴は素肌の上に透明なレインコートを着ている。レインコートの中は湿り、表面が曇っていた。その白い肌はうっすらと濡れ、ところどころビニールにぴったりと付着している。

山本克己は雨具を持っていない。代わりにハンチング帽をかぶっていた。革製のジャンパーを着て、腕まくりをしている。服はいずれも近くの民家で手に入れたものだった。その民家に住んでいた人間は、言うまでもなく息絶えている。

二人は、他人に自分を理解することなどできないと考えていた。

羊頭刑務所の建設には、猟奇犯罪対策部の姉小路の力が大きく働いたという。ただの刑務所ではなく、サイコパスを集中的に収監する刑務所を作ることで、その性質を研究しやすくする。姉小路は政治力があり、また情熱もあったそうだ。彼の力で羊頭刑務所が建設され、彼の言うところのサイコパスが五人、集められた。

バカだなあ。

美晴は思った。

研究したって、答えなんて出るわけがない。

美晴に対して質問を繰り返したり、心理テストを行っていた姉小路のことを思い出す。

彼に美晴は言った。

バカだなあ。

そんなことしたって、わかるわけないよ。答えなんて出るわけがないよ。

私は、私。他の誰でもない。誰かと同一に語れる存在ではないし、一言で説明できるものでもない。あなただって、そうでしょ。誰だって、そうでしょ。

そんなことより私とエッチしない？

どんな文脈だったかは忘れたが、姉小路に聞かれたことがある。

「人間社会において、殺人は最も重いルール違反だ。なぜ君は、そんなに簡単にルールを破るんだ？」

美晴は即答した。

「ルールなんて、どこにも存在しないよ？」


山本克己は街路樹の陰から、遠目に羊頭警察署を見た。まだ園田ユカたちがやってきた様子はない。先回りに成功したようだ。

脇にいる川口美晴と頷き合う。あとは手筈(てはず)通りに。

警察官を一人ずつ担当し、始末する。

一方で園田ユカに対しては霧島朔也が接触し、寝返らせる。今頃、朔也は羊頭警察署の裏口付近に待機しているはずだった。

雨はずっと降り続いている

克己は茂みに腰をおろした。そして腕を組み、美晴にちらりと視線をやる。ぼんやりと宙を見つめ、レインコートの上から性器をこすっている姿が見えた。ため息をつき、しばらく目を閉じる。

まあいい。あいつは変わってるが、案外真面目だ。やることはきちんとやるだろう。それより朔也だ。園田ユカをどう説得するつもりだろうか。見当もつかなかった。

人間は、わかりあうことなどできないはずだ。それは人間同士であろうと、殺人者同士であろうと同じだと、克己は思っている。

いや、むしろ殺人者こそ、互いに理解し合うことは不可能だろう。サイコパスはそれぞれみな、異常すぎる。個性が平均値をはるかに振り切った者たちだ。人間の中にすら溶け込めない者が集まったところで、まともな連携などできるわけがない。

手を組めるとしたら、最低限の協力だ。すなわち、双方に利益があるとき。サイコパスにできるのは、相手を利用することだけだ。

俺は、俺。他の誰でもない。誰かと共感などできやしない、できたとしたら、それはできたという気分に浸っているだけに過ぎない。お前だって、そうだろう。誰だって、そうだろう。

一人で生きた方が有意義だ。それがこの世の仕組みというものだ。

どんな文脈だったかは忘れたが、姉小路に聞かれたことがある。

「人間社会において、殺人は最も重いルール違反だ。なぜ君は、そんなに簡単にルールを破るんだ？」

克己は即答した。

「ルールを守るためだ」

†

「晴樹、落ち着いたか？」

「はい。すみません」

「ふん。職務中に泣くだなんて、右手が動けば一発殴るところだぞ」

藤井はそう吐き捨て、こちらを睨む。だがその瞳の中に、優しい光が宿っているように晴樹には思えた。

「なぜ泣いた」

「……わかりません」

晴樹は目をこする。本当に、なぜあんなに泣いてしまったのかわからなかった。元々涙もろい方というわけでもない。とにかくユカの話を聞いていたら、どうしても我慢できなくなってしまったのだ。ただ、感情の奔流（ほんりゅう）が止まらなかった。自分が一番戸惑っていた。

「そうか」

藤井は押し黙る。

ユカが晴樹に向かって頭を下げた。

「ごめんなさい、晴樹さん。心配させてしまいましたよね」

「いえ……こちらこそすみません。もう大丈夫」

藤井が腕時計を見る。

「時間はあまりない。方針を決めるぞ。いいかユカ、お前の提案は却下だ。サイコパスを見つけ出して始末するなど、認められない」

「ですが、それが私の存在意義なのです。私は、殺させてほしいのです。みんなのお役に立ちたいんです」

「なら、お前にそれをさせないのが俺の存在意義だ。そしてこの場の指揮権は俺にある」

「……」

ユカは黙り込む。

「予定通り羊頭警察署に向かう。生き残りと合流後、また方針は決める。受刑者と出くわしたら確保を最優先だ。急ぐぞ」

藤井はよく通る声でそう言った。そして自ら先頭に立ち、診療所の廊下を歩き出した。

晴樹とユカは、慌ててその後を追った。

風は多少収まったが、雨はしとしとと降り続けている。

晴樹と藤井が懐中電灯を持って前方を警戒し、ユカは後方に注意を払いながら道を進んでいく。アスファルトの上では水滴が跳ね、視界は悪い。羊頭警察署までさほど距離はない。十分も歩けば到着するだろう。

ふと、晴樹の背がぽんと叩かれた。何かと振り返った晴樹に、藤井が耳打ちする。

「おい晴樹。お前、あの子、ユカを助けてやれよ」

「はい？」

「味方になってやれって言ってるんだ」

「……どうしたんですか、藤井さん」

「俺は正直、あいつがわからないんだよ」

藤井は自嘲するように言った。

「サイコパスだとか、何だとか、意味がわからん。どうあれ、人が人を殺すのは間違っていると思う。殺人者を捕まえるのは、俺たち警察官であるべきだ。殺人者をもって殺人者を制するなんて、おかしい」

姉小路を批判しているようだった。

「だけどな。ユカの話を聞いているうちに混乱してきた。あの子は、嫌々殺しているわけじゃないんだよな。才能みたいなもんだ。殺人の才能を与えられて生まれてきた子供。その才能を活かせる場所なんてなくて、辿りついたところが姉小路のもとだったわけだろう」

「確かに、そうとも言えますね」

「どう考えたらいいんだろうな。サッカーの才能がある奴に、サッカーをやらせないのは不幸だろう。だが、殺人の才能がある奴はどうなんだ。今みたいに他のサイコパスと、戦わせるべきなのか。それがユカの幸せなら、彼女が輝ける場所がそこしかないなら、認めてやるべきなのかもしれない。人を殺させたくないというのは、俺の押しつけに過ぎないのかもしれない」

「……」

「だが、俺は人を殺すのはよくない、そこで思考が止まっちまう。考えを先に進められない……」

「僕だって、そうですよ」

「違う。お前は泣いた。お前はどうあれ、ユカのために泣いた。彼女の心にどこかで共感できたんだ」

「それは……」

「その点で、俺よりは見込みがある。ユカの味方になれる見込みがな」

「そう、なんでしょうか」

「そうさ。ま、頼むぞ」

藤井はもう一度晴樹の背を軽く叩いた。そして何事もなかったようにまた歩きはじめた。

晴樹は後ろを振り返る。ユカが相変わらず無表情に、そこにいた。晴樹と目が合う。ユカは目を離さなかった。相変わらずどこか申し訳なさそうな顔で、声を発さないままじっと、晴樹を見ていた。

殺人の才能、か……。

どんな人間にも個性があり、才能がある。人はそれを活かして生きていき、人から感謝されることで生きがいを得る。その結果を、幸せと呼ぶ。

しかしその才能が、呪われたものだったとしたら。もし自分が、ユカと同じサイコパスだったら。

何を思い、生きるのだろう。何が救いとなるのだろう。

いや、そもそも救いなどあるのだろうか。

もし神がいるのなら、サイコパスにどんな救いを与えたのだろう。

†

「来るね」

川口美晴が、柔らかい髪を指先で弄(いじ)りながら言った。

「懐中電灯の光だ」

山本克己も頷く。

「見える?」

「……場所を変える」

揺れる二つの光が、羊頭警察署に向かってまっすぐ近づいてくる。ゆっくりと、雨の滴(しただ)る中を。手首のわずかな角度の違いに応じて光は走り、濡れた葉やガラスを光らせる。克己は茂みの中を移動し、光が向けられない角度から頭を出して、目をこらした。後ろからは美晴がついてきている。

　小声が交わされる。

「三人だな」

「サクちゃんの言った通りだね」

「ああ。どっちをやる？」

　警察官は二人いた。体格のいい壮年の男。中肉中背の若い男。壮年の方が明らかに場馴れしている。また、格闘能力にも長(た)けていそうだ。克己にはそれが歩き方でわかった。しかし、壮年男は肩に何か白いものを巻き、どこか右腕の動きが不自然だ。怪我しているのかもしれない。一方若い男の方は、まるで何か考え込むように俯いている。こちらはどこにも傷はないようだ。

「私が選んでいいの？」

「ああ。与しやすい方を選べ」

　美晴は「やったあ」と無邪気に笑うと、克己の肩に顎を載せ、警察官たちを観察した。克己の背に、美晴の柔らかい胸が当たる。卑猥(ひわい)な臭いが漂い、小さ目の乳首の位置がわかった。

「……」

　美晴の瞳孔が開く。形が良く、柔らかい唇が開け放たれ、なまめかしい吐息が漏れる。

しばらくの沈黙の後、警察官の片方を美晴は指さした。

「私、あっちがいい」

「あっちか」

「うん」

心ここにあらずといった様子で、美晴は答える。

「……ちなみに、理由は？」

美晴はぼうっとしていた。頬が赤くなり、目がとろんと半開きになっている。乳首はさきほどよりもつんと上向き、股間は熱くなっていた。

「あっちの人、好みなの。可愛い。すごくかわいくて、愛おしくて、愛らしい……ぎゅってしたいの。なでなでしてあげたいの。可愛がってあげたいの」

裾をつかんでぎゅっとひねりつつ、美晴は言った。

「あっ……濡れてきちゃった」

克己は、ハンチング帽をぐっとかぶりなおした。この変態の相手をするのはアホらしかった。

「しくじるなよ」

「わかってるわ」

頷くと、克己は両の掌を軽く振った。指を一本一本折り曲げ、関節を何度か動かした。

こうして、血を通わせておく。手の神経を研ぎ澄ませておく。人を絞め殺す前に、いつも行うことだった。

さて……そろそろ、のはずだが。

克己がそう思ったときだった。

羊頭警察署の裏手から乾いた音が響いた。銃声だ。霧島朔也が銃弾を放ったのだ。

それを合図に、克己と美晴は、茂みから飛び出した。

†

「聞こえたか？」

藤井が緊迫した表情で晴樹を振り返る。

「はい。確かに銃声です。署の方から」

「警察官が撃ったのか。それとも、川上の拳銃を奪った霧島朔也が撃ったのか……？」

「私が見てきます！」

ユカが羊頭警察署に向かって駆け出した。

「待てユカ、一人で行くな！」

しかしユカは藤井の制止を無視し、走る。

「晴樹、追うぞ」

ややあって、藤井と晴樹が追いかける。

ユカと警察官二人の初動の差は、数メートルの距離となって現れた。それまでつかず離れず移動してきた三人に、間隙が生まれた。

それこそ朔也たちが望んだ展開であった。

藤井に背後から、何者かが掴みかかった。

晴樹の目の前に、立ち塞がるように人影が飛び出した。

足を止められた警察官二人の視界の先で、まっすぐに羊頭警察署に向かって走り続けるユカの背中が、小さくなっていく。

「待て、ユ……」

叫ぼうとした藤井の口は、何者かの手によって塞がれた。雨の中、声はユカに届かない。

ユカは振り返らず、走り続けた。

†

川口美晴は寝るのが好きだった。

性交が好きだった。肌を触れ合うのが好きだったし、甘い言葉を掛け合うのも好きだったし、その果ての絶頂も好きだった。

（ていうか、嫌いな人っているのかなあ？）

快楽が得られるなら相手は異性に限らない。同性でも構わないし、老人でも子供でも、犬でも馬でも、バナナでも人参でも、何でもよかった。

（ていうか、色々試した方が飽きなくていいよね）

相手がいないときは、一人で指でするのも好きだった。バイブレーターや、電気アンマも好きだった。全てを愛せたし、全てから愛されることを許容できた。特別自分が淫乱だとは思っていない。ただ、どうせ他人とかかわるのなら楽しくありたいだけだった。

喧嘩したり、傷つけあうなんて嫌。

エッチしながら喧嘩はできない。なら、エッチするのが一番素敵な人間関係のあり方だと思っていた。

川口美晴は寝るのも好きだった。

睡眠が好きだった。温かく柔らかい布団の中で、何の不安や悩みもなく、肉体の重みすら忘れ去って、心から自由になれる時間。復活を約束された死。果てしなく広く、無限に深い海に沈んで不条理な夢を見て、自分の存在すら忘れ、もっと大きな何かと一体化してまどろんでいるのが好きだった。これ以上の快楽はない。

美晴の理想は、起きている間は誰かと寝て、眠っている間は一人で寝ること。人の幸福は、ベッドの上だけで成立しうる。

お腹が減ったら美味しいものを食べて、そんでヤリたくなったらヤって、眠くなったら寝る。

快楽を追求し続ける。それが人生の目的だと、美晴は思っている。

大事なことが一つある。快楽は待っていてもやってこない。

自分から積極的に取りに行く必要があるのだ。男はみんな鈍感で、思ったよりも保守的だ。こちらから誘ってやらなくてはならない。とはいえ、単純に誘うだけでは都合のいい女で終わる。セックスだけの関係は望むところだが、相手をつけあがらせるのはよくない。あくまで美晴が上で、男が下。男が求め、美晴が許可した結果、二人が結ばれなくてはならない。相手が上になれば、その奉仕に手が抜かれる。美晴が得られる快感は減ってしまう。

快楽を最大化するには、知恵と努力が必要なのだ。

馬鹿と怠け者はいいビッチにはなれない。肉便器にはなれるが。

優れたビッチは、同時に努力する天才でもある。美晴はそんな自分に誇りを持っている。

男と相対すると、びりびりと緊張が体に走る。互いに自分の肉体、頭脳の全てを使った騙し合いが始まるのだ。

それは棋士が将棋盤で向かい合うときや、剣士が互いに構えて睨みあったときに似ているかもしれない。勝つか、負けるか。その先にある快楽を掴みとれるか、何も得られず惨めに地に伏すか。

そう、今まさに、美晴の勝負は始まっていた。

「離せ、この！」

藤井と呼ばれた中年警察官は、背後から組みついた美晴を引きはがそうと暴れている。

しかし左手は派手に振り回すものの、右手は動かない。怪我をしているらしい。それに気づいた美晴はにいと笑い、包帯の上から指で肩をぐいと押した。

藤井が悲鳴を上げた。美晴が掌で押さえている口の奥から、唾がほとばしる。美晴は自分の体重をめいっぱい振り回して、体格に勝る藤井のバランスを崩し、地面に引き倒す。湿った土のにおいがした。

「慌てないで。殺しはしないから」

美晴はそう藤井の耳元でささやくと、素早くあたりを観察した。地面に転がった懐中電灯。五メートルほど離れた場所で、晴樹と呼ばれた警察官と対峙している山本克己。走り去った園田ユカ。悶絶している藤井の、太い眉。優しそうな目。無精（ぶしょう）ひげ。腰に巻かれたホルスター、そこに刺さった拳銃。

「でもね、抵抗したら殺すわ」

美晴は自らの細い腕をしならせるようにして、素早く拳銃を引き抜く。そしてすぐさま銃口をぐいと藤井のこめかみに押し当てた。その勢いで、藤井の顔が地面にはりつく。美晴は引き金に軽く指で触れ、どれくらいの力を入れればいいのか確かめる。かすかに白髪の交じった坊主頭を見下ろして言った。

「私、手に入らないものなら、いっそ壊してしまうタイプなの。手に入ったものでも、そのうち壊しちゃったりするけどね、ふふ」

本心からの言葉だった。

「お、お前は……」

「私？」

柔らかく銃を掴んだ腕は微塵も動かさぬまま、美晴は顔をそっと藤井に近づける。やや茶色がかった数本の髪が、そっと藤井に触れるように。美晴の香りが、藤井の鼻に届くように。

「おまわりさんなら、私のこと知ってるでしょ？」

「受刑者か」

「そうよ」

「資料で見たぞ。確か、名前は……川口……ハルミ」

美晴の鼻の上に皺が走った。瞬間、感情が爆発する。拳銃を振り上げると、藤井のこめかみ目がけて力いっぱい叩き下ろした。

「美晴だよ。間違えんな」

藤井の鼻から血が散った。

そのまま藤井は昏倒した。

†

はっと藤井が目覚めたときには、無機質な部屋の中であった。

打ちっぱなしのコンクリートの壁面。吊り下げ式の蛍光灯。ハメ殺しの窓。藤井が仰向けに寝かされているのは、細いステンレスの棒を組み合わせて作られたベッドで、両手両足はビニールの紐で大の字に縛りつけられていた。かなり入念に巻かれていて、多少力を入れた程度ではびくともしない。

　右目に違和感がある。瞼を動かしてみるとぱりぱりと音がして、何か黒い粉が落ちた。血だった。殴られたときに出血したのだろう。

「起きた？　おまわりさん」

　女の声がした。

「もう、気絶しちゃうなんて。引きずって運ぶの大変だったんだから。次からは自分の足で歩いてよね、ふふ」

　川口美晴だった。ベッドの脇で椅子に座っている。すぐ近くの机に拳銃が置かれていた。奪われた藤井の拳銃だ。思わず腕を伸ばそうとするが、やはり動けない。くそ。この手さえ動けば、届くのに。

「抵抗しようなんて考えないでね」

　藤井の意図を見透かしたように美晴が言った。彼女はなぜか学生服を着ていた。紺を基調に白の線が走った、セーラー服。

「ここは」

　声を発そうとした藤井は、思わず咳き込んだ。喉がからからだった。それに加えて部屋に満ちている饐（す）えた臭いが、たまらなく不快だった。

「どこだ……ここは！」

「飲む？」

美晴は質問に答えず、立ち上がって恥骨のあたりを指さした。

「何だって？」

「私のおしっこ」

「何を言っている？」

「もしくは、口移しがいい？」

「何を言っている！」

美晴は首を傾げてみせた。それから唇を舐め、にいっと笑う。

「ねえ、おまわりさん。よくわかってないみたいだから、教えてあげる」

美晴は、自分の背中に手を入れた。ぱちりと音がする。手が出てきたとき、そこには白いブラジャーが握られていた。まだ温かいその下着をぽいと藤井の顔の近くに放り投げる。

藤井は動かない両手と両足を震わせながら、一連の動作を見つめていた。

「ここはね、誰か知らない人の家。でももう、誰もいない。私とあなただけ」

次に美晴の白い手はスカートをめくり始めた。完全にはめくらず、途中からは手をスカートの中に入れていく。どこまでも、美晴の手が呑みこまれていく。手品でも見るように藤井は目を凝らした。かさりと、葉が揺れるような音がした。

「あなたは動けない。私の好きなようにされるだけ」

美晴が片目を閉じてウインクする。

「だからせめて、私を喜ばせて？」

すっと、布が落ちた。美晴の足の間を滑り落ち、革靴の上に載ったその白い布。それを美晴は指先でつまみ、ゆっくりと足を抜いた。

「おじさんたちって、みんな好きでしょ？　制服」

上下ともに下着を脱いだ川口美晴は、体をくねらせてみせる。その小さめの乳首が、制服の下で浮いていた。藤井は首をよじり、目を閉じる。だが闇の中で美晴の体が残像のように揺れていた。

「どういうつもりだ」

「それともハダカになったほうがいい？」

その声に藤井が目を開く。いつの間にか美晴はハサミを持っていた。大きな、銀色に輝くハサミ。

美晴はそれを一度開いて閉じる。しゃりんと鈴のような音がした。

それから自分の制服の腹のあたりをつまむと、ハサミを入れる。藤井が食い入るように見ているのを確認してから、刃を閉じた。

布が切断された。はらりと枯葉のように、それは宙を泳いで落ちた。

美晴のへそ周りが露出する。

眩しいほどの白さに、藤井は眩暈(めまい)を覚えた。

†

川口美晴は裕福な家庭の次女として生まれた。

三つ離れた姉同様、小さいころから何一つ不自由はなかった。家も服も家具も、川口家には質のいいものがたくさんあった。贅沢(ぜいたく)な食事をし、両親の愛をいっぱいに浴びて美晴は育った。

美晴は美しかった。

女優だった母に似たのか、あるいは女神の加護でも受けたのか、美しかった。

小さい顔、均整のとれた体、白くきめ細かい肌に淡いピンクの唇、長いまつげに大きな瞳、すいと通った鼻筋。さらさらと流れる髪は清楚な人形のようであったが、時折覗く八重歯と少し釣り上がった眼尻(まなじり)は、どこか男に嗜虐的な欲求を喚起させる、卑猥な雰囲気を持っていた。

美晴が笑うとどんな男でもどきりとし、美晴が目を伏せると同性ですら見とれた。

そんな美晴にたくさんの男が群がるのは、もはや必然であった。美晴のスカートが風で揺れると、あたりの男性から視線が集中した。美晴の下着が透ければ、周囲の時間が止まった。着替えや風呂を覗かれるのはしょっちゅう。逆に痴漢(ちかん)被害はほとんど受けなかった。

あまりの美しさにむしろ圧倒されてしまうのか、近寄ってこないのだ。

美晴は周囲の男性を魅了し続け、やがて小学六年生で性に目覚めた。

初体験の相手は家庭教師の大学生。大学生は胸を偏執的に愛し、美晴のまだ膨らみかけの胸をまさぐり、舐め、何十分もしげしげと眺め続けた。生理前の胸と生理中の胸とを、写真に撮って比べた。たまにできた出来物の経過をずっと記録し続けた。

次は親戚の叔父さんだった。一緒にお風呂に入ろうと誘われ、股間を入念に洗われた末、偶然を装って挿入された。叔父さんとは夏休みのたびに一緒にお風呂に入り、裸で抱き合う関係となった。

近所に住む引きこもりの高校生に夜道で告白されたこともある。そのまま二人は公衆便所に行き、後背位で合体した。太り気味の高校生は、その肉で美晴を押しつぶすように何度も体をこすりつけた。彼は緊張のためか性器が起たず、ただ体を擦りつけることを繰り返すばかりだった。それでも便所の壁に放たれた精液を、美晴は舐め取った。

その高校生の家に遊びに行ったとき、彼の父親に目をつけられた。父親は美晴を娘だと偽ってビジネスホテルに連れ込み、そこで自分好みの衣装を着せて弄んだ。スクール水着、ランドセル、メイド服、ナース服。様々な服を着て美晴はカメラの前でポーズし、挿入されながら台本通り台詞を喋った。

一度、その父親とレストランで食事中に、父親の知り合いに出くわしたことがある。父親の上司にあたる人物だった。彼は美晴をいやらしそうな目で観察すると、隙を見て美晴に名刺を手渡した。美晴が公衆電話から連絡すると、上司は縄と浣腸を持ってスポーツカーでやってきた。美晴を縛り上げ、蝋をたらし、浣腸をして排便と排尿を眺め、それを食した。

ナンパしてきた男と寝て、ラブレターを渡してきた同級生と寝て、コンビニの店員と寝て、ホームレスと寝て、名前も知らない外国人と寝て、レズビアンとも寝た。

美晴はなぜ寝たか。

淫乱だった。それもあるが、好奇心旺盛だったのだ。

一人として同じようなセックスをする人間はいなかった。みな妙な性癖を持っていたり、おかしなこだわりがあった。感じるポイントも攻めたがる場所も違い、憧れているプレイも面倒臭がるプレイもバラバラだった。そして何より、性器と舌と顔の形が、匂いが、味が、みんな違った。

全部、食べてみたかったのだ。

ビュッフェスタイルのレストランに行けば、少しずつでもいいから全種類を制覇したい。美晴はそういう類の人間だった。

(ていうか、みんなそうじゃないの?)

まずは食べてから。味の良し悪しを判断するのはそれからである。食べた結果不味かったら、次から口にしない。美味しかったら繰り返し食べてみる。だが、そのうち飽きればぽいと捨てる。

美晴にとって性交とは、食事とさほど変わらない。

だが、そんな美晴の行動はすぐに猛烈な批判にさらされた。

男たちが激怒するのだ。

「美味しくなかったから」

「飽きたから」

「他にもっと美味しいものを見つけたから」

そんな理由で男を振ると、決まって男は美晴を攻撃した。

浮気だと。なぜ真実の愛を捧げていた俺を裏切るのだと。ひどいと。淫乱だと。尻軽だと。ルール違反だと。どうして傷つけるのだと。人でなし。どうしてそんなひどいことができるのかと。

表現は異なるが、言いたいことはたいてい同じ。

みな、美晴を独占したいのだ。飽きられたくないのだ、捨てられたくないのだ。いつでも美晴と寝られる関係でい続けたいのだ。

美晴はひどく奇妙に思った。

男たちの考えが、全く理解できなかったのだ。

美晴はある男との別れ話の最中に、こう語っている。

ねえ、それ。そう、今あなたが食べている、ハンバーガーの付け合せのポテト。美味しいよね。私も好き。塩と油の香ばしさが絶妙なバランスで、素敵。このチェーン店の魅力って、ポテトで八割方占められてると思う。だからあなたもそれを買ったわけだよね。

でもどこかで飽きるでしょ。

無限に食べていいと言われても、どこかでもう、いらないってなるでしょ。

試しにLサイズ食べてごらんよ。食べ終わってから、もう一度サイズ買ってごらんよ。ね。

理屈じゃないでしょ。体がもう、いらないって言うわけ。

それじゃん。そういうことじゃん。

仕方ないじゃない。

それがどうして、傷つけるとか、裏切りとか、ルール違反って話になるわけ？

ほら、あなたピクルス残してるじゃない。ハンバーガーからピクルス抜いて、そんなところに転がして。いつもそうだよね。うんうん、知ってるよ。ピクルス嫌いなんだって知ってる。

でさ。

あなた、ピクルスを嫌うことで、ピクルスが傷つくとか考えないでしょ。ピクルスに対する裏切りだなんて考えないでしょ。ルール違反でも何でもない。嫌いな食べ物にいちいち気を使ってたら、まともに食事なんてできなくなるよね。

つまり、無理して食べることなんてないんだって。色んな食べ物があるんだから。むしろ一つのものだけ食べてたら体に悪いよ。栄養偏（かたよ）るよ。飽きていいんだよ。嫌っていいんだよ。それは、人間が生きるために必要な機能なの。

ね、ポテトだったらみんなわかるでしょ？　どうしてエッチではわかんないの？

一人の相手とばかりエッチしてたら、おんなじ組み合わせの遺伝子ばっかりになるじゃん。多様性が失われるじゃん。色んな環境に対応できる遺伝子を残すのが生物の目的なら、同じちんこばかりじゃ、良くないと思わない？

思わないの？

え？

ピクルスと人間は違う？

うーん……。

どうしてわからないのかな。

私にとって、ピクルスもあなたも、同じ他者にすぎない。

あなたが私をピクルスと同じに見られないとしたら、それはあなたが勝手に私に入れ込んでいるから。考えてみて。ほら、スクランブル交差点を歩いている通行人。たくさんいるね。彼らって、あなたにとってのピクルスと何が違うと思う？

どうしてそんな顔をするの。は？　私がサイコパス？

言うにことかいてそれ？

通行人とピクルス、何も違わないでしょ……それに気づいていないあなたの方が、異常だと思わないのかな……別に通行人でなくてもいいんだけど、ほらそこのホームレスとかさ……あそこで死んでる芋虫とかさ。興味のない他者ってつまり、そういうものなんだよ。知らないの……？

私だけ脳の仕組みが違うって言うの？

ああ、もういい。うざい。

ねえ、文句言うんだったらさ、ポテトだけ食べて一生過ごしてみてよ。ピクルスを山盛り、食べ続けてみてよ。

それができるようになって初めて、私のこと責めてほしいわけ。


美晴の主張を理解する人間は少なかった。

屁理屈を言うなと怒鳴られもした。どうしてそんなに冷たくするのかと泣かれもした。美晴はただ、自分なりに正しいと思うことを口にしているだけで、他意はない。納得してくれる人間のあまりの少なさに、美晴は驚いた。

まるでみんな、操り人形みたいに同じ言葉ばかり口にする。性道徳。誠実。社会正義。常識。明示されたルール。暗黙のルール……。

美晴はそれに違反している。ゆえに、悪い。

（馬鹿じゃないの？）

未成年の美晴と寝た検事がいた。裁判官がいた。牧師がいて、住職がいて、教祖がいた。警察官だっていた。

みんな、ヤるときはルールなんて守らない。十八歳未満の美晴と平気で寝るし、妻がいるのに美晴と寝る。薬物を試そうとするし、露出プレイをやりたがる。裸を写真に撮って保存するし、金を払って手なずけようとする。

　誰もがそういうときだけ、ルールを見ない振りする。いや、むしろ自分の勇気を誇示するようにルールを破ってみせる。そのくせ美晴に捨てられると、ルールに対する裏切りだと主張しはじめるのだ。

　わかった。

　ルールとは、つまり都合よく使われるだけの存在なのね。実体はどこにも存在しない。厳正な律ではなく、矛盾に満ちたスローガンにすぎない。自分を守ってくれるときにだけ持ち出し、自分の邪魔になるときには無視するもの。美晴からすれば実に卑怯な行いに思えるが、どうやらそれが世界ではまかり通るようだ。性差別に怒り狂う女性が、レディファーストを主張するなんて日常茶飯事。

　くだらない。

　ルールを持ち出せば持ち出すほど、哀れに見える。「ルール」の威を借りて美晴を屈服させようと迫るわけだ。俺の兄貴は強いんだ、だから俺の言うことを聞け。そのへんのチンピラなみの行動を、まるで自分は常識人のような顔をしてやりはじめるから困ってしまう。

　弱者の発想だ。

本当に強いものはルールなど必要としない。

弱いほどルールに守られないと生きられず、強いほどルールに制約されるのがこの世界だ。

正義を振りかざす者は、ただの弱者ですらない。醜(みにく)い弱者だ。


ねえ、あのさあ……本当は違うんじゃないの？

君、さっきから誠実とか、一人の異性と添い遂げるとか、言ってるけどさあ。

問題ってもっと単純なんじゃないの？

言わせてもらうよ。

君が弱いのが悪いんだよ。どういうことかわからない？　君に魅力がないのが悪いって言ってるの。魅力的弱者。

君にもっと魅力があればいいわけじゃん。私が飽きないくらいに変化と可能性に溢れていて、捨てられないくらいに輝いていたらいいわけじゃん。ルールって話は、後付けだよね。君に魅力がない言い訳であり、正当化であり、逃げであり、責任転嫁で開き直りでこじつけで戯言(ざれごと)だよね。それダサイよ。

つうかお前のちんこ短いんだよ。

え？　耐久時間も、長さもだよ。くせえし。

怒んないでよ。

じゃあ、ちょっと考えてみて欲しいんだ。

もしもさあ、君が私みたいにモテモテでさ。あ、ごめん、別に自慢じゃないんだけど。とにかく、君に次から次に女が寄ってきたらどうする？　みんな裸になって、抱いてって言ってきたら？　セフレでもいいから、お願いって。それでも一人の女性に誠実でいるの？　あ、そう。ふうん。

そう、彼女を傷つけたくない。そうなんだあ。

じゃ、彼女が傷つかない人だったら？　あるいは、言い寄ってきた子が今の彼女よりずっと可愛かったら？　可愛くて若くて性格もよくて家柄もよくて金持ちでおっぱいも大きかったら？　え、正当な手順を踏んで別れる？　笑わせないでよ！　何をもって正当なわけ？　誰がそれを判断して、決めるのさ。

え、それも「ルール」が決めるの？

「みんなの常識」が決めるの？

誰なのよ「みんな」って。いやマジでわかんないんだけど。定義できない「みんな」が正しいかどうかは誰が判断するの？　それも「みんな」？

ハハハ。おもしろ。

……何考え込んでるの？

ねえ、ぶっちゃけさ、色んな女性とエッチしたいんでしょ。

若い子もつまみたいし、たまには熟女にも触れたいんでしょ。清楚な子もいいし、ギャルともヤッてみたいんでしょ。女子高生、女子大生、人妻、茶髪、黒髪、どれもいいね。プライドの高い眼鏡の女もいいし、プライドの低いアーパー女とも一度はヤッてみたいんでしょ。そりゃそうだよね、同じ相手とばかりだったら飽きるもん。わかるわかる。っていうか男ってそれくらいじゃなきゃ、ダメだと思うよ。本能だよ。

私、思うんだ。

本来、動物は弱い者が死に、強い者だけが生き残るはずなんだよね。だって無駄じゃん。弱い者も生かしておくなんて。強い者のおこぼれにあずかってるわけでしょ。でも人間はちょっとそれが狂っちゃってる。

愛だとか正義だとかの名のもとに、弱者の存在が許されちゃった。「みんな」とかいうわけわかんない存在で権威づけされた「ルール」って実体のない妄想に酔った、クッソくだらないザコどもが我が物顔で闊歩してる。

馬鹿げてない？

私、思うんだ。

ザコならザコなりに、隅っこでじっとしてろって。

偉そうに自己主張すんな。残飯だけ食ってろ。飽きられて、嫌われて、捨てられるのを受け入れろ。もっと言っていい？　ザコ同士で傷を舐めあってろ。薄汚い口で、苔むした舌で、舐めあって、傷口から化膿して、黄色ブドウ球菌に浸されて、敗血症と壊死でぼろ屑のようにくたばって、豚の餌にでもなり果てて、豚の糞としてドブ底の闇を誰にも興味持たれずに漂ってろよ。

ねえ、聞いてる？　ザコ。

つらかお前セックス下手なんだよ。


美晴は捨てた男を侮辱し、軽蔑し、塵ほども同情をしなかった。そして、後悔もしなかった。

それが正しいことだと信じていたから。

美晴に捨てられ、女性と話せなくなった男がいた。家から出られなくなった男がいた。自殺した男がいた。美晴は確かに強かったかもしれない。精神的にも、魅力的にも。それゆえに傷つけ続けた。

しかし、中には美晴に一矢報いようとする男もいた。

美晴を付け狙い、危害を加えようとたくらむ男が。

だが、それは最悪の結果を招くことになった。相手を弱者と断じて疑いもしない美晴は、相手の命を奪うことにいささかの躊躇も感じなかったのだ。

そして美晴は、最悪の発想に至ってしまう。


ザコのくせに私を殺そうとするなんて、面倒くさい世の中だわ。

私に魅力がありすぎるのが問題なのかしら。

そうね。そうに違いないわ。

だって私、男に飽きなかったことないもの。何千人と渡り歩いてきたけど、私を一生満足させる男のイメージなんて、わかないもの。結局どの男と付き合っても、捨てることになるのよね。その結果、何人かがこうして逆恨みしてくるわけか。

ザコを相手にしている以上、それは避けられない……。

なら、そうか。

念のため、男は捨てる前に殺しとくのが楽ってことだわ。

立つ鳥跡を濁さず。自分のゴミは、自分で捨てる。

エコだね。

†

川口美晴は蛍光灯を消した。

代わりにベッドサイドのチューリップランプをつける。光量を調整すると、幻想的な光が部屋に満ちた。

藤井は見た。

細い鎖骨が、せつないようなカーブを描く脇腹が、なめらかな腰骨が、淡く浮かび上がる。ハサミで切り裂いた制服の隙間から、美晴の肌が露わになっていた。美晴は藤井の視線を楽しむように笑いながら、あくまでもゆっくり、焦らすように服を切り取っていく。

へその右ななめ上の布が取られた。ピンク色の輪郭が覗いている。藤井の心臓がどくんと脈を打つ。太ももの内側の布が取られた。白い肌の中に黒。薄い陰毛がちらりと見えた。

藤井は目を閉じた。

これ以上見てはいけない。そう思った。

すぐさま、顎を掴まれ引き上げられる。目を開くと、すぐ前に美晴がいた。

「見て」

吐息がかかる。

「見て、ほら」

美晴がすいと肩を動かすと、切り刻まれた制服がはらりと落ちた。上半身は何も身に着けていない。小さめの形の良い乳房が二つ、藤井を見つめている。

藤井が顔を歪めて叫んだ。

「何なんだお前。俺をどうするつもりだ」

「エッチしようよ。私、あなたとしたいの」

「何を言ってるんだ」

「好きになっちゃったの。あなたはどう？　私と、エッチしたくない？」

「そんなことできるわけがない」

「大丈夫だよ。立たせてあげるから」

美晴は唇を舌で潤すと、ハサミを藤井の活動服、下半身にそっと入れた。

「うっ」

金属の冷気が藤井の足に触れる。どこまでも巧みな動きだった。藤井の肌を傷つけることなく、撫でるようにハサミが動く。じょきじょきと音がして、気づけば服を切り取られ、性器が露出させられていた。

「ふふ、可愛い」

美晴はしばらくじっと視線を留めてから、音もなくその肉体を藤井の上に乗せた。下腹が藤井の股間に当たる。その柔らかさと温かさ、何よりも滑らかさに、藤井は思わずうなった。

「おまわりさん、最近エッチしてる？」

上目づかいで美晴が聞く。

「……関係ないだろ……」

「彼女いるの？」

「今はいない」

「えー、そうなんだ。その年で？　まさか童貞？」

「黙れ……黙れ」

藤井は歯を食いしばりながら答えた。必死で耐えようとしていた。抗おうとしていた。しかし、体は思い通りにならない。股間が熱くなっていくのを感じる。その先端がそりたち、美晴の肌を押しつけ、肋骨に触れているのも。

「ね、こんなに若い子とエッチするなんて、久しぶりなんじゃない？　いや、ひょっとして初めてかな？」

「黙れ！」

「ふうん……いつまで、強がりが言えるのかしら」

美晴は体を寝かせ、藤井の肌の上で這うように動かしていく。顔を藤井に近づける。それと同時に、美晴の下半身が藤井の下半身に触れた。細くて柔らかい陰毛が、その奥でしっとりと濡れるものが、直接に触れた。藤井は思わず息を漏らした。

「お前は受刑者だ……俺は、お前を捕まえに来たんだ」

「エッチするの？　しないの？」

「するわけがないだろう！　俺は、警察官だぞ！」

「じゃあ、聞いていい？　おまわりさんがおまわりさんじゃなかったら？　私がヒトゴロシじゃなかったら？　そうだったら、するの？」

藤井は思わず黙り込んだ。したい、と答えてしまいそうだった。美晴はそんな藤井の心を見透かしたようにささやく。

「おまわりさん、もっと単純に考えようよ……」

美晴は腰を少しずつ動かす。藤井の先端が、美晴の入り口でこすれる。まるで吸い込むように、まるでキスをするように、そこが藤井を誘う。

「警察とか、法律とか、ルールとか。全部後付けじゃん。人間が作ったものじゃん。つまり人間の方が先に存在したってことでしょ？　私たちってルール以前に、男と女なわけでしょ？　そこにあるのは相手に欲情するか、否かだけでしょ。お互いがしたければ、エッチする。どっちも興味なかったら、しない。片方だけが欲情してたら……後は、駆け引き。それだけ」

「お前は人を殺した」

「そうかもね、だから何？　ああ、じゃあ一人殺したから一人作ろうか？　プラスマイナスゼロ。ね、精子ちょうだいよ。私は卵子しか持ってないから、ね」

美晴が藤井の胸に舌をつける。かすかに一度つけ、離し、またつける。

そのたびに藤井の脳に電撃が走り抜ける。しかしそれでも、藤井は歯を食いしばった。欲望の波に押し流されぬよう、理性を探し、離さぬよう掴み続けた。

「俺は人を守るために警察官になったんだ……」

「まだ言うの？　しぶといね」

美晴はいい加減、うんざりしていた。

美晴の経験人数は千人をゆうに超える。そのうち、ここまでやって腰を振りはじめなかったのは十三人しかいない。

藤井で十四人目。思ったよりも骨のあるおまわりさんのようだ。ま、それも時間の問題。手で性器をしごいてやれば、残りの半分が獣に戻る。舌で舐めてやれば、残りの半分も女の尻しか見えなくなる。ゲイと潔癖症を除いて。

美晴はあえて藤井の胸から、腹を経由し、腰を触りつつ……性器へと手を伸ばした。そして優しく握る。ゆっくりと上下させる。中指と薬指をわずかに曲げ、牛の乳でも搾るように。

これで、藤井もただの男になるはずだ。

「やめろ！」

ひときわ大きな声が響いた。ベッドが震え、大きく軋む。形だけの抵抗とは違う、本物の怒声だった。

美晴は思わず縮こまり、手を離した。

「な、なによ」

少し驚いた。なぜか懐かしい驚きだった。

子供の頃、父視に怒鳴られたときのような……。

おそるおそる、美晴は藤井を見る。

「俺が守りたい人の中にはな、お前も入ってんだよ！」

藤井が吠えた。眉はつり上がり、目は充血している。だがどこか怒りだけではない、優しさが感じられる気がした。

その目もまた、父親に似ているように思えた。

†

性器から生まれてきた女。

美晴のことを誰もが、美晴すらもそう思っていた。

頭なんて、心なんて、重要じゃない。性器が一番偉くて、性器が満足するために頭だとか心だとか、腕だとか足だとか内臓だとかが奉仕する。それが美晴だった。

体の中で最も自信のあるところが性器だったし、体の中で最も思い通りに動かせる部分が性器だった。

だから必然、殺人の際に最も主体的に働くのは性器だった。

はじめの一回だけは、手も使った。

男に挿入させておいて、交尾に一生懸命になっているところを刺し殺す。そんな作戦を立て、割とうまくいった。男が必死で美晴の子宮を目指して突いている姿は、哀れですらあった。正常位で息を荒くし、目は光り、何も見えていない。

（射精って大変なんだねえ、ご苦労様）

少しずつリズムが速くなり、男の呼吸が早まっていく。美晴はそれに合わせて、自らの性器にぐっと力を込めた。相手が抜く、ほんのわずか前に穴を狭くして、入れるタイミングの少し前に広げる。搾り取るように、優しく巻きつくように。

男が目を閉じ、うめくように声を上げた。隙だらけの瞬間。

そこで美晴は相手の首にナイフを突き立てる。

男は首を押さえた。それから不思議そうに美晴を見た。何が起きたのか理解できないようであった。そのまま体が崩れ、美晴の上に覆いかぶさる。最後にほんの少しだけ先端から精液を出し、男はそのまま息絶えた。

男性器の根元を避妊具ごとひっつかみ、自分の中から引き出す。それはまだ温かかった。

そして充血していた。もう拍動はしていないが、大量の血液がそこに集まっているのがよくわかった。

(そっか、おちんちんって血が集まって大きくなるんだ)

そして美晴は思いついた。

もっと効率の良いやり方を。

自分にぴったりの、方法を……。

†

「ふうん。あくまで私とエッチしないってわけね。じゃあおまわりさん、私とゲームをしましょ」

「ゲームだと?」

美晴はやや不機嫌そうに言った。

「そ。ゲーム」

藤井はまばたきをした。美晴が人差し指と中指で何かを掴み、藤井の鼻先に突きつけたからだ。細い筒の形状、肌色のゴム製の外殻。オナホールなどと呼ばれる、男性用の自慰器具に似ている。その辺の民家から調達したのだろうか。だが、美晴がこれを持っているということは、ただのオナホールであるわけがない。おそらく何らかの加工がなされているはず……。

「おまわりさんなら当然、知ってるでしょ？　私の殺し方」

「殺し方……」

忘れもしない。

資料の、川口美晴に関して書かれた部分を読んだとき、藤井は下半身に怖気が走るのを感じた。おそらくは川上も、晴樹もそうであっただろう。いや、男性なら誰もがそうだと思われる。

筒には男性器を挿入する穴があり、向こう側が見える。つまり管だ。ゴム製の管。その内側に銀色のきらめき。なぜか料理道具が連想される。果実の皮を剥くとか、芯を抜き取るような、そんな器具……。

「ほうら、見てごらん」

美晴はその筒の内部が藤井に見えるように掲げた。銀色のきらめきが十字に形を成す。

「さあて、ここでお出まし。みんな大好き、魚肉ソーセージだよ」

魚肉ソーセージを取り出した美晴はそのまま、もう片方の手と口でソーセージのフィルムを剥ぐ。わざとらしいほどのピンク色をしたソーセージが現れ、ぶるんと揺れた。そして美晴はソーセージの根元を掴み、ゆっくりと筒へと挿入していく。入口で何度か軽くピストン運動をさせて、それからぐっと押し込んだ。

　出口から現れたソーセージは、中央に十字の切り込みが入り、四本になっていた。

「本当はタコさんソーセージみたいにしたいんだけどね。それだと刃の入りが悪いから、こうして四分割が限界なの、キャハハハ」

　刃。そう、刃なのだ。筒の内側には刃が十字に配されている。カミソリか、カッターナイフかわからないが、とにかく何らかの刃が。

「ゲームのルールは簡単」

　美晴は食用油をローションの代わりに自らの股間にたっぷりと塗りつけた。すでに潤滑剤など必要ないほどそこは濡れていたが、さらに油でてらてらと妖しく光を放ちはじめる。美晴はへそ下から尻まで、念入りに塗っていく。

　そして藤井を正面に見て、尻を背後に突き出し、いたずらっぽく笑いながらオナホールを自分の股間に当てた。ずぶずぶと、それが美晴の中に入っていく。まるで蛇が獲物を呑みこむように。

「おまわりさんが選んでいいよ。どっちにする？」

「何だと」

「お尻の穴か、アソコか。どっちかでエッチするの。私、きちんと開発されてるからどっちも使えるのよ。いい？　入れるのは絶対。でも、選ばせてあげる。どっちに入れるか」

オナホールの姿は美晴の足の間で消えた。刃の罠が、魚肉ソーセージを四本に割った罠が、油と愛液で濡れた性器と肛門と、どちらかに待ち受けている。

「言っとくけどね。私、一度入れたら……」

爬虫類のように、美晴の瞳が縦長にきらめいた。

「おまわりさんが射精するまで腰振るから」

そしてその体を、藤井にこすりつけてきた。

「さ、どっちにする？」

選べ。

†

性器の損壊による失血死、もしくはショック死。

言葉にすればどこか無機質だが、現場は残虐極まりないものであった。勃起して充血した陰茎を、膣に仕込んだ刃で四つ切りにする。それが川口美晴の殺し方である。

勃起したその部分が、人体で最も敏感なところの一つであることを知った上での犯行。極めて残忍で、嗜虐的であった。

同時に、どこか受動的でもあった。男が美晴に挿入しない限り、刃は突き刺さらないのだから。しかし美晴の体に男が興奮し、勢いよく挿入しようものなら、悲惨な未来が待ち受けているだろう。

行く末は男にゆだねられている。あくまで美晴は待っているだけ。誘いはするが自分からは刺さない。

（でも、男の判断はいつも同じなんだよねえ）

ナイフを構えて待つ美晴に、男は自ら体を押しつけてくる……。

傷の深さは、被害者の業の深さを示しているようだった。

連続殺人犯として、効率的なやり方とは言えないだろう。男が挿入するかどうかは不確実だし、挿入したとしても致命傷を与えられるとは限らない。だが美晴は、これこそが自分に最も合ったやり方だと確信していた。

気持ちよかったのだ。

大物政治家の愛人を数か月続け、ある日いつものようにベッドに入る。刃を仕込んで。

それに気づいたときの相手の顔が。美晴の罠を悟ったときの表情が。赤く好色そうな顔が青白く凍りつく瞬間が。自ら振った腰の分だけ突き刺さる刃の感触が、裂けてちぎれる海綿体（かいめんたい）の音が、噴き出して子宮に当たる血液の生温かさが、時として性交に勝る快感をもたらした。

一人殺すたび、この唾棄（だき）すべき世界に一撃を見舞ったように思えた。

一人殺すたび、この下らない星が浄化され美しく変わっていくように感じられた。

そしてそれこそが、自分の使命であり、生まれてきた意味だとすら感じたのだ。

自分はいいことをしている。そう実感できる毎日。

美晴の殺意はもはや、止まらなかった。

残忍な方法で男を殺して回っている人間がいる。

その事実は早くから警察に把握された。しかし、美晴を捕まえるのは容易ではなかった。

美晴本人は、呆れるほどに無防備であった。死体の後片付けもしなかったし、自分の痕跡を消そうともしなかった。当時大学生であった美晴は現金もさほど持っていなかったし、自分の車も持っていない。逃亡手段は限られていた。

だが、男たちが美晴を助けるのだ。

美晴を匿う男がいて、美晴を逃がそうとする男がいた。どこでどう調達するのか、常に美晴の周りには彼女を助ける男がいた。

追いかける警察をあざ笑うかのように、美晴は日本を縦断した。男の家に泊まり、男に金を出してもらって宿泊施設（ラブのつくホテルと言った方がいいかしらね？）に入り、男の車に乗せてもらって、どこまでも逃げ続けた。美晴は、一円の金も必要としなかった。ただ股を開くだけで全てが解決された。

美晴の体は、いくらでも価値を吐き出す財布と等しかったから。

一度関係を持った男が美晴に執着しはじめたり、美晴にとって不要な存在となれば殺した。美晴の行く先には男の死体が転がった。アパートで、ラブホテルで、路上駐車した車の中で、性器を損壊した死体が次々に発見される。

美晴に便宜を図るなどして、生かしておいて得がある、と判断された男性は殺されずに生き残った。しかし彼らも美晴についての情報を警察に提供はしない。男性が美晴に惚れてしまっているのだ。だからあえて、美晴の足を引っ張るようなことはしない。あわよくばもう一度、美晴と関係を持つことを夢見て。

また、美晴は十八歳未満を自称して男性を誘惑することも多かった。彼女の容姿はそれを可能とした。その場合、男性はもっと固く口を閉ざした。青少年淫行などという罪を自分から告白したいわけがない。

男性たちの欲望と保身に助けられて、美晴は夜の街を駆け抜け続けた。

若い女の子をナンパして口説こうとする男を、十八歳未満と聞きながらラブホテルに連れ込もうとする男を、食事やドライブ、あるいは現金を餌に性交に持ち込もうとたくらむ男を、処分し続けた。

偶然監視カメラに引っかかり、飛び込んだ警察官たちに逮捕されるまで、美晴が殺した人数は実に三十八人に達した。

†

「俺はどっちにも入れない」

藤井は言い張った。

「何言ってるの。どっちか選ばないといけないんだって。私の話、聞いてた？」

美晴は首を傾げた。

「嫌だ。俺は選ばない」

「選ばないって言ったってさ、ほら……」

美晴はついに、指先で藤井の男性器に触れた。

「こんなに固くなってるよ？」

藤井の意識は遠のきかけた。

「ここ、苦しい、苦しいって言ってるよ？　エッチなお汁いっぱい、出したい、出したいって。ほら、もうパンパンだよう……」

どこか芝居がかった口上を述べながら動く、冷たくて滑らかな美晴の指は、みずみずしい稚魚（ちぎょ）のように藤井に絡みつく。問答無用の快感だった。

「入れたいんでしょ？　あたしの体の中に。この棒を入れて、かき回したいんでしょ」

「……入れたいさ。俺だって男だ」

「じゃあ、どっちにする？」

「だが、入れない」

「……」

美晴はやや強く、藤井の性器の先端をつまんだ。うっと藤井が唸る。

「わかってないみたいだなあ。おまわりさん。選ぶしかないんだよ。選ばなかったら、あなたは死ぬだけ」

藤井は顔をひきつらせながら笑った。

「殺してみろよ」

「え？」

「殺せばいいだろ。俺は入れない。いいか、この世には思い通りにはならないことがあるって、教えてやるよ。殺せばいい。代わりにあの世からお前を笑ってやる」

「……」

美晴の目がぎらりと光る。

「お前は勘違(かんちが)いしてんだよ。小さな頃から男にちやほやされて育ったんだろうな。何でも自分の思う通りになると思ってやがる」

藤井は言った。必死で口を動かした。

美晴の体と、その手の動きが欲望を刺激している。本能が理性で制御できなくなりそうになる。だが、意地があった。

このまま人殺しの好きにさせるか、という意地が。

「思い通りになると思ってる……当たり前でしょ？」

美晴は心底不思議そうに、頬に人差し指を当てて首を傾げた。

この様子だと本当に、今まで好き放題してきたのだろう。

「可哀想にな」

藤井は美晴を睨みつける。

「そうだ、可哀想だ。なあ、虚しくはないのか？　ただ殺し続けるだけの生き方が。もっと他の生き方をしてみたいと考えることはないのか。人から感謝され、褒められ、社会に存在を許されるような、そういう生き方が。美晴」

藤井は美晴に呼びかける。

「お前は確かに綺麗だ。頭だって悪くない。アイドルや女優になれたかもしれない。なのに、お前はこうして殺人鬼になり、血と臓物の中で蠢いてる。誰もお前の生き方を肯定なんかしない。お前の両親だって、友人だって、誰ひとり」

「……」

美晴は黙って藤井の言葉を聞いている。

「どうなんだ？　お前だって、そんな人生は嫌なんじゃないのか？」

藤井の言葉は、半分は警察官としての説得であった。だがもう半分は、本心からの問いかけだった。

「可能なら、今からでも真っ当な人間らしく生きたい……そう思うことはないのか？」

藤井は美晴を救いたかった。美晴の未来に待ち受けている地獄から。

「このままでは、いつか後悔するぞ」

「……私が後悔なんてするわけないじゃない？」

「俺は知ってるんだ！　お前らのような人殺しが、どうなるかを」

藤井は吠えた。それから声のトーンを落として、続ける。

「俺はこう見えても、元刑事でな……」

「へえ、おまわりさん刑事だったの？」

「元、だよ。それでも五年ほど、みっちり刑事をやった。何人か殺人犯を捕まえて檻の中に送った。その中でわかったことがあるんだ」

「……」

「殺人犯になりたくてなった奴なんて、一人もいなかった。人を殺した理由は様々だ。だけどな、みんな頭に血が上るか、精神的に追い詰められて、考える余裕がないときにやっちまう。殺したあとは後悔ばかりだ。罪悪感と逮捕の恐怖に怯えて、震えながら過ごす日々。捕まって檻に放り込まれて、やっと安らぎを得るんだ」

「……」

「連続殺人犯だって同じだよ。最初から何人も殺そうとたくらんでいる奴なんていない。だが一度殺したあと、どうすればいいかわからなくなっちまうんだ。殺したのに捕まっていない、その状況に酔いはじめる。それで繰り返すんだ。捕まえてやるとな、やっと正気に返る。過去に戻れるものなら戻って、自分の殺人をやめさせたい、そう言って泣くんだ」

「……」

「俺は、どこかで彼らに感情移入するところがあってな。人を殺した奴らを、単純に憎み切れないんだ。殺さずに済んだはずだ、そう思ってしまう。だから刑事をやめたんだよ。殺してから捕まえる刑事よりも、殺す前に防いでやる立場になりたかったんだ」

「……」

「人は人を殺しちゃならない。人を殺した先に幸せなど絶対にない。殺してしまったのなら、それは過ち以外の何物でもない。俺はそう、確信を持っている……だから美晴、お前にももう、人を殺させたくないんだ！」

渾身の説得であった。藤井の思いは通じているだろうか。美晴は無表情に藤井を見返している。何も答えないが、しかし言葉を遮るわけでもない。

揺れている。藤井はそう判断した。

あと一押しだ。あと一押し……。

「美晴、やり直そう。大丈夫だ。罪を償う仕組みも、罪を償えばもう一度受け入れられる社会も、あるんだ。もちろん簡単な道じゃない。死刑判決が出るかもしれない。でも、少なくとも胸を張って生き、正しく死ぬことができる。誰かに肯定される人生を歩めるんだ。このままたった一人で闇の中を行くより、ずっといいと思わないか？　俺はお前のために、その手助けがしたいんだ！」

嘘偽りのない言葉だった。

藤井の脳裏に、過去の殺人犯たちの表情が浮かんで交錯した。藤井に捕まって号泣した殺人犯たち。最初はふてくされていても、やがて憑き物が落ちたように反省しはじめ、そして罪を償いたいと、途切れ途切れの言葉で藤井に訴えた殺人犯たち。今もなお、刑務所で罪を償っている者たち。その表情はけして明るくはないが、それでも前を向いている。今の藤井と同じように……。

そう、美晴だって人間だ。藤井と同じ人間だ。

必要以上に恐れる必要はない。姉小路の言う怪物なぞ、ナンセンスだ。彼らとはともに生きていける。人を殺してしまうのは過ちだ。過ちは望まれてはいないが、しかし過たない人間はいない。

だから、あえて愛をもって向かい合おう。美晴にも、ユカにも、他の殺人鬼たちにも。殺人鬼に対する憎悪ではなく、人間に対する慈愛を抱いて……。

それが警察官としての、藤井の信念であった。

藤井の声はかすれ、瞳は潤んだ。魂を込めた言葉が美晴に向かって放たれ、部屋の空気を震わせた。

美晴がふっと、小さく笑った。

そして藤井の額にそっと掌をのせ、ゆっくりと撫でた。掌は藤井の目の上も撫でた。藤井は左目を閉じる。

「えっとさ」

美晴が言う。美晴の親指が、藤井の左目を、瞼の上から押している。

「ごめん、おまわりさん」

「お……お……」

美晴の親指は藤井の左目を押し続けている。

「途中から聞いてなかった」

「あ、ああ……」

左目を押している。左目を押している。押している。押している。強く圧迫している。強く強く押している。眼球が圧迫される。みちみちと音がする。藤井の視界が赤くなる。藤井は身動きが取れない。股間はすっかり萎(な)えた。なおも押している。押されている。全身の体重をかけて、押されている。押して、押して、押して押して押して押して押して。

ぶちり。

頭を刃物で貫かれたような激痛が走り、藤井の左の視界が消えた。

「うあああっ！」

「めんどくさくてさ、ふふ」

藤井の顔からこぼれた眼球を、美晴の左手が掴む。眼球はまだ視神経と血管で、藤井と繋がっている。

「他人からの肯定？　それが必要なのって、弱い人だけでしょ？」

「ぐあ、ああ、あああ……」

藤井は答えられない。ただ、間延びした悲鳴だけを喉の奥から発している。

「ねえ、本当に強い存在だったら、罪の意識なんて感じないと思わない？」

美晴はぺろりと、眼球を舐めた。

「うん、海の味」

「ああ、ああ……」

「私はおまわりさんと同じ人間なんかじゃないよ。そう思ってるのは、あんたたちザコだけ」

美晴は眼球を握った左手を引き、右手でハサミを構える。開き、閉じる。りんと金属の音。

「ぎゃあっ！」

藤井が耐え切れず叫ぶ。その全身が激しく震えた。歯が食いしばられ、体中から脂汗が流れる。左目の視神経が根元から切断された。美晴はお手玉のように眼球をぽんと上に投げ、また掴み、しげしげと見た。瞳孔がぼんやりと開いている。ふと藤井の睾丸に眼球を持っていき、明るく言った。

「ほうら、タマタマが三つになったよ。ね、面白いね。釘、あったかな？　釘でここに固定して、タマタマ三つマンにしてあげるね」

藤井は猛烈な痛みに耐えながら、右目をうっすらと開いた。

美晴は笑っていた。

目が合う。

「あ、右も取ろうか？」

「う、ううっ！」

藤井の体に悪寒が走った。恐怖だった。

「そうだ、両目を取って乳首に安全ピンでくっつけてあげるよ！　ね、面白い。乳首が目で、おへそが鼻。凄い腹踊り（はらおど）になるね。宴会で大人気間違いなし。キャハハ、キャハハハ、キャハハハハハ」

美晴の手がゆっくりと伸びてくる。藤井の右目を目指して伸びてくる。

藤井は必死に身をよじらせて避けようとする。しかし両手両足は縛られて、動けない。

藤井はようやく、理解した。

こいつは本当にやるつもりだ。

そして後悔などしない。

殺人をしている自分に酔っているわけではない。捕まって正気に返り、反省するわけでもない。そう、こいつは……今既に、正気なのだ。

怪物。

話の通じる相手ではなかった。

藤井はようやく、自分と、自分が対峙しているものの違いを理解した。

相手は人間ではない。たとえば爬虫類、あるいは昆虫、いやひょっとしたら金属や岩石ほど……かけ離れた存在なのかもしれない。

自分を目がけて落下する岩に愛を説いたところで無駄だ。

先ほどの行動は、それくらい愚かなことだったと、やっと知った。

「お。おお……」

右目が圧迫される。首をねじっても、美晴の手が追いかけてくる。顔面にはぬらぬらと生温かいものが流れている。おそらくは藤井自身の血液だ。

「ね？　私はもう、おしゃべりには飽きたわ。そろそろ決めたらどう？」

同時に美晴は藤井の性器を握り、しごいていた。不思議なことにそれは再び勃起しはじめていた。死の恐怖を前に、藤井の脳が子孫を残そうとしているのかもしれない。

「決めないと、右目抜いてタマタマ四つマンにしちゃうよ？　あと三秒で決めて。いーち、にーい……」

美晴の爪が、瞼を突き破ろうとする。美晴の指が、藤井を射精させようとする。精が放たれる寸前、ひときわ大きな脈動の前でその動きは止まる。そして落ち着かせてから、再び動きはじめる。美晴は藤井の男性器を焦らし続ける。

「わかった！　入れる！　入れる！　入れる！　入れるっ！」

藤井はたまらず叫んだ。その声は甲高く、もはや悲鳴だった。

「どっち？　どっちに入れるの？　どっちで私を、味わいたい……？」

「ヴァギナの方だ！」

「まあ、直接的な表現。せめてあそこって言ってよう、うふふ」

美晴がくすくすと笑った。それから股を開き、藤井の性器の少し上で中腰になる。性器ろう。

の先端が、温かな肉に触れた。ほんの少し陰茎の角度を変えるだけで、二人は合体するだ
「さ、自分で入れてみて」

美晴の手が動き、何か繊維(せんい)が切れる音がした。途端、藤井の肘から先の右手が動いた。

戒(いまし)めを一部だけ外してくれたらしい。自分で性器の角度を変え、美晴に挿入しろというこ
となのだろう。

藤井の手は美晴の手に導かれ、自分で自分の性器を掴んだ。それはこんな状況にもかか
わらず、やはり固くなっていた。自分でも困惑する。

藤井の喉はからからだった。体がほてり、鉄っぽい臭いが鼻をつく。

挿入するのは簡単だ。だが、そこには刃が待っているかもしれない。

これは通常のセックスとは違う。大なり小なり心や体の交流があるそれとは違い、自分
は完全に玩具にされているのだ。美晴は藤井を「同じ人間」とは思っていない。藤井とは
つまり……声が出て、動く玩具。

「バ、バ……バックが、バックがいい」

藤井はぜえぜえと荒く息をしながら、必死で口にした。

「バックぅ?」

美晴が驚く。それから、大きな声でけらけらと笑った。

「おまわりさん、余裕あるぅ！　なに？　バック好きなの？　バックじゃないとイけない

タイプ？　ははは、おっかしーい！　さっきまで真面目なこと言ってた人が、ちょっといじめたら『バックがいい』だって。笑かさないでよ」

ひとしきり笑ってから、美晴が動いた。

「ま、おまわりさんこれで最後のエッチになるかもしれないもんね。せっかくだし、ご希望に沿ってあげようかしら。バックっていうより、背面騎乗位だけど。私も好きな体位なのよ、これ」

美晴が腰を持ち上げ、前後を入れ替える。愛液がたらりと藤井の上に落ちた。寝ている藤井の上で、美晴がこちらに背を向けて跨（またが）っている。その体重は軽い。

「……さ。入れて……」

ささやくような、艶やかな声がした。

藤井は右目を開いた。先ほどまで強く押されていた目は、ぼんやりとしか像を映さない。わからない。美晴の背中らしき肌色のもやが見えたが、正確な位置はわからない。

右手を動かした。あたりを探った。そしてもう一度自分の性器を掴んだ。

かすかな吐息を含んだ、湿っぽい声でもう一度促される。

「入れて」

入れるしかない……。

藤井は心を決めた。

それは覚悟であり、一種の諦めでもあった。

自分は見誤ったのだ。姉小路が正しかった。彼が言った通り、川口美晴はモンスターであった。

藤井の心は折れた。美晴を更生させるイメージなど全くわかない。それどころか、彼女と何を話していいのかすらわからない。

俺は、もう無理だ。

目の前の現実は、藤井が受け入れられる限界を超えた。何なんだこれは。縛られて、美女の殺人鬼とセックスさせられる。性器か肛門、どちらかには刃が待っていて、俺は死ぬ。殺人鬼とはわかりあえないが、しかしセックスはできる。理解不能だ。狂ってる。めちゃくちゃだ。ありえるか、こんなことが。

もういい。死んでやる。

藤井は性器の角度を慎重に変えていく。先端が美晴の股間で滑り、あるところですいと、無抵抗に肉の中に吸い込まれた。

「よくできました……」

美晴がゆっくりと腰を下ろしてくる。藤井の一部が、美晴の体に呑み込まれていく。肉のひだが藤井を受け入れ、歓喜の蠕動で中へ中へと導く。美晴の満足そうなため息。

やっぱり、こっちか……。

藤井は思った。

性器の先端が何かに引っかかる感じがした。ちょうど金網のような手応え。そして鋭い痛み。

「ぐ、おおおお」

刃だ。美晴は躊躇なく、腰を下ろしていく。藤井は雄たけびのような声を上げた。苦痛を予想はしていたが、到底耐えられるものではなかった。

「えへへ。当たり」

美晴が何か言ったが、かすかにしか聞こえなかった。ただ稲妻のように痛みだけが、全身をかけめぐった。鋭い刃で裂かれた肉に、温かい血と愛液とが優しくまとわりつくように、残酷に突き刺すように、染みこんでくる。

「でも種明かし。あのね、ほんとはどっちにも刃を入れてたんだよ。私しっかり拡張してあるからできるの。でも仕方ないよね？　ザコ相手に、私がフェアなゲームする必要なんて、ないもんね」

笑い声。

騙しやがったな……。

藤井は遠のきそうになる意識を必死でつなぎ留め、右手に力を込めた。

「……え？」

戸惑うような美晴の声。

「おまわりさん、お尻にも……」

藤井は答えない。答える力はないし、必要もない。

俺は死ぬ。

だが、ただじゃ死なない。晴樹がいる。若い奴らがいる。俺にはどうしようもないこの世界でも、他の奴が何とかしてくれるはずだ。彼らに託すために、俺にできることはやっておく。

気が遠くなりかける。必死で繋ぎとめる。

騙すのは、お互い様だ。

右手の肘から先を自由にしたのは油断だったな。背面騎乗位を頼んだのは、ぎりぎりまでお前に気づかれないため。罠とわかっていて挿入したのは、お前の位置を特定するため。左は潰され、右はぼやけた視界でも、こうすりゃ狙いを外さない。

「おい、まさか！」

初めて美晴が慌てた声を出した。

もう遅い。手が届くところに拳銃を置いたお前の失敗だ。

藤井は最後の力を振り絞り、人差し指を動かした。引き金が引かれる。美晴の肛門に銃口を挿入した拳銃は、正常に動作した。発砲音。

頼んだぞ、晴樹。

藤井の心が、淡く白い霧のような無意識の中に消えていく。


「……サイアク」

美晴の口から赤い筋が垂れ、その体が藤井の上でぐらりと崩れた。

第四章「真面目（まじめ）ハンド」山本克己

晴樹の前に立ちはだかった男は、仁王像のようだった。

腰を落とし、両手を大きく広げている。ここから先は通さない、という意思がはっきりと見て取れた。

山本克己だ。

晴樹の頭の中で、資料に書かれていた情報が蘇る。受刑者、山本克己。四十三歳。大量殺人犯、十一人殺し。殺害方法は全て同じ。その腕力と握力を活かして首を絞めて殺す。殺した後はあたりを綺麗に掃除し、整える癖（くせ）がある。

ついた二つ名が「真面目ハンド」。

絞殺には強いこだわりを持っているらしく、それ以外の方法を用いない。刃物や武器が近くにあっても使わない。紐なども使わない。凶器は己の手のみ。それどころか、恐怖のあまり薬物で自殺を図った被害者を介抱し、毒を吐かせて心臓マッサージまでして蘇生（そせい）させたあげく、あらためて絞め殺したこともあるという。

死体を隠蔽（いんぺい）する意識が希薄で、また被害者には必ず克己の手の痕が残るため、連続殺人犯として早くから認識されていた。

「お前には、俺の相手をしてもらうぞ」

克己が言った。静かな口調であった。

「お、お前は……」

「そう怯えるな」

晴樹は克己に注意を払いながら、あたりを見回す。ユカは走り去ってしまった。藤井は晴樹の後方で女性、おそらくは受刑者の川口美晴ととっくみあいをしている。

晴樹は克己の隙を窺いつつ、後ずさりした。

「逃げるなよ」

克己は着ているジャンパーの前を開け、ぽいと放り出した。上半身がランニング一枚になる。太い腕、たくましい胸板。うっすらと汗をかいている。

体格でははるかに劣る。格闘になったら勝ち目はない。晴樹は拳銃を取り出し、しっかりと構えた。

ふと克己が中腰になる。そして、視界から消えた。

次の瞬間、腕が強かに殴打された。

骨がびりびりと震える。肘から先を千切られたかと思うほどの痛みだった。晴樹は倒れそうになるのを必死で踏みとどまる。拳銃が手を離れて宙を舞った。はっと腹を見ると、吊り紐(ランヤード)が切断されている。銃がどこかに落ちる音。

おそるおそる、左手で右手に触れてみた。腕はついていた。しかしまだ痺れていて、感覚がない。

「俺は二年だけだが、傭兵の経験があってね」

克己の声がする。ナイフを持っていた。

晴樹は今起きたことを思い出した。あまりの速さに、後からようやく理解が追いついていく。つい先程、克己は中腰になった。それから両手を前に突き出して柔道の前方回転受け身のように前転し、晴樹の懐に飛び込むと、その勢いを殺さぬまま横一線に手刀を放ち、同時に吊り紐を切ったのだ。見事な身のこなしだった。

克己は目と鼻の先にいた。持っていたナイフをあっさり捨て、丸腰になった晴樹をじっと見下ろしている。

「素手で兵士と渡り合ったこともあるんだ。お前の銃なんて、怖くもなんともない」

ぎょろり、と克己の大きな白目が動く。

蛇に睨まれた蛙。恐怖を通り越して、どこか諦めのような境地になる。血の気が引いていく。

克己が肩をぐっといからせる。晴樹は歯を食いしばった。今にも彼の腕が、晴樹の首目がけて伸びてくるかもしれない……。

「……んふう」

しかし、そうはならなかった。

克己は力を抜き、腕をだらんと下げた。そしてまた、肩をぐっといからせる。腕を上げ、また戻す。何をやっているのだろう。脇が開き、また閉じる。濃いわき毛が見えた。

「……」

克己は妙な目で晴樹を見ている。何か期待しているような目だ。

どういうことだ？

さっさと襲いかかってくればいいのに……。

「どうだ？」

克己が言った。

「どうだ？　どうだ？」

克己がぐいと肘を上げる。脇を晴樹に見せつけている。右の脇、左の脇、右、左。今度は右の脇を見せつけて、左手で煽いで見せる。脇の近くの空気を、晴樹の方に流すように。

意味不明な行動を前にして、晴樹も少し落ち着いてきた。

何がしたいんだ、こいつは。

「どうだ？　どうなんだ？　あ？」

克己は次に、脇を晴樹の鼻先に持ってきた。

そのとき、姉小路に渡された資料の一部が脳裏に蘇った。

そうだ。

資料にはこう書かれていた。

「山本克己の体臭に関して言及することは厳禁」

意味がわからなかった一文。適当に読み飛ばしていた一文。

だが目の前の克己は、体臭を晴樹に嗅がせようとしている……？

何のために。

理解不能だった。これはギャグなのか。何かの冗談なのか。これが現実だなんて。真剣に脇の臭いを嗅がせようとする連続殺人犯を前にして、晴樹は気が遠くなりそうだった。

†

ユカはナイフを一本取り出して構えつつ、警察署に飛び込んだ。

入口付近の蛍光灯だけがついている。奥に進むにつれ、暗闇となる。あたりには惨状が広がっていた。首の骨を折られた死体が、ごろごろと転がっている。口からだらりと舌を伸ばしている死体もある。宙を見つめ、唾液を流している死体もある。椅子に座ったままうなだれている死体もある。

やはり、警察署は全滅していた。

制服を着た死体にちらりと目をやっただけで、ユカは特に動ずることもなく前を向いた。

「こんにちは、園田ユカさん」

男の声がした。受付カウンターの手前あたりに人影がある。顔はよく見えない。

「初めまして。僕は霧島朔也。少し君と話したいんだ」

ユカは無言のまま早足で影に近づくと、迷いなく、そのみぞおち目がけてナイフを突き出した。影は避けもせず、ナイフはそのまま腹に突き刺さった。まるで豆腐(とうふ)を切り裂くように、抵抗感もなく刃は呑みこまれていく。

ユカの眉がぴくりと動く。何か違う。刺した感覚が違う。震え方が、内臓の動き方が、温度が、気配が違う。ユカはナイフの刺さった腹を見た。

どろりと血が流れ出てくる。しかし、勢いがない。

心臓が止まっている。

ユカはその人物の顔を見た。

首の骨がひねられ、目が半開きになっていた。朔也じゃない。死体だ。

がしゃん、と背後で音がした。振り返る。入ってきた扉が閉ざされ、男がこちらを見て笑っていた。

「こっちだよ。二人きりになりたくてね」

ユカは目を見開き、はっと息を呑む。すぐ後ろにいると思っていたはずの晴樹がいない。藤井もいない。そこにいるのはどこか透き通ったような印象の瞳を持つ青年だけ。

霧島朔也。

「閉じ込めさせてもらったよ」

ユカは囮(おとり)として使われた死体から、ナイフを乱暴に抜き取った。黒い血液が円を描いてあたりに散る。刃に付着した血液を自らの服で拭い、ユカは朔也に向き直って再度構えた。

「ここから出してください」

要求を率直に告げる。だが、ユカは動けない。

朔也の手には拳銃が握られていて、銃口がこちらを向いていたからだ。その構えは美しさすら感じられるほど、無駄がなかった。下手な警察官よりもリラックスしていて、まっすぐにユカの心臓に狙いがつけられている。既に射抜かれているのではないかと錯覚しそうなほど……。

「ユカさん。質問させてもらえないかな」

朔也は柔らかな口調で言った。

「ここから出してください」

「質問に答えてくれたら、すぐに解放するよ。僕は話がしたいだけなんだ」

朔也は無表情だった。ユカはその目を見つめてから、問うた。

「……質問って、何ですか」

「君のことが知りたいんだ。君はサイコパスなんだってね」

「そうです」

ユカは躊躇なく頷いた。やっぱり、と朔也は頷く。しかし拳銃は下ろさない。朔也が少しでも油断を見せれば、ユカは飛び込んで攻撃するつもりであった。だがそのきっかけが掴めない。朔也に隙はない。

二人の間に緊迫した空気が広がる。

朔也とユカは、五メートルほどの距離を保ったまま会話を続ける。

「自覚があるんだね、自分が普通の人間とは違うって」

「はい」

「いつごろから？」

「……小学校三年生くらいからです」

「意外と遅いね」

「違和感はもっと前からありました。両親は以前から、気づいていたのかもしれません」

「なるほど」

「でも、自分が普通と違うなんて認めたくありませんでした。だから、受け入れるまでには時間がかかりました」

「そうなんだね」

　朔也はうんうんと頷いた。

「受け入れるのは辛くなかった？」

「辛かったです。でも一度開き直ってしまうと、どこか気が楽になりました」

「他の人から嫌悪されたんじゃないか？」

「はい……それは、今でもそうですけれど」

「へえ。腹は立たなかった？」

　ユカは首を振った。

「……ただ、悲しかった」

「ふうん」

「神様は不公平だって思いました。どうして私だけ、こんな自分を割り当てられたのか、理解できなかった。自分が自分であることが祝福されず、まるで悪事みたいに扱われて、隠さなきゃならないのが、ただ悲しかった」

「ねえ、ユカさん。世の中にはこんな言葉もあるよ。『ありのままの自分でいい』……」

「はい」

「どう思う？」

「どうって……」

ユカは少し眉をひそめた。彼女から放たれる殺気が、やや薄らいだのを朔也は感じた。

「そんな言葉が巷で行きかっている事実こそが、『ありのままの自分ではいけない』と証明しているように思えました」

「なるほど、そうかもしれない」

朔也は明るい声で言った。

「その通り。言葉は必要があるから生まれる。『ありのままの自分でいい』『神様は、越えられる試練しか与えない』『望まれずに生まれてきた人なんていない』『どんな命だって、価値がある』……現実がそうなっているなら、不要な言葉ばかりだ。つまり、実体のない、ただの慰めの言葉。現実は逆さ」

「そう思います。そういうことが言える人たちは、私よりもましな『自分』を割り当てられたに過ぎないと思います」

「憎いと思う？」

「いえ、そこまでは。羨ましい、とは思います」

ふむふむと頷いている朔也を、ユカは見た。朔也は一体何がしたいのだろう。この会話の目的も、意味も、ユカにはよくわからなかった。

「ユカさん。これは単純に疑問なんだけどね。人から君に向けられるのは、嫌悪と慰め。君が人に向けるのは、羨望。これはほぼ完全なすれ違いだよね。どこまで行っても、互いの気持ちが交わることはないと思う」

「そうでしょうね」

あっさりとユカは答える。

「じゃあ、どうして人と一緒にいるんだい？」

ユカは口ごもった。

「どうして君は警察官と一緒にいて、人のために戦っているんだい？」

これまで即答してきたユカは、初めて目を伏せる。

「人の味方をしていれば、人になれるとでも思っているのかな。だとしたら、楽観的すぎるよ。振り返ってごらん。人は君を信用したかな？　警戒されたり、監視をつけられたりしていたんじゃないか？」

「監視は常にありました」

「君は姉小路という人物に引き取られ、家族として扱われてきたそうだね。だけど、それは本当の家族と言えるのか？　家族ごっこに過ぎないんじゃないかな。表面上、そうしているだけ。気持ちは、冷え切っている」

「……そうですね」

「そんなものが、本当に欲しかったのかい？」

ユカは口を歪めた。そして、絞り出すような声で答える。

「違います……けれど。望めば欲しいものが手に入るほど、世の中は甘くありませんから……」

ユカの拳は震えていた。

「ユカさん。君は、辛そうに見えるよ？」

「辛いですよ」

「辛いのに、随分頑張るね」

「私だけが特別、辛いわけじゃありません。どんな人でも、きっと、何かに悩んでます」

「君だって本当は、ありのままの自分ってやつを受け入れて欲しい、そうだろ？　家族にも、社会にも。監視に怯えたり、自分を律することなく、自由に」

「……そんなことをしたら、この社会で居場所なんてなくなります」

「そうかな？」

「そうですよ。サイコパスがありのままでいられる場所なんてないんです。危険な人間は排除されるのが社会です。朔也さん、あなたが今そうなってるでしょう。私は居場所が欲しいんです。どんなに窮屈で居心地が悪くたっていいから……せめて、帰る場所が欲しいんです」

「確かに僕は、好き放題人を殺した。そして捕まった。今はこうして逃げ出してるけど、もう一度捕まれば、すぐに死刑だろう」

「同情はしますが、仕方ないです」

「だけど、どうなのかな。僕はありのままに生きている。自由だ。僕のように短くても自由に生きる人生と。君のように監視と疎外感の中で飼い殺される人生と。どちらが有意義なんだろう」

「……」

朔也の言葉は、淡々とユカの心へと入り込んでくる。ユカが曖昧にしていた部分をこれでもかと見せつけてくる。

ユカの外見は人間と変わらない。だがその中身はどうだろうか。朔也は静かな口調でユカの中身を切り取り、裏側を見せつけてくる。この、真っ黒に染まった、粘性のある内臓を見てごらんよ。僕と同じだろう。

そう言わんばかりに。

†

山本克己が腕を上げ下げするのをやめた。と同時に、ぐいとその手が伸びた。

ついに絞め殺されるのか。思わず片目を閉じた晴樹。しかし、克己の大きな手は晴樹の後頭部を掴んだ。強い力で引っ張られる。克己の脇が、物凄（ものすご）い勢いで近づいてくる。

克己は晴樹を抱きかかえるように、自らの右脇に晴樹の顔を押しつけた。

「うぐっ」

克己は独特の体臭の持ち主だった。それに加え、刑務所ではあまり風呂に入っていなかったらしい。汗をかいているということもあり、つんと鼻を突く濃厚な空気が晴樹の肺に飛び込んでくる。思わずむせ返りそうになったが、晴樹は息を止めて耐えた。

「どうだ？　どうだ？　どうだっ！」

克己の声が聞こえる。

どうもこうも、どういうことだ。

晴樹は困惑しながらも、一つの仮説に行きついていた。

ここでの反応が生死を分ける。

腕力で勝り、絞殺を得意とする克己が晴樹をすぐに殺さない。警察官である晴樹は、明らかに克己の敵対者であるにもかかわらず、だ。克己が人を殺す前に自分の体臭を嗅がせるという性癖を持っているのか、ただの戯れであるのか、それはわからない。しかし資料にははっきりと「山本克己の体臭に関して言及することは厳禁」とあった。

そこにきっと意味があるのだ。克己の何らかのこだわりが。

理解できないが、しかし受刑者たちが常識の枠にはめられないことは、もう嫌というほど知っている。

体臭に言及してはいけない。

言及すればおそらく死が訪れる。晴樹は必死で自らの生理的反応を押し殺す。うめき声一つ、咳一つ、出してはならない。

脇に押しつけられてから五十秒ほどが経過した。

そろそろ息を止めるのも限界だと思ったとき、唐突に顔が離された。

晴樹は赤くなった顔でふうと大きく息を吐き、吸う。そんな晴樹の目を覗き込み、何か期待に満ちた表情で克己が言った。

「どうだ？　どうだ？　どうだった？」

晴樹は沈黙を貫く。まっすぐに克己を見返し、何も言わない。

「どうだと聞いているんだ！」

克己の目がぎょろりと動いた。

「……何が？」

晴樹がそう言うと、克己の顔には失望が見えた。

そしてもう一度後頭部を掴まれる。猛烈な力で、今度は左脇に顔を押しつけられた。再び晴樹は耐えた。目を閉じ、息を止め、ただ時間が早く過ぎ去ることだけを祈って耐えた。

「どうだ？　どうだ？　どうなんだっ？」

克己の声が聞こえてくる。

威圧的ではあったが、しかし晴樹は声の中にかすかな恐怖があるのを感じた。山本克己は、何かを恐れている。

それを恐れるあまり、晴樹にこのような行動をとっているのだ。

湿った脇毛が晴樹の顔をこする。汗が滴り落ちる。不快きわまりないが、それでも晴樹は耐え続けた。

あと十秒耐えれば。あと一秒耐えれば……。

終わるかもしれない。

解放を祈りながら、無限に続くような苦悶の時間をただ耐え続けた。

†

このままでは、朔也に主導権を持っていかれる。そう感じたユカは、口を開いた。

「朔也さん。何が言いたいんですか。私を……どうしたいんですか」

「別に。僕の希望は特にない。君なんてどうでもいいんだ」

「……？　じゃあなぜ、わざわざ話なんて」

「うん。話を聞いてよく分かった。君はいつか人を裏切る。これは間違いない」

朔也はいささかの迷いもなくユカに告げた。ユカは息を呑む。

「人とサイコパスの協力関係なんて、続くわけがない。一時的なものだ。時とともに君の中に矛盾は降り積もり、やがて許容量を超える。心の堰は決壊し、君は殺すだろう。周囲の警察官を、姉小路氏を、かりそめの家族を、虫のように殺戮するだろう。そうなるよう、できているんだ。うまく、できているんだ」

ユカは必死で言い返す。

「……しません」

「いや、する。時間の問題だ。まあ別に認めなくてもいいよ。時がくれば自分でもわかるだろう」

「私は……」

「でもどうせなら、その裏切りを今、やって欲しいな」

「裏切れ、と……？」

朔也は頷く。

「別に難しい話じゃないだろう？　遅かれ早かれそうするのだから。ちょっと時計の針を進めるだけだよ。君がそうしてくれたら、喜ぶ人間がいるんだよ。誰かの幸せのために行動するのは、いいものさ」

ユカは困惑する。

「あなたのために、裏切れと言うんですか」

「僕のためとは言っていないけれど、まあ、そう取ってもらっても構わないよ」

「それは……」

「もちろん、お礼は言うよ」

ユカは朔也の目をまじまじと見る。

ひどく冷たい目だった。言葉ほど上から目線でも、高圧的でもない。嘘をついている気配も、冗談を飛ばしている空気もない。朔也はどこまでも正直で素直なように思えた。

だからこそ、その目の奥に広がっている闇が、異質に感じられた。

†

もう息が続かない。視界は真っ赤に染まり、心臓の音が耳の奥で響いている。限界だ。もう、限界……。

晴樹の意識が薄れかけたそのとき、ようやく山本克己が腕の力を抜いた。

晴樹は克己の脇から引きはがされ、その場に崩れ落ちる。歪み、波打つ地面を見つめながら喘ぎ、新鮮な空気を体に送り込んだ。

「どうだ？　どうだった？　どうだ？」

克己の声がする。顔を上げると、やはりわくわくしたような顔で克己がこちらを見ていた。

体臭に言及してはならない。

「だから、何がだよ。何のことだ？」

晴樹はあくまで素知らぬ顔で言った。

克己は驚いたように口を小さく開き、固まった。

「……お前、蓄膿症か？」

「何？」

「鼻が詰まってんのか、って聞いてんだよ」

「違う」

克己は首を傾げ、続ける。

「嗅いだだろ？　俺の臭い」

「……ああ」

「で、どう思った」

「別に……どうも」

次の瞬間、激怒した克己が襲いかかってくるかもしれない。心では怯えつつ、しかしそれを面に出さないようにして、晴樹は問答を続けた。

「どうも、だと……？」

克己が笑った。まがまがしい笑いだった。三白眼をぴくぴくと震わせ、頬を吊り上げ、口を大きく開く。白い歯と赤い歯茎のコントラストがやけに眩しい。

「お前、ふざけるなよ」

「ふざけているわけじゃない」

晴樹は言い返す。克己の喉のあたりを睨みつけて。直接目を合わせるのは、恐ろしかった。

「もう一回聞く。嗅いだんだよな？　で？　何も思わなかったと？」

「ああ、そうだ」

「そうか……知ってやがるな、お前」

克己が頷いた。晴樹の背に冷たい汗が流れる。

ここは、どこまでもとぼけてみせるしかない……。

「知ってる？　何のことだ？」

「署にいた警察官どもは知らなかったようだが。お前、どこかで知ったな。俺の殺し方について。そうでなければ、その反応はありえない。どこで知った……？　俺の殺し方を知っている奴……？」

「……」

晴樹は口をつぐんだ。下手なことを言えば、命取りになるかもしれない。克己は顎に手を当てて何やら考えこんでいる。

「……そうか。あいつか。姉小路と言っていたか。あの学者風の男。あいつから漏れたか……ちっ、言うんじゃなかったぜ」

克己は悔しそうに、残念そうにぶつぶつと呟いている。その顔からは殺気が消えかけていた。諦めている、と言ってもいい。太い指は依然として蠢いていて、ぎょろりとした目は晴樹の首を物欲しそうに見つめている。しかし、絞めてこない。そこに結界でも張られているかのように。

　小さい頃読んだ本を思い出した。吸血鬼に襲われかけた子供の話。その子供は十字架のお守りを身につけていたために、吸血鬼は噛みつくことができない。吸血鬼は子供を見つめ、悔しそうに恨み言をこぼしながら、立ち去ってしまうのだ。

　今の克己と晴樹は、あのシーンにそっくりだった。

　何か理由があって克己は晴樹にこれ以上攻撃できないらしい。

　晴樹は克己を見上げた。

　これだけ大きいのに、これだけ強そうなのに。そして実際に何人もの人間を絞め殺してきているのに。今、晴樹を殺せない克己が、吸血鬼のごとく奇怪な存在に思えた。

†

「無理です。裏切るなんて、できません」

　ユカは言う。しかし朔也は淡々と、考えを述べる。

「裏切るというか、無駄なことをやめる、と考えてみたらどうかな。そもそも君の辛さ、人に受け入れられない孤独感、祝福されない絶望、望むものの得られない飢餓感。それらってさ、結局のところ……」

「やめて……」

「人と一緒にいようとするから、発生するものじゃないか」

ユカが顔を歪める。

「君はそれらを消し去りたいから、人に味方しているんだろう？　そうしていれば、少しでも辛いものがなくなるって信じているんだろう？」

ユカは耳を塞いだ。

「逆だよ。逆」

一番見たくなかった現実が、朔也によって突きつけられた。

「人と一緒にいるせいで、それらが発生するんだ。解決策は一つ。人と袂(たもと)を分かつことさ」

「……私は、無駄なことをしていると……？」

ユカは今にも泣き出しそうな顔だった。

「というより、君は夢を見すぎなんだよ」

「夢？」

「うん。人なんて、一緒にいる必要があるほど面白い存在じゃないよ？」

朔也は乾いた声で、少しだけ笑った。

ユカは沈黙し、床を見る。その顔は白い。

「君は人に憧れを持ちすぎている。周りに人しかいなかったから、他に生き方がないと思っているんじゃないかな。でもね、よく考えてごらんよ。世界には人だけじゃない。僕たちがいる。サイコパスだって、少ないけれど存在するんだ。僕らみたいな生き方だって、あるのさ」

「……生き方……」

「僕たちは同類だよ。君が初めて出会った、仲間だよ」

朔也は銃を下ろしてみせた。それから、手を広げて笑う。

「無理に人の振りをして生きるよりも、僕らと一緒に生きないか？」

ユカの目が大きく見開かれる。

「僕たちは馴れ合わない。だけど、君を嫌悪したり、疎外することもない。サイコパスの仲間意識は氷のように冷え切ってる。故に永遠に続くよ」

「仲間……」

「おいでよ。こっちに」

朔也が右手を差し出した。

からんと音がした。ユカが握っていたナイフが、落ちた音だった。

†

奇妙な膠着状態が続いていた。

晴樹と山本克己は、互いに見つめ合う。克己は晴樹を殺そうとはしない。だが、逃がそうともしなかった。晴樹が距離を取ろうとすると、回り込む。掴み、押さえつける。だがそれ以上は何もしない。

その代わり、しきりに話しかけてきた。

「なあ。俺の脇、どう思う？　なあ。教えてくれよ」

「どうとも思わなかったってことはないだろ。何らかの感想があるもんだろ。何でもいい、言ってみろよ。」

「助けると思って、言ってくれよ。後生だ。そうしたら逃がしてやるから」

脅すように、すかすように、様々な言い回しで晴樹に声をかける。晴樹はそのすべてを受け流し続けた。「体臭に言及してはいけない」……姉小路の言葉を守り続けた。

いつまで続くのだろうか。

互いに疲れが見えはじめた頃だった。

羊頭警察署の扉が開き、さっと道路に光が走った。克己と晴樹が光のありかを見る。そして晴樹は目を疑った。

警察署の中に無数の人間が倒れているのが見える。おそらくすでに全滅させられていたのだろう。晴樹を驚かせたのはそれだけではない。ユカと男が、警察署の入り口に並び、こちらを向いて立っているのだ。男は運動靴を履き、白いシャツと茶のズボンを身につけている。その顔は資料で見覚えがあった。受刑者の一人、霧島朔也。

なぜあの二人が一緒にいるのか。二人は寄り添い、ゆっくりと歩いてくる。ユカの方が少し前で、朔也は後からついてくる。

克己が大きな声で聞いた。

「朔也。説得に成功したのか？」

朔也が無表情に一つ頷いた。晴樹は気が気でない。

説得？　どういうことだ？

まさか。まさか、ユカが……晴樹たちの味方であったユカが。

裏切るのか？

晴樹と克己が対峙している地点から、十メートルほど先でユカと朔也は立ち止まった。

それから朔也がユカに声をかけた。

「さあ、どうぞ」

そして朔也が晴樹を見る。

晴樹は射すくめられたように体がこわばるのを感じた。

朔也の目は、恐ろしく冷たい印象であった。虫けらでも眺めるような目。

楽しい食事中、一匹の蝿が飛んでいる。うっとうしいが、わざわざ立ち上がって殺すのも面倒くさいものだ。しかし、蝿は延々と飛んでいる。やがて我慢が限界に達せば「仕方ない、殺すか」となる。そんなときに蝿に向けられる目。

蝿の何百倍も大きな存在が、ひょいと腕を動かす。手は圧倒的な質量で、蝿の全てを一瞬にして押しつぶす……。

「人と決別する第一歩だよ。あの警察官を殺すんだ」

朔也がそう言うのが聞こえてくる。

「ユカさん、遠慮はいらない。どうやら克己君は、殺せないらしいから」

朔也はユカに優しく微笑んだ。

ユカがこちらを見ている。晴樹を見ている。その瞳は闇よりも深く黒く、何の感情も読み取れない。

ユカが一歩、踏み出した。二歩、踏み出した。三歩。四歩。歩いてくる。晴樹めがけてまっすぐに、進んでくる。その手にはナイフがある。大きく、太く、背後の光を浴びて輝くナイフ。

ユカは数秒で晴樹のもとに辿りつくだろう。まるで待ち合わせ場所で出会った恋人のように、軽い足取り。小さな足音。

視界の中でどんどん大きくなるユカを前に、晴樹はもう諦めていた。

どうにでもなれ、という気分だった。どうせ逃げられない。

山本克己が、霧島朔也が、そしてユカが晴樹を見ている。

ユカは綺麗だった。

髪がさらさらと揺れていた。


晴樹は正直、ユカが裏切ることにさほど違和感はなかった。

いや、むしろ裏切る方が自然だと感じられた。

だってそうじゃないか。ユカはあらゆる点で、異常だ。伊藤裕子の頸動脈をためらいなくかっ切り、高橋光太郎の腹を裂いてみせた。どれだけ死体を見ても動じることなく、何とも思わない。共感できる部分の方が少なかった。

晴樹はユカの境遇を思って涙した。逆に言えば、涙することしかできなかった。彼女を救うイメージなど湧かなかった。何と声をかければ、どんな風に接してやれば、ユカの悲しみを、孤独を癒せるのか、わからなかったのだ。

あのとき、晴樹は思った。

殺人鬼たちの方が、彼女の気持ちを理解できるのではないか。ユカの友人になりえるのは、逃げ出した受刑者たちの方ではないかと。

だから、ユカが霧島朔也と一緒にいるのは少しも奇妙ではない。当然予想された結末。これまで味方してくれていたことの方がおかしいのだ。

ユカに狙われたら、もうおしまいだろう。

鮮やかな殺し方を、何度も見てきた。晴樹がかなう相手ではない。

せめて、苦しまないように殺してくれ……。

晴樹はもはや、そう願うだけであった。

自分の死を甘受して、茫然と目の前の光景を見つめていた。

——だから、心底驚いた。

ユカが晴樹のすぐ近くまで来て、身を翻し、山本克己に切りかかったことに。

「うおっ!?」

傭兵経験者というだけあって、山本克己の身のこなしは素早かった。腹目がけて突き出されたユカのナイフを、上半身をひねらせて間一髪避けた。だが、さすがに予想外だったらしい。克己はそのまま体勢を崩し、背を見せてよろける。それをユカは見逃さなかった。機敏な動きでナイフを返し、体を落として横に振る。

赤い飛沫が線状に散った。

「がっ！」

克己がそのまま地に倒れた。

ナイフは克己の右足首を、ぱっくりと切り裂いていた。血がだらだらと流れる中に、白いものが露出している。腱だ。あれでは克己は歩けない。いや、立ち上がることすらできない。

ユカがさらに腕を振りかぶり、全身を使って突き下ろした。粘土(ねんど)に何かを突き立てたような音がした。ナイフが克己の左ふくらはぎに刺さり、貫通した。

ユカが何か高い声を発し、背筋(はいきん)を使って思い切り体を引き起こす。ばさりと黒髪が揺れる。刺さったナイフが引き抜かれた。克己の傷口から血が噴き出る。晴樹は思わずうっと唸った。生臭い、鉄の臭い。

ぶくぶくと血の泡が、傷口の周りに浮かんではぱちんと弾ける。致命傷ではないとしても、もはや克己の両足は使えないだろう。克己は手で土をかき、必死で体を起こそうとしているが、その動きは鈍く重い。

ユカは荒く息をしながら、芋虫のように這いまわる克己を見下ろしていた。

そして克己の方を向いたまま、一歩後ろに下がる。そこには晴樹が立っている。どん、と晴樹の体にユカがぶつかった。少し背の低いユカの後頭部が、晴樹の胸の前にある。

ユカはそのまま、今度は朔也の方を見た。

克己や朔也から晴樹を守るように、ユカは立っている。

朔也は黙ってユカと晴樹を睨みつけていた。

もはや明らかだった。ユカは裏切ってなどいなかったのだ。いや、裏切るように見せかけて朔也を油断させ、克己を無力化した。

一体、なぜ。

なぜそこまで人間の味方をする……。

晴樹にはユカの真意が掴めず、しばらく立ち尽くしていた。

「ふうん」

朔也がそう言って頷いた。

「まあ、どちらでもよかったけど、そっちか……」

そして、さしたる感慨もなさげに踵(きびす)を返し、闇の中に消えていった。

朔也の撤退を見届けてから、ユカは再び克己の方に向き直る。それに釣られるように、晴樹も克己を見た。

克己は起き上がっていた。

立っているわけではない。膝をついて、座り込んでいるだけだ。もがいて何とか体を起こしたが、それ以上動けないらしい。膝の上に手を載せ、俯いて喘ぐように息をしている。

「……朔也の野郎。しくじりやがったな……」

その顔は青い。

「ふん……命拾いしたな、お前」

そう言って克己は晴樹を見る。晴樹の前に立つユカがナイフを克己に突きつけた。

「朔也は逃げたか。美晴の奴はどこか行きやがった。俺だけ、取り残されてる。よう、ユカだっけ？　どうせお前も、知ってるんだろう？　俺のやり方」

克己の問いに、ユカは無言のまま頷いた。

「じゃあ、もう詰んだんだな……俺は」

克己は大きくため息をついた。そして歯を食いしばって苦悶の表情を浮かべる。足の出血は激しい。相当な苦痛のはずだった。

「なあ、最後に聞いてくれないか。俺がどうして、臭いを嗅がせてるか。教えてやるよ……」

ユカが無言のまま、晴樹を振り返る。すぐに殺すかどうか、確認しているらしい。

「頼むよ。最後くらい、話し相手になってくれよ……いいだろ？」

克己が苦しそうに言う。

晴樹はしばらく迷ったが、やがて頷いた。

ユカと晴樹が見つめる中、克己は話し出した。

「……と言ってもな、別に複雑な話じゃない。俺はただ、バカにされんのが嫌だっただけなのさ。ある日、俺は久しぶりに会った友達と飲んでた。飲み会は盛り上がり、そいつの家で二次会をやった。楽しかったよ。ただ、そいつはちと口が悪いところがあってな。酔った挙句(あげく)、俺のことをバカにしはじめたんだ。お前、脇がくせえぞって。汗くさいから、お前が帰ったら部屋中換気しないとならないってな……」

山本克己は自虐(じぎゃく)的に笑った。

「気づいたときには、絞め殺してたよ」

そして大きな手を一度、二度、開いて閉じる。

「別に、そこまで気にしていたわけじゃないんだ。そりゃあ、汗をかけば誰だって臭うだろ。俺は体臭がきついほうらしく、指摘されたり、からかわれたりすることはこれまでにもあった。単なる酒の席での冗談のはずだった。だけど俺はその日、ちとナーバスでな。傭兵をやめて帰国してから、何もかもうまくいかない時期があったんだ。仕事は首になり、惚れた女にも逃げられた。金は減る一方で、だいぶまいってたんだろう。友達を許せなかった」

「発作的な殺人だったのか」

「そういうことだ。魔が差した、というやつだ」

克己は頷く。

晴樹は意外な思いだった。サイコパスたちは、みな冷静に殺しているように感じていた。殺すときは殺す、殺さないときは殺さない。魔が差すもくそもない。殺人を完全に制御下においている印象があったのだ。

だが克己の告白は、妙に人間臭かった。

「我に返ってすぐに途方にくれたよ。友達の息はもう、なかった。俺はなんてことをしてしまったのかと、絶望したね」

「人を殺したんなら、当たり前だろう」

「いや、違う。殺人自体には、さほどショックはなかった。傭兵のころ、何人も殺してるからな。俺がショックだったのは……法律に違反してしまったことだよ」

晴樹は困惑した。

ますます妙なことを言う。法律に違反したのがショックだった？

法律を守る気があるくらいなら、どうしてお前は連続殺人犯になどなったのだ。克己は晴樹を見上げて続ける。

「俺は真面目な性格なんだよ。いいか、俺は一度も信号無視をしたことがない。どんなに車が少ない道でも、他の通行人が渡っていても、絶対に赤信号の間は待つ。それがルールだからだ。決まりだからだ。決まりは守ってこそ、意味がある。制限速度だって一度も破ってないぞ。どんなに煽られたって守る。二十歳を超えるまでは酒も煙草もやらなかった。万引きの類はもちろん、立小便も、キセルも、したことがない。廊下を走ったこともないし、校長先生のお話の間、私語をしたことだってないんだ」

「……そうなのか」

「そんな俺が、人を殺してしまったんだ。最大級のルール違反。ひどい自己嫌悪に襲われたよ。いや、ほとんどパニックだったぜ。守るべきルールを守れなかった絶望。それだけじゃない。これからの未来を考えると、本当に気が遠くなるような思いだった……お前に想像できるか？」

晴樹は頷く。

人を殺した直後は、そりゃあ絶望するだろう。一生その罪を背負っていかなくてはならないのだ。それも、過ちを犯した過去は消えない。体臭をバカにされた程度で殺してしまったのだから、悔いても悔やみきれないはずだ。

だが仕方ない。それが罪なのだから。

「わかるか？　俺は重い枷を負ってしまったんだよ」

「ああ……」

「俺は一生の間ずっと……」

克己は一瞬言いよどみ、そして悲しそうに言った。

「体臭をバカにした奴を、殺さなきゃならなくなったんだ」

「……え？」

意味がわからなかった。晴樹はゆっくりと克己の発言を咀嚼する。

一生の間ずっと、体臭をバカにした奴を殺さなきゃならなくなった……？

え？　殺すのか？　人を？

「なぜ……？」

晴樹の問いに、克己は虚を突かれたように沈黙した。それから、当たり前だろう、とばかりに眉をひそめる。

「だってそうだろ。俺は友達を殺したんだ。体臭をバカにされた、というだけの理由で。となれば、同じように体臭をバカにしてきた奴を、全員殺さなくちゃならない。それが、平等ってもんだろう？　同じことをして殺されない奴がいたら、殺された友達が報われないじゃないか」

報われない、だって……？

晴樹は克己の目をまじまじと見た。そこには理性的な光がある。克己なりの筋は通っているのかもしれない。だが、なぜそう捉える。

「待てよ。法律に違反したのがショックだって言ってたじゃないか。友達が報われないと言うなら、法律に従って罪を償うべきだろう」

「何を言ってるんだ。俺が裁判を受けて刑務所に入って、友達が喜ぶのか？　そんなのは償いになどならないよ。だって、友達はもう死んじまってるんだ」

「しかし、他に償う方法なんてない」

「友達の気持ちになって考えてみろ。さぞかし無念なはずだ。自分だけ俺に殺されて。他にもいるんだからな、俺の体臭をバカにした奴。そいつらはまだ、殺されていないんだ。どうして自分だけが、と思うだろう。だから過去にバカにしてきた奴らを俺は全員殺さなきゃならなくなった。今、どんなにいい奴でも。何の恨みもなくても。そして今後俺の体臭をバカにする奴も、全員きちんと殺してやらなきゃならない。これはルールだ。新しいルールができた。全てに優先するルール。友達のためにそれを遵守（じゅんしゅ）するのが、俺の償いだ」

「……」

晴樹は絶句した。

まるで話にならない。克己が「真面目」なのは間違いない。問題はその「真面目」さの表れ方だ。独自のルールの守り方。なぜそうなる。なぜそこにこだわる。

晴樹にも何となく、理解できる面はある。

例えば横断歩道を渡るとき、戯れに白いところだけを歩こうとすることがある。それが達成できれば嬉しく、達成できなければ何かもやもやを抱えてしまう。何のためにそうしているのか、どうしてそうなるのか、聞かれたって答えられない。

あの感覚を、もっと発展させたのが克己なのかもしれない。殺人すらも、ルールの中に組み込んでしまえる執念（しゅうねん）。

順調に横断歩道の白いところだけを踏んで歩いていたのに、正面から人がやってきた。

避けるためには白いところから足を外さなくてはならない。そこで諦めて避けるのが晴樹。相手を車道に押しのけてでも、自分の取り決めを守るのが克己。

「わかってくれたか？　俺の気持ち」

理屈はわかった。だが、わからない。

「まさか、絞殺にこだわるのも……」

「ああ、俺は友人を絞め殺した。平等を期すためには、同じ方法で殺さないとな。他にも細かい取り決めがあってな、最初に力を込めるのは右の親指だとか、左の小指は力をかけてはならないとか……まあ、言っても仕方ないことだが」

晴樹はようやく、克己の奇行の意味を理解した。

しきりに臭いをかがせ、「どうだ」と聞いていたのは、「くさい」と言わせるためだったのだ。晴樹がそう言えば、克己の「体臭をバカにした」ことになるから。「体臭をバカにした」ことになれば「絞め殺す」のがルール上、可能になるから。

おそらく、これまでもこの手順を踏んで殺してきたのだろう。

体臭をバカにされていないのに殺すのは、法律違反だからダメ。しかし体臭をバカにした人間を殺すのは、友人のためにＯＫ。そんなルールを、克己は頑なに守り続けているのだ。

「なあ聞いてくれ、俺には一つだけ心残りがあるんだよ。あと一人だけ殺し終わっていないんだ。俺の体臭をバカにした奴だ。だけどな、そいつを殺す前に俺は警察に捕まってしまった。そしてこの島に閉じ込められて、今に至るわけだ。俺は、殺さなきゃならない……あと一人殺さないと、死ぬわけにはいかないんだ」

「まさか、そのために脱獄したのか」

「ああ、そうだよ。俺は逃げたい。本土に逃げて、大阪に行きたいんだ。そいつを殺すために。そのためなら何でもする。そのためなんだ。脱獄したのも、全てはそのため……」

「そのために、僕も殺そうとしたと……？」

「そうだ。わかってくれるだろう？」

晴樹にぞっと怖気が走る。

「人を殺すのもやむを得ないと、わかってくれるだろう？」

克己の目に罪の意識はなかった。晴樹をまっすぐに見つめ、許しを乞うている。克己は信じている。理由を説明すれば、晴樹が「そうか、じゃあ僕を殺そうとしたのも仕方ないな」と言ってくれると信じている。あり得るはずがないのに。克己の中ではおそらくそれが成り立っている。晴樹にはそう感じられた。

「俺を逃がしてくれ」

克己は臆面もなくそう言った。

「あと一人なんだ。あと一人殺せば、全て清算できるんだ。殺し終えたら、俺は自首しにくる。約束だ。俺は絶対、約束を守る」

嘘を言っている様子はない。本心なのだろう。それがわかるから、余計に不気味だった。

「その最後の一人というのは、一体誰なんだ……？」

晴樹は聞いてみた。克己はすぐに答えた。

「俺の娘だ。別れた女が、連れていった」

気が遠くなりそうだった。

「まだ七歳なんだがな。お風呂に入っているときに『パパ、くちゃい』と言ったことがあってな。絞め殺さないとならない」

晴樹は額を押さえて、少しよろけた。

「マナという名前でな。愛、という字を書いてそう読むんだ。俺たちの愛の結晶という意味を込めてある。可愛い子だぞ。俺に似ず、器量よしでな。頭だっていいんだ。写真を見せてやりたいくらいだ」

克己は微笑む。晴樹にはわかった。

彼は愛している。娘のことを。そしてその娘ですら、己の自分勝手な思いの前に生贄（いけにえ）に差し出すつもりなのだ。今、目の前にそのマナという子供がいたら、彼は実際に絞め殺すのだろう。

そこに葛藤（かっとう）は見られない。娘を選ぶか、ルールを優先するか、迷いはない。ルールが全てに優先される。克己自身ですら、自分で作り上げたルールの奴隷に過ぎない。

克己が生きているのではない。ルールが生きているのだ。

克己の脳の中に「ルール」をつかさどる部分があり、その部分が克己の感情も行動も全てを掌握し、馬車馬のように走らせ続けている……。

そういうサイコパス。

なぜ、どうして……こんな人間が存在するんだ。

晴樹は吐き気を催した。


一言も発さず、黙って立っていたユカがふと動いた。一歩進み、克己に向かってナイフを構える。

「晴樹さん、殺しましょう」

ユカは小さな声でそう言った。晴樹は戸惑う。

「ま、待つんだ。彼はもう動けない。殺す必要はないよ」

「でも、今すぐ確保するのも困難です。彼は、逃げる気まんまんです。相当厳重に拘束する必要があるでしょう。仮に身動きできなくさせられたとしても、まだ霧島朔也が残っています。朔也が彼の拘束を解くリスクを考えると、ここで確実に始末しておいた方がいいと思います」

ユカは淡々と言う。克己が悲鳴を上げた。

「待ってくれ！　俺の話を聞いていなかったのか？　どうしてわかってくれない？　頼む、俺はあと一人殺したいんだ。俺の願いはそれだけなんだ、それさえ叶えられれば一切の抵抗はしない、約束する」

「晴樹さん。逆に言えばこの人、娘を殺すためなら抵抗する意思があるということですよ」

ユカの目は冷たく、鋭かった。克己が反論する。

「それはそうだ。だが、言ったろう？　友達のためなんだ！　ただむやみに娘を殺したいわけじゃない。わからないのか？　これは、正義なんだよ」

必死に訴える克己を、晴樹は見つめた。

娘を殺させるなど、認められるわけがない。克己の願いは叶わない。

「晴樹さん。心配しなくてもいいです。私がやりますから」

先ほどのユカの発言には頷ける。確かに克己を生かしておくのは危険だ。

羊頭署の中の警察官たちは死んでいた。藤井とははぐれてしまったし、川上は死んだ。

今や晴樹とユカ、二人っきりなのだ。できれば生かして捕まえたいとか、甘いことを言っている余裕がないのは事実だった。

「それとも、晴樹さんがやりますか？」

ユカが晴樹を見て言った。

晴樹はどきりと震える。

「そうですね。その方がいいかもしれません。警察署の中では、警察官たちが首を絞められて死んでいました。おそらく、克己さんの仕業(しわざ)だと思います。晴樹さんの同僚ですよね。つまり、克己さんは仲間の仇(かたき)ですよね。晴樹さんが自分の手で殺したいと言うなら、それでもいいですよ」

仲間の仇。

そう聞いて、晴樹の中で何かが燃え上がった。

そうだ。こいつは殺したんだ。罪もない人々を。よく一緒に飲んだ同僚たち、色々教えてくれた先輩。中には結婚したばかりの者もいたし、本土に家族を残して単身赴任した者もいた。彼らを無残に死に至らしめ、なおも人を殺したいなどと、こいつはほざいている……。

ふざけるな。

晴樹の目が血走り、歯がこすり合わされて音が鳴った。

それを見たユカが、晴樹の手にナイフを持たせる。晴樹はその柄を、ぎゅっと握りしめた。

「待て、待て。確かに俺は殺した。だが、悪気があったわけじゃない。友達のためだ。ルールを守るためだ……どうしてわかってくれないんだ？」

克己は必死に懇願する。その様を見て、さらに晴樹の腸は煮えくり返った。

悪気があったわけじゃない、だと？　そんな言葉で、残された人間が慰められるとでも思っているのか。

殺してやる。

晴樹はナイフを振りかぶった。

克己は怯え、腕を上げて自分の身を守ろうとする。

殺してやる。

晴樹は克己を見下ろして、腕に力を込める。指が震え、鼻の奥がつんと熱くなる。

克己は震えている。その息遣いが聞こえてくる。

殺してやる。

憎い。こいつが憎い。殺してやりたいほど憎い……。

息が荒くなり、頭の中で稲光が走る。耳の奥で心臓の鼓動が聞こえ、舌は乾き、喉が脈うつ。晴樹の感情は、今までに感じたことがないほどに加速し、高速で回転した。

それでも……できなかった。

振り下ろせなかった。刺せなかった。殺せなかった。

そこに透明な壁でもあるかのように、腕が動かない。理性とも感情ともつかない何かが、頑なに晴樹のことを押しとどめている。時間だけが過ぎる。一秒、二秒……。

「よくできるな……」

晴樹はそう言うのが精いっぱいだった。

克己が不思議そうに見上げる。

「よくできるな、こんなこと。人を殺すなんて、よくできるな……」

誰かのためだとしても。仇討ちだとしても。

それでもできない。

晴樹の顔面が、ぴくぴくと震える。何度も何度もまばたきする。

殺してやりたいという思いと、殺すという行動は、容易には一致しない。それを晴樹は知った。

ダメだ。僕にはできない。

僕には……。

諦めて、晴樹はゆっくりと腕を下ろした。汗が全身から噴き出した。

克己の目に安堵の光が浮かんだ。

なら仕方ないとばかりに、横からユカが腕を突き出した。手には別のナイフが握られていた。

その先端は克己の首を正確に貫いた。

山本克己はかすかに痙攣していた。首からの出血は最初こそ激しかったものの少しずつ弱まり、そして体が動かなくなっていく。

ユカはハンカチで、ナイフについた脂と血を淡々と拭っている。

晴樹は動けなかった。ただ目の前の光景を見つめることしかできなかった。

様々な思いが頭の中を行き来していた。

克己は最後、抵抗しなかった。足はユカに刺されて動かなかっただろうが、手は動いたはずだ。あのたくましくて太い腕。克己にその気があれば、晴樹のナイフを奪い、逆に晴樹を刺し殺せたかもしれない。そうでなくとも晴樹の首に腕を伸ばし、そのまま絞め殺せたかもしれない。

　だが、克己はしなかった。

　理由は推測するしかないが、やはりそれがルール違反だからなのだろう。「くさい」と言っていない相手を殺すことは、克己の中では許されない行いなのだ。ルールを厳守し、克己は死んだ。結局最後まで、克己は己に忠実だった。

　それは幸せなのだろうか。それは正義なのだろうか。

　晴樹には断じて、そうとは思えない。だが克己にとってそれが幸せで、正義だったとするなら。

　自分の信じる幸せが、誰にも理解されなかったとするなら……。

　どんな気持ちなのだろう？　どんな風に世界が見えるのだろう？

「晴樹さん、藤井さんを探しましょう」

　ユカが言った。晴樹は我に返る。

「……そうだね」

　頷く。

　ユカに続いて歩き出す。

　一度だけ振り返り、克己の死に顔を見た。

　その瞳はもはや何も映していない。

　だがひどく透き通っていた。

第五章「人形解体屋」霧島朔也

落とした拳銃を回収した後、藤井を探してユカと晴樹が歩いていると、銃声が聞こえた。その方向を頼りに一軒の住宅へと辿りつき、一室の扉を開く。広がる光景は異様の一言であった。

男と女がまぐわったまま、倒れていた。

男は藤井。女は川口美晴だろう。

藤井は手足をベッドに縛りつけられ、下半身の衣類を破られている。川口美晴はあちこちが切り取られたセーラー服を着ている。二人は合体していて、その結合部分から大量の血が流れた痕があった。

二人とも、すでに息はなかった。

ここで何が起きたのか、何が行われていたのか、もはや知りようがない。

可能なのは推測だけだが、おそらく事実とはかけ離れているだろう。

伊藤裕子も、高橋光太郎も、山本克己も、およそ想像を絶した考えを内面に秘めていた。

川口美晴もそうだったにちがいない。藤井の死に顔には、深い苦悶の跡があった。藤井は最後まで怪物と戦い、命を落としたのだろうと晴樹は思った。

藤井を悼んでいる余裕はなかった。床を観察していたユカが、言ったからだ。

「足跡があります」

言われてみればブラウンのカーペットの上に、男のものらしき足跡が転々と続いていた。それはベッド下の血だまりから始まり、部屋の外に向かっている。藤井と川口美晴がここで死んでいる以上、彼らのものではないだろう。おそらく二人が相打ちになった後にやってきて、彼らの血を踏み、そのまま外に出ていった。

「確証はありませんが、霧島朔也のものと思われます」

すでに朔也がここに来ていたのかもしれない。付近を探したが、拳銃が見つからなかった。どこかで藤井がなくしたとも考えられるが、朔也が持ち去った可能性もある。だとすれば朔也は今、二つの拳銃を持っている。そして自分以外の受刑者が全滅したことを知った。

どんな行動に出るかわからない……。

「朔也はどこに行ったと思う？」

晴樹はユカに聞いた。ユカは少し考え込む。

「遠くには行っていないと思います」

ユカは晴樹を見た。

「どこかに潜み、それから私たちを殺しに来ると思います。羊頭警察署は全滅でした。この島に残っている警察官は、もう晴樹さんだけです。私と晴樹さんを殺せば、朔也と戦う人間はいなくなります」

「そうなったら、あとは朔也のやりたい放題です」

「……」

「島の命運が、私たちにかかっていることになります」

ユカが突きつける現実に、晴樹の拳は震えた。

「朔也が、船を奪うなどして島から逃げ出すことも考えられます。しかしその場合でも、私たちを殺していくと思います。時間が稼げますから。それに、私は彼の説得に明確な拒絶で返しました。次はまっすぐに殺しに来るでしょう」

「説得……？」

「はい。先ほど、人間を裏切るように説得されたのです」

「ユカ」

「はい？」

「ありがとう」

晴樹は言った。ユカが首を傾げる。

「何のことですか」

「さっきユカは、僕を助けてくれたじゃないか。朔也に説得されても裏切らず、僕を助けてくれた」

「……」

ユカは困ったような顔をした。

「ユカ。聞きたいことがあるんだ」

「何ですか」

「どうして、僕を助けてくれたんだ？　僕は、てっきり……」

サイコパスたちと一緒に生きることを選ぶと思った。そこまでは口に出せなかった。現実になるのが恐ろしかったから。

「……」

ユカは黙り込んだまま俯いた。考え込んでいるようにも、何かを言おうかどうかを迷っているようにも思えた。しばらくどちらも声を発しなかった。

背後から、きいと音がした。

ユカが素早く晴樹の前に進み出ると、ナイフを構えて音のした方向に向ける。

そのまま待ったが、新たな音は聞こえてこない。何かの拍子に扉が軋んだだけのようだ。

ユカは一つ息をつき、ナイフをしまう。

「ここにいるのは危険です。移動しましょう」

それだけ言って、部屋の外へと歩き出した。

晴樹は黙ってその後についていく。

結局ユカは、晴樹の問いに答えてはくれなかった。

ユカを完全に信頼していいのだろうか。今後もずっと味方でいてくれるだろうか。疑問はあった。

だが、さっきもユカは晴樹をかばうように動いた。そして朔也と戦うにあたり、ユカの力が必要なのも事実だった。

信じたい。ユカを信じたい。

その一方で、完全には心を許しきれない。

人間が信頼し合うことで共に生きている動物だとするなら、どうしてこんなに互いに理解するのが難しいのだろう？　ユカもそうだし、伊藤裕子も、高橋光太郎も、山本克己も、それから川口美晴と霧島朔也……本当に同じ人間なのだろうか？　全く別々の種族同士が、ニンゲンというワッペンをつけて集まっているだけではないか……？

前を歩くユカの小さな背中を見ながら、晴樹はそんなことを思った。

†

さあて、どうしようかな。

雨はやんでいた。湿った草原に寝転がって、霧島朔也は呟いた。

克己君は死んだろう。美晴さんも死んだ。光太郎君も死んだし、裕子さんも死んだ。ユカさんは裏切らなかった。あれだけ言っても人の味方をするなんて、ちょっとよくわからない人だね。まあ、色んな人がいるものだ。

うまく、できているね。

奪った二丁の拳銃を、手の中で弄ぶ。

逃げ出したサイコパスは朔也を除いて全滅。このイベントも、終わりが近い。

どうしようかな……。

朔也の心の中にあったのは、倦怠感であった。

やがて来る警察に対する恐れも、檻から放たれた高揚感もない。ただ、全てが面倒くさかった。

脱獄って初めてやったけれど、こんなものか。だいたいわかった。

もう飽きたな。

朔也はため息をついた。退屈を感じていた。


「君ほど、他人に関心がない人間は見たことがないよ」

姉小路はかつて、霧島朔也に告げた。

「僕ほど、他人に関心がある人間もいないと思います」

霧島朔也は、そう返した。

朔也は羊頭島のサイコパスの中では唯一、出頭によって受刑者となった存在である。逆に言えば、警察が捕まえられなかった人間だ。姉小路は、彼は五人の中で、群を抜いて危険なサイコパスであると考えていた。

子供の頃から、朔也は好奇心旺盛だった。さらに、高い知能を持っていた。

複雑な動きをする玩具を与えられるたび、朔也ははっと目を見開いた。その動きに魅了され、何度でも動かして見つめ続けた。すっかり頭の中に記憶すると、今度は玩具を分解する。どういう仕組みで動くのか、材料は何なのか、どのように組み立てられているのかを調べる。分解したら、再び組み立てた。組み立てると、また分解した。何度も繰り返して、内部構造を把握する。

朔也はその理解力と、集中力がずば抜けていた。

そうして完全に理解すると、玩具に飽きた。

前のように魅力的に思えなくなった。興味も感じなくなった。

玩具を放り出し、朔也は新たな玩具を求めた。

いくつもの玩具に飽きていく中で、やがて朔也は人間に興味を持つ。これまで見たどんな玩具よりも複雑な動作を行い、難解な感情を持つ存在。

そしてやはり、人間に対する働きかけも、玩具に対するそれと同じであった。

中身を知りたい。

中はどうなっているのか、どういう仕組みで動くのか……。

知りたい。

朔也の好奇心は加速していく。初めは医学書や解剖図鑑を求め、読み漁る程度であったが、やがて実際に分解したいという欲求を抑えられなくなっていく。そして、ある日実行に移す。朔也が十七歳のときであった。

犯行現場を見た姉小路は、息を呑んだ。

人間をばらばらに分解する殺人者は、一定数存在する。死体の隠蔽目的以外にも、解体することで性的興奮を感じたり、そういった光景そのものに安堵を覚える、あるいは単純な好奇心、などの動機が知られている。

姉小路が実際に見てきた中でも、恋人の内臓が見たかったという男がいた。その男女は深く愛し合っており、外見だけでなく中身までも愛していたのだという。愛はエスカレートし、内臓を通過した排泄物を愛するだけでなく、内臓を直接手に取って愛でたいと思うまでに至った。そして男は愛ゆえに恋人を殺し、その内臓に塗れて歓喜に打ち震え、また同時に恋人が二度と動かないことに泣いた。

異常な犯罪であった。だが、サイコパスの研究をしていれば、それくらいの事件には慣れてきてしまう。異常ではあるが、所詮は〝異常〟に過ぎない。

だが、朔也の犯行はその比ではなかった。

事件発生の連絡が入り、姉小路は警察官とともに該当の住宅に入った。そこは郊外の一戸建てで、品のいい玄関をくぐると扉があり、食堂とリビングへと続いていた。チューリップの植えられた庭には、真新しい吐瀉物が散らばっている。先に現場を見た警察官たちのものだった。

姉小路は心の準備をして、扉を開いた。

そこには一家団欒の光景が広がっていた。

木製の大きなテーブルを囲み、父親、母親、そして少女が椅子に座っている。知的な風貌の父親は新聞紙を広げて読み、母親はテレビの方を向いている。少女は手を机に置き、宙を見ていた。彼らは全裸だった。そして、ぴくりとも動かない。

床には液が滴り落ち、池を作っている。

静寂と異臭。そして三人の全身を走る線。

できの悪いパズルのように、彼らの体には切断線があった。顔だけでも縦横に十七本。腕も、足も、首も、胸も、腹も。その線にはかすかに広がりと奥行きがあり、そこからうっすらと何かが漏れだしている……。

分解されていた。

その上で、組み立てられていた。

司法解剖で驚くべき事実が発覚した。犯人は被害者を一度ばらばらに分解。内臓一つ、血管一本に至るまで切開して中を観察し、腸やリンパ管はほどき、骨は外した。そうして全てを部品にまで戻したあと、再度組み直したのだ。骨を接ぎ、神経を結び、内臓を繋げ、皮膚を縫合し、元の形をぎりぎり保つ程度にまで、戻した。

流れ出した体液すら、可能な範囲で戻した形跡があった。

丁寧で繊細な仕事だった。いや、神業と言ってもいい。やろうとしても、できるものではない。必要なのは人体の構造に関する深い理解と知識、それに加えて、人間の部品を淡々と扱えるほど強靭な精神。そして、おそらくは人体という構造に対する「愛」。

同時にそれは冒涜でもある。他人の尊厳を無視し、自分の欲求を満たすための道具としか見ていない。人間に対する深い愛と、圧倒的な無関心とが犯人の中で同居していた。

その犯行は異常を通り越していた。

人間とは別種の何かによる、犯行であった。

四人家族解体組み立て殺人事件が発生してから、その家の長男が行方不明となっていた。名前は霧島朔也。初めは重要参考人だった彼は、ほどなくして最有力の容疑者となり、やがて犯人とほぼ断定される。朔也は各地に出没し、同様の犯行を繰り返したのだ。

懸命の捜査、複数の目撃証言にもかかわらず、彼の逮捕には時間がかかった。取り立てて逃亡が巧みだったわけではない。単純に、警察官を返り討ちにし続けたのだ。

朔也はさほど体格に恵まれているわけでもないし、格闘技に秀でているわけでもない。しかし、彼は滅法強かった。拳銃を持った人間数人程度では、まず歯が立たない。逮捕術を学んだ屈強な警察官たちが、次々に分解され、組み立てられて発見される。

逮捕されたのち、朔也は己の強さを聞かれてこう語った。

「知識です」

「知識?」

「例えばワニと素手で戦うとしましょう。知識のない人間はその強力な顎で骨を折られ、そのまま水中に引きずりこまれて死ぬでしょう」

「君ならどうすると言うんだ?」

「顎を押さえつけます。ワニの顎の筋肉は強力です。しかし、その筋肉は噛みつく、すなわち顎を閉じることに特化していて、顎を開く力は遥かに弱い。ワニに比べて筋量で劣る僕でも、封じ込めるほどに。何らかの方法で初手を取り、顎を閉じ、封じます。あとは感覚器と神経を順番に破壊していけば容易に勝利できます。わかりますか? 重要なのは知識です」

「相手の情報を得ることだと?」

「ええ。僕ほど人に興味を持ち、人を詳しく知っている人間はいないようですね。人間の動きは、筋肉、関節、腱、神経によってすべてが構成されています。関節には物理的な可動範囲がありますし、筋肉には反応速度、収縮方向、筋力、制御方法など……人間の動きには明確な決まりが存在します」

「君は、格闘術などを習ったことはないそうだが」

「ありません。が、そんなものは必要ないのです。人間の体を理解すれば、最適な破壊方法は自ずとわかります。また、人間の体を理解すれば、どう動かすと最も効率的に攻撃を繰り出せるのかも、自明です。全ての格闘家は、稽古を繰り返すよりも人間を分解し、組み立ててみてはいかがでしょうか？　きっと、劇的に実力が向上すると思いますよ」

「信じられない。それだけで、訓練された警察官を倒せるのか」

「そうですね。それなりには通用しましたよ。正直、僕も意外な思いです。皆さん、意外と自分の弱点を知らないものですね」

つまるところ、認識が間違っていたのだった。

警察官は確かに訓練されている。人間の中では、強いほうだと言っていいだろう。だがそれはあくまで人間を相手にした場合、なのだ。

人間の特色を理解し、弱点を的確に突いてくる相手……すなわち、天敵に対しては、それは当てはまらない。朔也は犯罪者ではなく、人間の天敵として扱うべきだったのだ。

朔也に人間パズルにされた被害者が、八人を超えた頃。その犯行に変化が表れはじめた。少しずつ、杜撰になっていったのだ。

最初は綺麗に丁寧に、正確に人体が組み直されていた。しかし次第に、足だけ組み立てられていたり、頭だけであったり、半分ほど組み立てられて放り出されていたり、といったことが増えた。

やがて死体はそのまま放置されるようになった。組み直されぬバラバラ死体が増え、ただ急所だけ突いて絶命させられた死体が増えた。

そして、ある日突然、朔也は出頭した。

無抵抗のまま逮捕された朔也は、出頭の理由をたった一言で表現した。

「飽きました。君たちに」

返り討ちにされた警察官、八人。逃亡中に殺された人物が四人。最初に殺された朔也の家族を加え、合計十六人を殺した人類の天敵は、羊頭刑務所へと収監された。

なお、朔也が殺した家族は、戸籍上は父、母、妹の三人だが、四人と計算された。彼は母に宿っていた胎児(たいじ)をも、分解して組み直していたからである。直された胎児は、元通り子宮へと戻されていた。

臍(へそ)の緒(お)まで繋ぎ直されて。

†

住宅を出て、道を歩く。

晴樹が黙り込んでいると、ふと前を歩くユカがこちらを振り返った。そして少し気まずそうにしながら言った。

「晴樹さん。提案があるんです」

「え？」

「前にも言いましたけど、晴樹さんは避難していてください。霧島朔也とは、私一人で戦いたいです」

「……」

　どきりとした。

　それはユカからの、戦力外通告であった。

「危険です。受刑者たちと戦うのは、すごく危険です。死ぬかもしれません。死ぬとしたら、それは私だけで十分です」

　ユカは慎重に言葉を選びつつ、晴樹に告げる。

「これまでの戦いでわかりました。誰かを守りながら戦うのは難しいです、思った以上に。実際、他の皆さんを守ることはできませんでした」

「……僕が足手まといなのは、わかってる」

　晴樹が俯くと、ユカが慌てて否定した。

「違います。守る自信がない、と言いたいんです」

「同じことだよ」

　晴樹はそう言った。

　痛感していた。羊頭島にやってきてからずっと、守られているのは晴樹だった。そして戦っているのはユカ。警察官たちが、何の役に立ったのか？　ただ右往左往して、殺され、武器を奪われただけだ。

　川上は死に、藤井も死んだ。晴樹は、二人が警察官として無能だったとは思わない。ただ、相手が悪すぎたのだ。警察官はあくまで人間の社会における治安維持が仕事だ。怪物と戦うのは仕事ではない。相手があまりにも、イレギュラーな存在だった。

サイコパスと戦えるのはサイコパスだけ。

姉小路の言葉に今なら頷ける。そうだ。戦えるのはユカだけだ。もしくは専門的に人を殺すための教育を受けた者、すなわち軍人や特殊部隊の人間だけだ。姉小路の言う通り、最初からＳＡＴを呼ぶべきだった。

平凡な人間に過ぎない晴樹には、何もできない……。

晴樹はじっと手を見つめた。少し泥で汚れていたが、見慣れた肌色の掌だった。ユカの手と比べて、形状にさほど違いはない。ユカの方が指が細く少し小さい。しかし、ユカの手は色濃く血に塗れている。

晴樹は人を殺せない。伊藤裕子と相対したときも。高橋光太郎のときも。山本克己のときなど、あと一歩で殺せるにもかかわらず、できなかった。晴樹もサイコパスだったら、ユカの力になれたのに。

「ごめん」

晴樹は謝った。

「どうして謝るんですか」

ユカが聞く。

「僕は、人を殺せない。役立たずだ」

「……」

　湿った空気が二人の間を吹きぬけていく。風も、雨ももうやんでいた。空は少しずつ晴れてきている。雲の隙間から三日月が顔を出している。天上では、いつもと変わらずに星が輝いている。

「……晴樹さんに人が殺せたら、私の存在する理由がなくなってしまいます」

「え？」

「私の存在する理由を、取らないでください」

　思わぬ返答に、晴樹は慌てる。

「そんな意味じゃないよ」

　するとユカがほんの一瞬笑った。それはすぐに消え、ユカは無表情に戻ってしまう。だが晴樹は確かに見た。ユカの笑みを。手にも服にも、顔にすらも返り血を浴びたユカの笑みを。

「私、思うんです。私はサイコパスとして生まれました。そのせいで辛いこともありました。でも、例えば神様がもう一度私を生まれ変わらせて、サイコパスでない私にしてあげよう、と言ったら……私、断ると思うんです」

「どうして？」

「それは、きっと私じゃないからです」

「……」

ユカは片手にナイフを持ったまま、片手を胸の前でぎゅっと握った。話すのは遅かった。一言ずつ、噛みしめるように言葉を紡いでいく。

「サイコパスでも、それが私なんです。あまり好きではありませんが、それでも自分なんです……私、自分であることをやめたくないんです。自分は嫌いなんですけど、でもその嫌いだと感じているのも自分である以上、自分を認めざるを得ないと言いますか……」

血塗れの殺し屋は、月の下で必死に声を出している。なぜだか晴樹には、それがどこか美しくすら思えた。あたりに人影はない。手入れが十分でない道路の上、雑草が揺れる横でユカが続ける。

「だから私は、人の役に立ちたいんです」

「人を殺すことが、人の役に立つと？」

晴樹は眉をひそめる。

「はい。人は誰でも、誰かを殺さなきゃならないのでは、ないでしょうか」

晴樹は仰天した。穏やかな声で、気弱な顔で、そんなことを言われるとは思ってもみなかった。しかもユカは無骨な刃物を手にしている。異様な組み合わせだった。

「世界には死が存在します。罪人や、敵国の兵士……殺さなきゃいけない相手が、必ず存在しているんです。それが人類という種なんです。誰も殺さずに生きていくなんて、できません。誰も殺さずに生きていけるような気がするとしたら、あなたの代わりに誰かが、殺してくれているからなんです」

誰かが代わりに、殺してくれている……。

今この瞬間にも、地球のどこかで内戦が起きている。殺し合いがある。

今この瞬間にも、処刑が行われている。罪を犯した人間を管理し、然るべき方法で処刑が行われている。

誰かが代わりに殺してくれているのだ。

晴樹の手が綺麗なのは、誰かの手が血塗れだから。

「人を殺せるのは、そう、私の才能なんです。私の役目なんです。私はきっと……誰かの代わりに殺すために、生まれてきたんです」

「そうだとしても、ユカだけが殺人をしなくちゃいけないなんて……」

「違います」

ユカは否定する。

「晴樹さんだって、才能を持ってるんです。人を殺せないという才能です。考えてみれば凄いと思いませんか？　目の前にいるのが殺人鬼でも、手を下せないんですよ。人を殺せないという才能は、凄い才能です」

「……」

「私にはとてもできません。晴樹さんのように『殺さない』ことが、できません」

「それは才能じゃなくて、ただ臆病なだけだよ」

「いえ。才能です。何に臆病でいられるかもまた、才能なんです。人を殺す勇気と、殺さない勇気。どちらを持っているかということです」

「殺さない勇気……」

「晴樹さんがいて、私がいる。異なる勇気の持ち主が助け合って、ともに暮らすんです。それが人間なんだと思います」

「僕は、ユカを助けられているんだろうか？」

「助けています。晴樹さんは殺さない。だからそのぶん、私が殺せるんですよ」

「……」

「晴樹さんは、私の存在意義を作ってくれているんです」

晴樹は絶句した。

人を殺さないでいること。

それが、ユカに対する助けだと言うのか。

ユカは晴樹にそれ以上を欲していないのだ。晴樹がこんなにも、殺人をユカに押しつけているというのに。ただそれだけで、いやそれこそが、ユカの存在意義になる。需要と供給が、やるべきこととやりたくないことが、ジグソーパズルのピースのようにぴったりと合致する。

そうして世界が成り立っているとユカは言う。

「みんな個別の才能があって、助け合っているんです。私はそう思うんです」

いつかともに生きることができる、ではない。もうすでに、ともに生きているのだ。晴樹があれこれ悩むよりも前に、ジグソーパズルは完成していた。

殺人鬼も凡人も、警察官も受刑者も軍人も殺し屋も犯罪者も一般人も、ともに生きている。ユカは晴樹よりずっと広い目で、世界を見ている。

なんたって彼女は、人を殺すことすらも才能の一つだと言うのだ。だとしたら……。

「人間はみな、祝福されて生まれてくるのではないでしょうか？」

ユカは笑った。

人生に満足しているように。

彼女は祝福されていた。祝福されていることを、知っていた。


ある種のテントウムシは、卵を数十個、葉の上に産みつける。

その内一つだけが、他の卵よりも早く孵（かえ）る。この幼虫は顎が非常に頑丈（がんじょう）で、体も大きい。その体を使って外敵から残りの卵を守るのだ。だが幼虫はその巨大な顎が災いして、食事をとることができない。なのでゆっくりと餓（が）死（し）していく。その幼虫が体を張って時間を稼いでいる間に、残りの卵が孵る。弟妹たちは通常の体格であり、その口で餌を食べることができる。そしてやがて成虫となって巣立ち、新たな卵を作る。

餓死する幼虫は、食事も、恋も知らない。ただ戦い続けて死ぬだけだ。

彼の死体の上を、仲間たちは飛んでいる。食事をし、恋をして、立派なテントウムシとなって飛んでいる。自分を守ってくれた兄を悼むことはないだろう。いや、その存在に気づいてすらいない。

餓死した幼虫は何を思うのか。まるで使い捨てだ。他人のためだけに生きたに等しい。献身的で、そして不幸で、理不尽な犠牲に思える。

だけどそれは一方的な見方だ。

餓死した幼虫は、ただ戦いたかったのかもしれない。顎を振るって戦うことが生きがいであり、食事など嫌いだったのかもしれない。幸せに天寿を全うしたのかもしれない。

きっと食事や恋がしたかっただろう、などというのは勝手な価値観の押しつけなのだ。

餓死した幼虫は、他の幼虫を「戦うことができなくて可哀想」「食事とか生殖なんていう、汚れ仕事を押しつけられて気の毒」と見なしているのかもしれない。そういう風に、最初から作られている。だとしたら、きっと餓死する幼虫も幸せだ。ちっとも見捨てられてなんかいない。

餓死する幼虫と、他の幼虫は決してわかりあえないだろう。だが、ともに祝福されている。気づかないだけで、わからないだけで、最初から全員が祝福されている。

人間もそうなのかもしれない。どんな人間にも、その人なりの生き方と、幸せとが用意されている。全ての人が祝福されている。

誰も見捨てられてなどいない。

一人残らず祝福されているのだから、世界は光に満ちている。

そこが血と臓物に塗れていたとしても、それも一つの光。

†

興味があれば、愛が続くわけではない。

興味ゆえに、愛が尽きることもある。

朔也は人を愛していた。その不思議な習性、複雑な動作に興味を持ち、果てしない好奇心を抱き続けた。それは彼に人間を分解させ、組み直すほどの情熱を与えた。

だが、朔也の理解力の前に、人間の謎の方が底をついた。

朔也は人間の構造を理解するにつれ、その仕組みを把握するにつれ、蝋燭(ろうそく)の火が消えるように、人間への興味が失われていくのを感じていた。

飽きたのだ。

飽きた玩具に、子供が向ける目は冷たい。

朔也にとって人間は、急速に「どうでもいいもの」と化していった。

ほとんど同じ形で同じ構造。原則として二本しか手はないし、二本しか足はない。ワンパターンでマンネリズムだ。人間が複雑で感情豊か？　そんな風には思えない。複数の本能が組み合わさっているだけじゃないか。愛は限定的な状況において団結力を増すためのツールでしかないし、悲哀は自己防衛機能の発展に過ぎない。裏で走っているプログラムに気が付いたら、もうゲームには没頭(ぼっとう)できない。

嫌悪ですらなく、無関心。

そして、朔也は人間に代わる、新たな興味の対象を見つけられなかった。それをどう表現するかは自由だ。朔也は人間を愛したあまり、人間に興味を失うともはや、他に向ける愛情を持ち得なかったのかもしれない。あるいは最初からそれは愛などではなく、ただの偏執的な狂気でしかなかったのかもしれない。

ともかく、朔也は人生の意義を失った。

ひたすら退屈な時間が始まった。他人がどうなろうとどうでもよかったし、同時に自分がどうなろうとどうでもよくなってしまった。逃げるのが面倒くさくなったので出頭した。何もかもどうでもいいので、全てを素直に自白した。無気力に檻の中で過ごす日々。いつ死んでもよかったが、死ぬのすら面倒くさかった。惰性だけで生きていた。

退屈は嫌いだった。かつてのように、何かのために情熱を持ちたかった。人間を調べるために分解をしていたときは、楽しかった。充実した人生だった。あんな気持ちをもう一度味わいたい。だが、情熱を抱ける対象がなかった。

生きていれば何か新しい趣味が見つかるかもしれないと思っていたが、一向にそれは現れない。

「生きがいのない人生なんて、虚しいものだね」

朔也は呟いて立ち上がった。

脱獄して、朔也は久しぶりに外へと放たれた。五人のサイコパスが暴れまわり、人間に味方するサイコパスまでやってきた。何か面白いことが見られるかもしれない、と思った。

「少しは暇つぶしになった。でも、やっぱり退屈だ」

想像を絶するほどの出来事もなく、興味を引かれることもなかった。ただ登場人物が減っていくだけ。そして受刑者は朔也を除いて全滅した。

朔也は伸びをする。

さて、どうしようかな。

少し運動したい気分だった。久しぶりに人を殺してみるのもいいかもしれない。だけど、今さら殺したって別に面白くもなんともない。それはもはや、特別な行為でも、秘密に迫る行為でもなくなってしまった。落ちている空き缶を蹴るような、何の生産性もない行為だ。なら、再び出頭してもいい。だが、それはそれでやはり何も新しい展開は望めない。

「どっちでもいいな……どっちでも、退屈なことには変わらない」

朔也は首をひねった。

それから、思いついた。

偶然で決めよう。適当にその辺の家に入って、最初に出くわした人間が男だったら出頭する。

女だったら、殺す。そのあと見つけた人間、全部殺す。

それでいいや。

朔也は大きなあくびをすると、のんびりと歩き出した。

「だから、霧島朔也を殺すのは私の役目です」

ユカはもう一度晴樹に言った。

穏やかな表情だった。

「……わかったよ」

晴樹は答える。

すっと胸が晴れたような思いだった。

割り切れないものはまだある。だけど。一つだけ確認できた。

ユカと晴樹が、ともに生きているということが。

少なくともユカがそう思っているということが。

それが嬉しかった。それだけ共有できれば十分なのかもしれない。人はわかりあえなくても、それだけ共有できていれば……。

「話してくれて、ありがとう」

晴樹は言った。

「だけど、僕だけ避難なんてできないよ。僕も行く」

「……どうしてですか」

ユカが困惑する。

†

「いいよ。僕を守ることで君が全力で戦えないというなら、僕を守らなくていい。僕は僕の勝手で、君についていく」

晴樹は顔を上げた。

「一緒に行きたいんだ。君と」

ユカの表情が険しくなった。

「本当に、守りませんよ？　それがどういうことだか、わかってますか？」

晴樹は口ごもる。これまでずっと守られてきた。敵の刃をユカが全て受け、そして敵を切り倒してくれた。ユカという盾がなくなれば、朔也の刃が、強烈な殺意を乗せてまっすぐに晴樹に向かってくるだろう。

恐ろしかった。だが、晴樹は言った。

「覚悟はしてる」

「死んでも構わないと、そう言うんですね」

「……ああ」

晴樹は頷いた。

死ぬのは嫌だ。死にたいわけじゃない。だけど、ユカと一緒に行きたかった。なぜかは自分でもよくわからない。馬鹿げたことかもしれないと思う。ともに生きているという実感が欲しいのだろうか。もしくは、ユカの殺人を見届けたいのだろうか。

とにかく、まだ自分は何もしていない。

自分は何かをすべきなのだ。

「そこまで言うのなら、わかりました」

ユカが一つ息を吐いた。そして、晴樹の目をまっすぐに見る。

「行きましょう」

空は晴れていた。

満天の星が、ちっぽけな島を照らしていた。

†

赤子か。

朔也は目の前でこちらに手を伸ばしている、無力な存在を見た。

赤子は目を開いている。朔也をわかっているのかいないのか、漠然と宙を見つめ、時折手足を動かす。声は立てない。

すぐそばの布団で両親が寝息を立てている。朔也が一歩足を進めると、かすかな音がした。

母親がはっと目を開く。朔也を見つめ、驚きに目を見開く。

「ごめん。ちょっとだけ、いいかな」

朔也は申し訳なさそうに礼をし、ベビーベッドに手を伸ばした。

「あなた……誰？　何を？」

「静かに」

朔也は口の前に人差し指を立てる。

「性別を確認したいだけなんだ」

そして赤子をくるんでいる布を掴み、静かに開く。小さな足の間を、朔也はじっと見つめた。

最初に出くわした人間が男だったら出頭する。女だったら、殺す。そのあと見つけた人間、全部殺す。

「誰なの？　ちょっと、やめなさい！」

母親が立ち上がり、必死の形相で朔也に飛びかかる。脇で眠っていた父親も目を開いた。

朔也はベビーベッドを見下ろしながら、ため息をついた。

暗い室内に、稲光のごとく数度閃光が走る。

その中に鮮血が撒き散らされる。悲鳴とうめき声、そして泣き声が上がる。しかしそれらは長くは続かない。何かを折る低い音が鳴るたびに、一つずつ、テレビの電源を切るかのように唐突に声は消えていく。

やがて誰の声も聞こえなくなる。室内は、再び闇だけが支配する。

その中を朔也の足音が響く。

足音がゆっくりと外に遠ざかり、扉が閉じる音がした。

あとは何の音もしなかった。

†

晴樹とユカは、朔也を探して三見村の中を歩き続けていた。

三見村に住居は少ない。丘の上に小学校があり、校門から一本の道が伸びている。道を三分ほど歩くと左右に住宅が並びはじめる。警察署もその一角に存在する。その先にスーパーマーケット、観光客相手の土産物屋や釣具屋があり、さらに先が港だ。

住宅は古いものが多い。木造で、プロパンガスのボンベが脇に据えつけられている。この時間はみな寝静まり、錆びついた門が閉じられている。

霧島朔也の痕跡は、その通りで見つかった。

月明かりの下、道路にかすかな痕が残っている。

「足跡だ……」

晴樹はそう言って懐中電灯を下に向けた。

藤井が殺されていた住宅にあったのと似た足跡が、道にぽつぽつと残されている。光の中で、それは赤黒く映えた。血だ。

前方を照らすと、同じ足跡が点々と散らばっている。濃いものもあれば、薄いものもある。そしてそれは道にずっと続いている。

靴の裏に付着した血は、何歩か歩いているうちに剥がれ落ちてしまう。実際、藤井が殺されていた住宅にあった足跡も、三十歩と追わないうちに掻き消えてしまっていた。それが延々と続いているということはつまり、足に何度も血を付け直しているのだ。

「あいつ、村の人間を殺しながら歩いている」

晴樹はそう呟いた。

顔が熱くなった。どこまで無茶苦茶をやるつもりだ。罪もない人間を、意味もなく殺すなんて。

許せない。

この足跡も、なんなんだ。隠す気が全くないじゃないか。見つけて欲しいと言わんばかり。

いや……。

見つかってもいい、と思っているのか？

ユカが晴樹の横でうずくまり、足跡の血を指先で拭い、じっと見た。

「晴樹さん。この血、まだ真新しいです」

「真新しい？」

「靴の主はついさっきここを通った、という感じです」

「ということは……」

晴樹は道の先を見た。足跡は延々と続いている。道の両脇の家の門が開いている。数十件ある家々の門がことごとく。足跡は門と門の間を行き来し、どこまでも続いていく。

霧島朔也は、おそるべき速さで殺し続けているのだ。おそらく一軒に数分ほどしか時間をかけず、淡々と……。

　寒気を感じた。

　見つかってもいい、ではないのかもしれない。

　朔也は、足跡が見つからないと確信しているのかもしれない。

　どんなに足跡を残しても、誰にも発見されない方法が一つある。人間を消してしまえばいい。朝までに島の人間を全滅させればいいのだ。まさかとは思うが、朔也がそう考えているとしたら。

「ねえユカ……」

「はい」

　ユカは晴樹に背を向け、道の先を見つめたまま返事をした。

「これでも、祝福されているのかな……」

　晴樹は聞かざるを得なかった。どうしてもユカに聞きたかった。

　そんな場合ではないとしても。

「人はみな祝福されて生まれてくる、そう君は言ったね。僕もそうだったらどんなにいいかと思う。だけど、霧島朔也もそうなんだろうか」

「……」

　ユカは答えない。

　どこかから銃声が聞こえてきた。朔也が、奪った拳銃を使ったのかもしれない。

「僕にはあいつは、朔也は、悪意だけで成り立っているようにしか見えない。ただ憎しみと悲しみを撒き散らしている存在だ。そんな人間も祝福されて生まれてくるのか？　ユカは、本当にそう思えるのか？」

晴樹の拳は震えていた。

「僕にはとてもそうは思えない……いや、思っちゃいけない気がする……」

ユカはその拳をじっと見る。

「あいつと僕とが、同じ人間だなんて。受け入れられない……」

晴樹だって完璧な人間とは言えないだろう。間違いもするし、時には怠けもする。しかしそれでも、晴樹なりに一生懸命やってきたつもりだった。

朔也は違う。

「あいつは災厄だ」

人を苦しませる、生まれながらの災厄だ。災厄が祝福されてこの世にやってきただなんて、受け入れられない。

「存在してはいけない。そうだろう？」

ユカは晴樹を見た。

「私の意見を言っても？」

「言ってくれ。ユカ」

「必要でないものも、必要だと思います」

端的な回答であった。

「君は、朔也の存在を認めるのか？　生きていてもいいと思うのか？」

「朔也さんは殺されなくてはならないと思います」

「そうだろう？　彼は最初から生まれてこなければよかったんだ！」

「では、晴樹さんは、私も生まれてこなければよかったと、そう思いますか？」

晴樹は口ごもる。

「……ユカは別だよ。君は……味方じゃないか」

「いえ」

ユカはナイフを持って、見つめた。

「私が晴樹さんの味方でいられるのは、敵がいるからです。朔也さんがいるからです」

晴樹はまじまじとその姿を見つめた。

「人を殺せない晴樹さん。殺せる私。そして、同じように殺せる朔也さん。羊、牧羊犬、狼の関係です。世界はこの三つで成り立っています。この三つがともに生きています。誰かが欠けたらバランスが崩れてしまいます。なので……朔也さんにも、存在意義はあります」

ユカはただナイフを持って立っているだけだ。だが、晴樹はその姿を見てぞっと怖気が走るのを感じた。その髪は殺気をはらみ、ゆらゆらと揺れている。月で照らされ、眼球と歯が光る。

「彼は、私に殺されるために生まれてきました……」

風が吹いた。

湿っぽく、温かい風だった。

†

サイコパスは冷たい人間と言われる。愛を知らない、感情欠落者と言われる。

それはどうだろう。朔也は疑問を持っていた。

愛とはすなわち、エゴに過ぎない。愛が何かを特別視することである以上、あなたが誰かを愛したその瞬間、あなたに愛されない誰かが生じているのだ。何かを大切にすれば、何かが蔑ろにされる。なら、一概に愛を持つことが善とは言えない。

仮に全てを愛さなかったら？　全てのものに対し、みな同様に無関心であったら。それはある意味で、全てのものを愛しているとは言えないだろうか。誰も嫌っていないのだから。ひどく薄いが、均一に広がった愛とも言える。

人間の愛は狭く濃く、サイコパスの愛は広く薄い。どちらも醜く、美しく、同じくらいに無価値で、そして結局のところ、どうでもいいのだ。

朔也は大きく丸い目を開けてこちらを見た老人の腹を撃ち抜くと、弾の尽きた拳銃をぽいと放りだした。それからその孫娘らしき少女に近づく。震える目で朔也を見上げる彼女を優しく抱き寄せ、首に腕を巻きつけると、てこの原理でぐいと引いて首を折った。

人が平等な存在なら、優もなければ劣もない存在なら、同様に善もなければ悪もないのだ。その証拠に、人はみな死ぬ。

首を外せば死ぬし、動脈を切れば死ぬし、臓器を破壊すれば死ぬ。どんなに偉そうにしていようが、金持ちだろうがスポーツマンだろうが、中に詰まっているものは同じだ。どんな美人でも大腸には糞が詰まっているし、どんな不細工でも肺臓は淡雪のように美しい。大学教授だろうと日雇い労働者だろうと脳の形は大差なく、悪人だろうと善人だろうと流れるのは同じ赤い血だ。

人は、人が思っているほどには個性がない。個人は、人がそう願うほど特別ではない。分解すれば、それに容易に気づくことができる。他の人間が分解をしないのは、それを知るのが恐ろしいからではないだろうか？

朔也は木造の住宅を出て、隣の瓦屋根の家に入った。

忍び足で歩き、台所で出刃包丁を取ると、寝室で眠っている中年女性の胸めがけて刺しこんだ。

「あ……誰……？」

女性が目を開き、朔也を見て聞いた。

朔也は答えず、そのまま九十度ねじり、さらに横に削ぐ。女性はもう何も言わなかった。

完全に心臓を破壊したことを確認し、抜いた。

「誰だ、貴様！」

すぐ背後から声が聞こえた。振り向くと、体格の良い中年男性が木刀を持ち、こちらを見て叫んでいた。

「人殺し！」

男性が振りかぶるのが見える。攻撃の軌道は丸見えだ。朔也は体をひねり、振り下ろされた木刀を避け、回り込むようにして木刀を掴む手に触れた。相手の勢いを利用しながらさらに体重をかけ、左の手首関節を少々乱暴に「壊す」。慌てて引こうとした相手の隙に、右腕の内側へと包丁を走らせる。力を入れるまでもない、相手の動きで包丁は腕の表面をなめ、赤い線を残していく。

男性の悲鳴が響いた。肘関節の手前で、切っ先を突っ込み、ぐいとねじる。さすがに外せはしなかったが、筋肉を傷つけることはできたようだ。男は木刀を取り落とし、唸り声を上げて座り込み、呻吟した。

「やめてくれ、殺さないでくれ、金なら、持っていっていいから、だから……」

朔也は彼の姿を見下ろす。

ダメだよ、そんなに無防備に二本の腕を差し出しちゃ。

ほんの一合であった。一合で、男の両手を破壊し、朔也は悠々と背後に回る。

「やめてくれ、頼む、たの……」

無力と化した男の背後から首に腕を巻きつけると、背中を膝で圧迫しながら絞め落とす。

さすがに筋肉の量が多い。素手で折るのは骨だと思った朔也は、脇の手拭いを取り、男の首に巻いて背負った。ごきりと音がして男の首が壊れ、浮く。

手際よく二人を始末した朔也は、額の汗を拭いた。

家の外に出る。

ふうと息を吐く。

静かな夜の街は、人が朔也によって狩られている以上、いつもよりもっと静かなはずだった。しかし近づいてくる音を、朔也は聞いた。

闇の中に目を凝らす。ほどなくして、その姿が見えた。

「うまく、できてるものだよね」

朔也は一人呟く。

二人の人間が立っていた。

ユカ、そして晴樹と呼ばれていた警察官。明らかに敵意に満ちた目を、朔也に向けて立っていた。

†

かすかに水平線から太陽が頭を覗かせはじめている。

どこかで鳥が鳴いている。

完全に明るくなれば、あちこちに倒れている死体が照らし出されるだろう。その血で濡れた道に、逃げ出した最後のサイコパス、霧島朔也が立っている。手には包丁を一本だけ持ち、ふらっと散歩に出たような感じで立っている。

銃声を頼りに歩き、ユカと晴樹はついに朔也と出くわした。

二十メートルほどの距離。相手も、間違いなくこちらに気づいている。

まずユカが、晴樹の前に出てナイフを抜いた。それを構えて朔也に向けながら、じり、じりと近づく。晴樹も拳銃をホルスターから抜いて構えた。ユカに置いていかれないよう、歩調を合わせてついていく。

「こんばんは」

視線の先で朔也の声がした。

晴樹たちの殺気立った雰囲気とは対照的に、弛緩した口調であった。

「僕を捕まえに来たのかい？」

のんびりとした声。晴樹は朔也を睨みつけた。

「ふざけるな。お前は、許さない」

「許さないって？」

「村の人を殺しただろう」

朔也はきょとんとする。それから、苦笑した。

「ああ、これね」

朔也はどこにでもあるようなキッチン包丁をひょいと持ち上げてみせる。そこには何か、白い泡のような物体が付着していた。朔也は包丁を振ってそれを地面に落とすと、言った。

「肺だよ。そこの家の奥さんの」

「お前……」

晴樹の声には怒りが混じった。対して、ユカは無言で朔也を見つめている。

「名前、晴樹君、だっけ。別に君に許してもらおうだなんて思っていないよ」

朔也はあくび交じりに言った。

「僕もお前を許すつもりなんてない！」

「で？」

「……え？」

「具体的にはどうするの？　僕を逮捕するかい」

「あ、当たり前だ！　抵抗すれば、撃つぞ」

「そう」

朔也はぼそぼそと何か言う。

「逮捕か。別にそれでもいいな。もう十分運動はしたしな。面倒くさくなってきた。退屈だ。飽きた」

「飽きた、だって……？」

「うん。飽きたよ」

朔也は地面に落ちた、女性の肺臓を踏みつけた。

「結構前から、飽きてたんだ。どんなものでも、ある程度まで知ってしまうと、興味を失ってしまうだろう？」

「お前、ふざけるなよ……」

「ふざけるほどの茶目っ気があったらいいんだけど。僕は、本当に飽きてしまったんだ。あのね、これは辛いことだよ。生きる目的を失って、ただ惰性で生きる毎日なんだ。わかるかい？　僕は本来、とても向上心のある人間なんだよ。ただ生きるなんて、耐えられない」

じゃあ死ねよ。

晴樹の胸の中で、暗い炎が揺れた。

なぜそこまで言いながら、生きているんだ。お前は死ねよ。他人を殺したお前が、なぜのうのうと生きている。明日を生きたかった人間を殺しておいて、飽きただと？　冗談じゃないぞ。

「正直、君と争うのも面倒くさいと思っている」

朔也は物憂げにポケットをごそごそと漁った。

警戒するユカと晴樹。

「安心しなよ。拳銃は弾を撃ち切って捨てた。僕が出したかったのは……ああ。これだ」

朔也の指で何かが煌めいた。

「五百円玉さ。こうしよう。表が出たら、戦おう。二対一で構わない、かかっておいで。裏が出たら、僕はおとなしく捕まるよ。どうだい？」

「何だと……？」

　晴樹は訝しむ。こいつは本当に、どちらでもいいのか？　本当に飽きていて、退屈で、意思を決めることすら億劫で、コインに委ねたくなるほどなのか？

　朔也の顔は無表情で、そこからはおよそ情熱といったものは感じられなかった。

だけど。油断するわけにはいかない。そう自分に言い聞かせたとき、ユカが口を開いた。

「裏だったら、抵抗しないという意味ですか？」

「そう取ってもらって構わないよ」

「では、逮捕するのではなく、殺してもよいでしょうか」

　ユカは淡々と聞いた。

「おい、ユカ……」

　晴樹はユカに問いただそうとして、口をつぐむ。ユカがこちらに向けている背から、何か邪悪な気配が漏れ出しているように見えた。

　朔也が答える。

「いいよ」

「わかりました」

　ユカがナイフを数度、かすかに振る。その金属面に光が揺らぐ。

「では裏の場合、朔也さん、あなたは私が殺します」

「僕を殺したいのかい？」

「そうです」

「僕が憎いから？」

「いいえ」

「……じゃあ、なぜ？」

「殺してもいい人間を殺すために、私は今ここにいるからです」

「へえ。君みたいな人は珍しいと思うな」

晴樹はユカの後ろ姿を見つめていた。彼女の声は小さいが明快だった。本気なんだろう。ユカは、朔也を殺したいと思っている。そんな彼女に、晴樹は不思議な頼もしさを覚えた。

晴樹も一瞬、思ったのだ。今さら無抵抗に出頭したからといって、朔也をただ逮捕していいのかと。この災厄を前に、そんな終わらせ方でいいのかと。

朔也には血で、今目の前で償ってもらわねばならない。そんな黒い衝動が、確かに胸に蠢いていた。そうだ、人間にはきっと殺意がある。仇討ちだとか、相手が犯罪者だからとか、理由は数あれど誰にでもきっと殺意が眠っている。

ユカが、それを引き受けてくれた。

晴樹の殺意を引き受け、もっと純粋で、ある種前向きな衝動へと昇華して。心から晴れやかに、朔也を殺そうとしている。

そのとき、晴樹は思った……。

ユカが、必要だと。

サイコパスは生まれてくる。祝福されぬ忌み子が、望まれぬ災厄が、人の世にやってくる。僕たちの邪悪を引き受けるために。

「早く投げてください」

ユカは言う。

「コインを、投げてください」

急かされた朔也は、しかし落ち着いた風に言った。

「ああ。だけど僕がここで投げたら、どちらの面が出たか、君たちから見えない。それじゃアンフェアだ。だから、そっちに投げるよ」

そして朔也はひょいとコインを中空に放り出した。

晴樹は天を仰ぐ。

「どちらが出たか、僕に教えておくれ」

朔也の手を離れた銀の円盤は、くるくると回転し、まばたくように光り、放物線の頂点へと達した。そして落下する。まっすぐに、しかしどこかゆっくり、落下する。そのままの軌道なら、ちょうどユカの目の前あたりが着地点だ。

晴樹は朔也の様子を窺う。

どういうことだ。僕らの目をコインに向けておいて、襲いかかるつもりか。いや、そんな素振りはない。朔也は相変わらず無表情に立っているばかり。

だけど、なぜだ。

これじゃコインの目は朔也に見えない。ユカが、僕たちが、どちらの面が出たか決められるじゃないか。実際は表だろうと、裏と言えばいいのだから。朔也にとっては表裏など最初からどうでもいいということか？　それとも、朔也はどちらを選ぶか、僕たちに決めさせたがっている？

どうする？　ユカ、どっちにする？

表にして朔也と戦うか？　裏にして、朔也を逮捕する？

いや、裏にして、無抵抗の朔也を殺すか……？

警察官としての職務を遂行するなら、逮捕だ。他の選択肢はない。だが、それでいいのか、それで……。

晴樹はユカと話したかった。相談したかった。咄嗟に、迷っていた。

しかしコインはその時間を与えない。

キンと音がして、コインがユカの前に落ちた。晴樹からはその面が見えない。

ユカがナイフを握りなおした。朔也が聞く。

「どちらだい？」

†

姉小路が、霧島朔也を最も危険なサイコパスと考えた理由はいくつかある。

一つには、もちろんその戦闘能力がある。人体を知り尽くした彼が繰り出す攻撃は、実に的確で破壊的だ。単純な格闘の場合、警察官では相手にならない。特別な訓練を受けた軍人でようやく相手ができる。

だが、それは大した問題ではない。

彼の知識は、接近戦でしか効果を示さない。すなわち素手、せいぜいナイフを所持しての戦闘までだ。拳銃相手であれば朔也といえど不意を突かねば戦えないだろうし、サブマシンガンやアサルトライフルであれば、朔也が圧倒的に不利だ。ほぼ間違いなく、何もできずに撃ち殺されるだろう。

結局のところ、人を破壊するだけなら、朔也のような知識など不要なのだ。もっと効率よく破壊する兵器を、人はいくらでも所持している。

彼の危険性は、むしろその精神構造にある。

他のサイコパスと比べても突出する、他者への無関心さ。

伊藤裕子。高橋光太郎。川口美晴。山本克己。園田ユカ。

他のサイコパスは、もっと人間に興味を持っている。それは執着であったり、歪んだ愛着であったりするが、それでも人の存在を意識している。

人を救いたがる伊藤裕子。人の順位を計る高橋光太郎。人を利用する川口美晴。人をルールで縛る山本克己。人とともに生きたい園田ユカ……。

対して、霧島朔也はどうか。

彼は「人に関心があった」と言うが、姉小路はそうは思っていない。朔也は、人に興味が持てない人間だ。だから、人間の「構造」にしか面白みを見出せなかった。他の人間がもっと重きを置く、感情や、交流や、文化ではなく、ただ肉体の仕組みだけを見た。人をパズルとしか見られなかったのだ。

　朔也の世界に人はいない。人形パズルがあるだけだ。

　人形の生死などどうでもいい。だから朔也は簡単に殺した。それでもまだ、最初は構造に興味を持てた。人形でも、それなりに大切に扱っていた。だが、やがてそれすらもなくしていく。結果、人形の価値は著しく低下し、殺人衝動は加速。そして自身も退屈や、無気力から抜け出せなくなっている。自分の生死すらどうでもよくなっている。

　自分の価値を失ってしまったのだ。

　他者に価値を見いだせなければ、自己すら無価値に帰す。

　その行き着く果ては、自滅だ。

　問題は、朔也も人間であることだ。つまり人間には、微小ながら朔也と同じ要素が、それを発現させる遺伝子が、眠っていることになる。

　例えば科学はどうだろうか。科学は何もかも、白日の下に明らかにしてしまう。数多くの信仰と幻想が、科学に葬られてきた。過去に絶対視されていた神すらも、科学は殺した。

　その姿勢はどこか朔也に似ている。構造と仕組みだけを解き明かし続ける姿勢。冒涜と言われても、ただ純粋に、真実を追い求めて。そして、全ての幻想を消し去ったとき、そこに残るのはなんだろう？　いつか人の心や愛までも完璧に解明したとき、人はどうなるのだ？

朔也のようになるのではないか。

解けて価値を失ったパズルだけを手にし、人は進む道を失うかもしれない。

朔也は、人類滅亡の一つのサンプルケースだ。大げさかもしれないが、姉小路は彼を研究してそう感じた。そして、自らの手で死刑を回避させたことを後悔した。

彼を世に広めてはならない。彼の子孫を残してはならないし、彼のような思考が世界に広まってはならない。万が一にも、彼に影響されて引っ張り込まれるような人間を出してはならない……。

可能なら、合法的に、いや、多少の非常手段を取ってでも、一刻も早くこの世から消すべきである。

朔也は最も危険なサイコパスだ。

彼は、滅亡を纏（まと）っている。

†

ユカは猛然と朔也に向かって走り出した。

そのナイフを大切に掴み、漲（みなぎ）る殺意と闘志をその身から溢れさせながら。狼となって、風を逆巻かせ、ユカは矢のように疾（はし）る。

晴樹はその背を追いつつ、拳銃の狙いを朔也につける。

コインは？　どちらが出た？

数秒の思考から、晴樹は思い当たる。

……どちらでもよかったのか？　表でも、裏でも、ユカは朔也と戦うつもりだった？

ユカが走る先、朔也はキッチン包丁を構えている。

「知ってるよ。表だったんだろう？」

朔也は余裕たっぷりに言った。

「知っている。うまく、できているんだ。本当にうまくできている」

ユカは答えない。音が鳴るほど歯を食いしばり、至近距離まで入り込むと、ナイフを薙いだ。朔也は応戦せず、バックステップで回避した。まばたきせず、朔也はユカのナイフを見ていた。その長さ、材質、重さ、そしてユカの筋肉の質、全てを把握しようとするかのように。

「自分でもわかるんだ。僕は、行き着いてはいけないところに辿りついてしまった人間なんだよ。みんなが僕と同じになったら、人類は終わりだ」

朔也はユカのナイフの切っ先に集中しながら、語り続ける。

甲高く、短く、ユカが動物のように叫んだ。右足でアスファルトを蹴り、小さな体をさらに小さく丸めるようにして朔也の懐へと飛び込む。髪が直線状になびき、再び刃の光が走った。

朔也が下から上へ、すくいあげるように、ユカの腕に巻きつくように、キッチン包丁を動かす。ユカが突き出したナイフに触れると、その勢いを利用してユカの手元をねじった。ユカの刺突は外れ、その掌が、朔也側を向いた。いや、向かされた。その一瞬を逃さず、朔也のキッチン包丁が薙ぐ。

鋭い悲鳴が上がった。

ユカが右手首を押さえ、一歩、二歩、後退する。地面にナイフが音を立てて落ちた。

「だから、人類は人類のために、僕を殺そうとしている。それがわかるんだよ、ユカさん」

朔也は余裕たっぷりに続ける。

「な、何を……」

「信じられるかい。この僕すらも、僕を殺そうとしているんだ。心の中から退屈と無気力とを湧き出させて、命を投げ出させようとするんだ。人間は恐ろしいね。僕に命を与えておきながら、僕を排除する仕組みを、きちんと一緒に持たせている。僕が、僕を、破滅へと駆り立て、向かわせるんだ」

ユカは何も言わない。三メートルほどの距離を取り、朔也をじっと見つめて、沈黙していた。押さえた右手首からは血がだらだらと流れている。

「ユカ！」

晴樹は息を呑む。

手首を切られた。傷が腱や筋肉までは達していなくとも、握力は落ちるだろう。右手で武器を振るうのは難しくなった。

ユカは背のホルスターから二本目のナイフを取り出し、両手で構えた。

朔也の声が響く。

「僕がコインを投げれば、僕を破滅させる方が出る。いつだってそうさ。さっきだって、最初に出くわしたのは女だった。まるで、生きながらえるな、殺し続けろ、そして死ねと誰かに言われているようだよ。僕自身は、本当にどちらだって構わないんだ。脱獄のときだって、光太郎君と会ったときだって、そうさ他のサイコパスと会ったときだって……僕の意思はどこか曖昧で、なるようになれと思っていた」

朔也は傷一つ負っていない。切れ味でも、取り回しでも劣るキッチン包丁でユカのナイフを見事にいなし、傷まで負わせた。

朔也はキッチン包丁を放り投げてキャッチし、ぶつぶつと呟いている。だが、ユカは飛び込めない。朔也の様子をじっと見つめ、息を荒くしてタイミングを見計らう。

「だけど、結局こうなるんだ。不思議だね。うまくできている。人間というものは、本当にうまくできている……そうだろう？」

朔也はちらりと晴樹を見た。その眼差しの異様さに、晴樹の体が、構えた銃が震える。

「ふ、ふざけるな……まるで、他人事みたいに……」

晴樹は怒りを込めてそう言うが、朔也は答えなかった。代わりにふうと息を吐くと、体を半身にしてキッチン包丁を左手に構え、かすかに揺らしながらユカを見つめる。雰囲気のある構えであった。

朔也とユカ、二人の間には静寂と緊張が漲っている。冷たく研ぎ澄まされた空気。真の殺気は、怒りや興奮とは少し異なる。集中、と言った方が近いかもしれない。己の生を極限まで圧縮し、相手の破壊に全力を捧げる。

目が、耳が、相手の一挙手一投足を窺っている。手が、足が、隙あらば相手の急所に金属片を挿入しようと震えている。脳内ネットワークに目まぐるしく電気が走り、肺が酸素を取り込んだ血液を、心臓が全身へと送り出す。

瑞々（みずみず）しいほどの生が、そこにあった。人は殺すとき、最も生きているのかもしれない。

晴樹は拳銃を構えながらも、撃てずにいた。今撃てばユカに当たる。

「ユカ、下がって！」

ユカは聞かなかった。逆に再び前に飛び込んだ。ユカの突進は低く、速い。体ごと投げ出すような突進だ。それでも朔也の反応の方が先だった。

金属音が響く。

朔也の腹目がけて繰り出されたユカの刺突は、弾かれていた。

ユカは円を描くように朔也の周りを横っ飛び、猫科の獣のごとく、再度襲いかかった。この攻撃も朔也に読まれていた。朔也は一歩も動かぬまま体をひねり、ユカに包丁を突き出す。ナイフが朔也に届くよりも速く、包丁がユカの首筋に達するだろう。それを悟ったユカは咄嗟に頭から地面に突っ込み、前転して攻撃を避けた。刃はユカの髪に触れ、羽毛が舞うように毛が散る。ユカはそのまま回転して距離を取り、立ち上がる。再び数メートルの距離を置いて、二人は睨み合う。

「ユカ！」

晴樹の呼吸が荒くなる。

ユカの分が悪い。

二人はともにサイコパスであり、殺害を躊躇しないところは互角だ。となると、勝負を分けるのは何だろう。体格、筋力、反射神経、経験……。

どれも朔也の方が優れているのではないか。

リーチの差は圧倒的だ。ユカは背も、腕の長さも朔也に遥かに劣る。同じタイミングで攻撃を繰り出しても、朔也の刃の方が先に届く。加えて、まるで格闘家のような、朔也の無駄のない動き。

勝てるのだろうか。

そもそも、ユカは強いのか？

ユカは伊藤裕子と高橋光太郎、それに山本克己を殺している。だがまともに殺し合ったわけではない。伊藤裕子は半ば錯乱状態だった。高橋光太郎は明らかに油断していた。山本克己は彼ならではの「ルール」に縛られ、そもそも抵抗自体ができなかった。

突然、ナイフを持って踊るように切りかかるユカが、弱々しく感じられた。これまで晴樹は、ユカを超人のように思っていた。精神的にも、肉体的にも、まさに超人であった。

だが朔也という殺人者の前では、ユカは普通の女の子に過ぎない……。

ユカが今度は朔也の横から飛び込んだ。ナイフをもう一度まっすぐに突き出す。しかしやはり朔也の包丁の方が速い。突進しようとしたユカの目の前に切っ先が現れ、ユカは必死で地面を蹴って脇に避けた。

ユカは再度立ち上がる。その体には泥がこびりつき、まとめていた髪はばさばさになっている。

晴樹の喉が震える。

ユカが負ける？　ユカが死ぬ？

朔也が体勢を崩したままのユカに追い打ちをかけた。朔也の左手で振り下ろされるキッチン包丁に、ユカは下からナイフを振るう。

それが罠だった。誘い込まれた。朔也の右手が空を走り、ユカの血塗れの手首を手刀で打ちすえた。ただでさえ握力の低下していたユカの右手は、たまらずナイフを手放す。それを器用に朔也は空中でキャッチし、掴んだ。

武器を奪われた。なおも無表情のまま、朔也はナイフを振りかぶる。

「やめろ、朔也！」

晴樹は引き金を引いた。

乾いた音とともに、銃弾が朔也へと飛んだ。

万が一にもユカに当たらないよう、威嚇半分で撃ったため、弾丸ははるかに逸れて消えた。晴樹は叫ぶ。

「ユカ、下がれ！　そいつは一人じゃ無理だ！」

　ユカは振り返り、一瞬迷ったような表情を見せたが、すぐに後ろへ飛び、朔也から距離を取った。

「二人でも無理だよ」

　朔也がぼそりと言い、キッチン包丁をダーツのように晴樹に投げつけた。晴樹は思わず身をすくめる。一瞬、構えが崩れた。

　朔也がユカのナイフを手に、走り出した。ユカを飛び越え、まっすぐに晴樹に向かって。その目は虚無を見ている。いや、虚無が宿り、虚無が晴樹を見つめている。

「朔也！」

　晴樹は朔也の足を狙い、続けざまに発砲した。一発が朔也のふくらはぎを貫いた。ズボンが裂け、鮮血が散った。朔也はよろめき、地に倒れかける。が、左手を突き出して受け身を取り、倒れる勢いを使って前転した。そのまま起き上がり、やはり晴樹目がけて突進を続ける……。

　晴樹は目を疑う。

　こいつは、痛みを感じないのか。

　引き金に軽い感触。弾が尽きた。装填（そうてん）の余裕はない！

　晴樹は拳銃を投げ出すと、腰の警棒を引き抜く。手は震え、恐怖で喉はからからだった。

　それでも体はしっかりと、訓練通り動いた。伸縮警棒を引き出し、朔也を迎え撃たんと構える。朔也は、やる気のなさそうな顔で、しかし少しも速度を緩めることなく、ナイフを晴樹の腹目指して突き出す……。

「晴樹さん！　ダメです！」

朔也の後ろから、ユカがタックルするように組みついた。

「よせ、ユカ！」

お前、武器も持たずに！

まるで予期していたかのように、朔也は肩を回し、体をひねった。ユカの軽く小さな体は地面に叩きつけられる。グッとユカが息を漏らした。それでもユカは、手を離さない。必死で朔也にしがみつく。

晴樹は警棒を持って、駆け寄った。

そのとき、血飛沫が晴樹の顔に振りかかった。

苦しそうにあえぐユカの顔が見えた。朔也が払ったナイフの軌跡も。

晴樹は目を大きく見開く。

ユカの左腕。小指の下から脇のあたりまで、まっすぐに赤い線が走っていた。血液が噴出する。包丁などとは比べ物にならない、恐るべき切れ味だった。その左手は機能を喪失し、朔也から引きはがされる。

「どけ」

続けざまに朔也の膝蹴り（ひざげ）りがユカに入り、倒れ込んだその頭を踏みつけるように、もう一度蹴りが入った。躊躇のない、鋭い蹴りだった。ユカは胃液を吐いてもんどりうつ。さらに止めを刺すように、朔也はナイフを逆手に構えた。

「やめろッ！」

晴樹の振り下ろした警棒が、背後から朔也の脳天を打った。警棒が激しく振動し、重く、固い衝撃が手に伝わってくる。

「……へえ。まだいたんだ……」

朔也が頭を押さえて、よろめいた。俯き、膝をつく。

「ユカ！」

晴樹はユカに駆け寄る。その顔は痣だらけ、両手はぼろぼろ。だが、息はあった。目に光も。

「しっかりしろ、ユカ！」

その小さな体を抱え上げると、晴樹は走った。朔也の死角を駆け、脇の民家の玄関をくぐり、その塀の裏に身を潜めた。


「傷を見せるんだ」

小声で告げ、晴樹はユカの手を取る。ユカが苦痛に顔を歪めた。

左腕の傷は深い。これ以上の戦いは無理だ。だが幸い、動脈は傷ついていない。すぐに止血して手当てすれば、命に別状はないだろう。晴樹はほっと胸をなでおろした。汗が噴き出し、体がやけに冷たかった。

息を荒くして喘ぎながら、ユカが言った。

「晴樹さん……私、戦います」

「何言ってるんだ、ユカ」

「戦わないと。朔也さんを、殺さないと」

その声は細く、途切れ途切れだ。

「ダメだ」

「でも……」

晴樹は目を閉じ、息を整え、もう一度目を開く。そしてユカの目を見て言った。

「僕は、ユカに死んで欲しくない」

「……」

ユカは茫然と、晴樹を見上げた。

「君と一緒に、生きたいんだ」

ユカは息を呑む。

「う、う……」

うめくような声が聞こえた。塀の陰から晴樹は様子を見る。

朔也が立ち上がっていた。ふらつきながら、それでもまだナイフをしっかりと摑み、あたりを見回している。晴樹とユカを探している。

「あいつを、やらなきゃ。ユカはここで待っていて」

「無理です。晴樹さんには、無理です」

ユカは悲痛な顔をする。

「人間はサイコパスに勝てません。私がやった方がましです」

「……考えがあるんだ」

「考え？」

晴樹は、有無を言わさず続ける。

「ユカ。君は、少しだけ時間を稼いでくれないか」

「時間……？」

「朔也を攻撃しないでいい。見て」

晴樹はユカにささやきながら指で示す。

「あそこに、僕が投げ出した拳銃が転がっている。僕があれを拾って、装填するまでの時間を稼いで欲しいんだ。後はやる」

「後はって……どうするつもりですか」

ユカは不審げに晴樹を見る。

何を問いたいのか、聞かずともわかった。

撃てるんですか。装填できても、その弾で朔也を殺せるんですか。あなたに。あの朔也に、弾を撃ち込めるんですか。

「やるよ」

晴樹は頷いた。

「僕はユカ、君を信じてる。最初は違ったかもしれない。だけど、今は君を信じてるんだ。仲間として、同じ人として」

ユカの目が見開かれる。

「同じ……人ですって？」

「君も僕を信じて欲しい」

「私は……」

人ではなく、サイコパスですよ。そう言おうとしたようだった。だが、ユカはその言葉を呑みこんだ。言わなかった。なぜ言わなかったかはわからない。どこかへ一歩進むためだったのかもしれないし、何かが怖かったのかもしれない。

「……わかりました」

ユカは頷いた。その目は、再び冷たい闘志で満ちていた。

まず、晴樹が飛び出した。拳銃まで到達し、拾い上げると、震える指で弾を装填しはじめる。急げ。急げ！

「そこにいたんだね」

朔也がすぐさま振り向き、ナイフを構えた。

間髪（かんはつ）いれず、ユカが走り出す。

その両手は使いものにならない。右手も左手も切り裂かれ、ものが持てない。それどころか揺れるだけで激しい痛みが全身を走る。せめて走る邪魔にならないよう、胸の前で両手を組み、上着で覆い隠してユカは走った。

ユカは転がるように駆け、犬のように口を大きく開くと、地面に落ちている銀色の刃を噛み、拾った。

朔也が投げたキッチン包丁だ。

犬歯で、前歯で、奥歯でしっかりと固定し、咥(くわ)える。体勢を低くして晴樹の前に立ち、朔也と正面から向かい合った。唾液がこぼれる。取っ手のゴムの味が口中に広がる。構わない。ユカの目は決意を宿してらんらんと光り、薄く形の整った唇の間に、新たに手に入れた牙を構え、その髪は鬣(たてがみ)のように揺れた。

狼であった。

血だらけの手負い狼。彼女は羊を守ってそこにいる。

華奢な体は一人の少女に過ぎない。だが、その迫力は朔也すら一瞬たじろがせた。

「……無駄だよ」

しかしすぐに朔也は気を取り直し、ユカに切りかかる。一切の無駄なくユカの急所を狙い、ナイフが伸びる。

ユカは体ごと首を振り、キッチン包丁でそれを受け止め、弾く。金属音が断続的に響いた。切り合いなど、望むべくもない。朔也の攻撃から身を守るのが精いっぱいだった。それでもユカは、渾身の力で戦い続けた。流れるように繰り出される剣撃を打ち、払い、そして返した。

歯は震え、きしむ。顎の筋肉は硬直し、感覚すら薄れていく。それでもユカは包丁を噛み締めて振るった。鼻先で散る火花にも目を閉じず。人を殺すためでなく、守るために。

少しずつ、限界は近づく。

朔也の素早い刺突を、口で防ぎ続けることは不可能だった。ユカはじりじりと後ずさりし、晴樹へと近づいていく。だが、ユカは踏ん張る。踏ん張り続ける。刹那で刃をかわし、顔に細かい傷を負いながら。

晴樹は横目でユカの死闘を見つつ、銃弾をリボルバーに挿しこんでいく。ほんの数十秒だというのに、ひどく長く感じられる。速く。速く。慌てれば弾を取り落とす。だが、速く！

「ッ！」

ユカの髪がぱっと散った。

額の上を朔也の腕が走り、頭髪が何本か切られたのだ。それは晴樹の足元にも落ちる。

ユカは体勢を大きく崩し、よろめく。

ダメだ。転ぶ……。

朔也がユカを見下ろしていた。ユカはそれを見つめ、息を止めた。

「ユカ！」

装填が終わった。晴樹がユカの前に飛び出した。右手に拳銃を持ったまま、左手に持った伸縮警棒で朔也のナイフを受け止める。激しい衝突音が響いた。

後はまかせろ。

ユカはその背を見る。

こんな近距離で、どうやって拳銃を使うつもりなの。接近戦は朔也の独壇場だよ。どうするつもりなの。

しかしユカは疑問を押し殺し、ただ戦う晴樹を見た。

──君も僕を信じて欲しい。

さっき晴樹はそう言った。そう言ったんだ……。

†

「選手交代しても、僕には勝てないと思うよ」

朔也はつまらないものを見るような目を晴樹に向けながら、ナイフを繰る。晴樹には答える余裕すらない。朔也の攻撃は速く、執拗で、一切の迷いがない。警棒とナイフの打ち合いは、リーチで警棒に利があるにもかかわらず、たちまちのうちに晴樹は防戦一方になる。

「こう打ってから、次に角度を加えてやると……」

朔也が内側から抉るように、ナイフを払った。受け止めた晴樹の警棒が、手の中で滑る。

「そう。人の筋肉では支えきれないんだ。するとね、こうなって」

さらに朔也は肘へとナイフを伸ばした。切られる。晴樹が手を引っ込める。下がった警棒に引っかけるように、朔也はナイフをめくった。

「こうなって」

弾かれるように、警棒は手を離れ、落ちた。

「これで詰みだ」

そこからは一瞬だった。

伸びた晴樹の腕にまとわりつくような動きで朔也が飛び出し、あっという間に懐へと入りこむ。晴樹が迎え撃てぬまま、朔也は晴樹の胸に密着し、静かにそのナイフを刺しこんだ。

活動服をたやすく貫通し、晴樹の体に金属が侵入してくる。

晴樹は目を見開き、歯を食いしばる。嘘みたいに、ナイフの柄が晴樹の胸に立っている。

「ところでさ、人の内臓は、意外と避けるんだよ。突き刺された瞬間、反射でナイフから距離を取るように動き、損傷を避けるんだ。だから」

朔也は手首を返し、刺さったナイフを九十度ひねった。皮膚が千切れ、骨が擦られ、体内が切り裂かれる感覚。激痛。晴樹は耐え切れずに絶叫した。目の前が真っ赤に染まった。

「こうすると、確実に破壊できる」

涼しい顔で朔也が言った。

晴樹は絶叫し続けた。自分の絶叫が、他人の声みたいに聞こえた。体が震えた。喉の奥から温かいものが逆流し、口から溢れ出す。鉄の味。後ろでユカが蒼白な顔で震えているのが見える気がした。それでも、指に力を籠め、引いた。気が遠くなり、温かい液体が体中に降りかかる。それでも。それでも、指に力を籠め、引いた。

続けざまに発砲音が轟いた。

晴樹と目と鼻の距離で、朔也が驚いたような顔で下を見る。

そしてすぐに、自分の下半身に撃ちこまれた弾丸に気が付く。

「お前……」

それ以上の言葉は出なかった。朔也の腰と太ももから、猛烈に血が溢れ出す。膝が折れる。ナイフが落ちる。そして、朔也もまた口から血を吐き、座り込んだ。

混乱し、ノイズが駆け回る頭で、朔也は晴樹の声を聞いた。

「これなら、確実に当たるだろ」

「まさか……」

相討ち覚悟の、作戦だった?

あえて急所をさらし、攻撃を誘うことで懐の距離で相対し、ゼロ距離射撃で確実に当てる。確かに、いい作戦かもしれない。

僕は、急所が狙えるなら狙う。狙わない理由がない。その裏をかいたというわけか。だけど、どうしてお前にそれができる。僕たちサイコパスならまだしも、自分の命を大切にする人間どもが、人を殺せない臆病なお前たちが、なぜ。なぜ、自分の命を危険にさらせるのだ。

それになぜ、足なのだ。心臓や頭ではなく。

反撃は当然、想定していた。だが、足を撃つなどとは、考えの外だった。何もかもが予想外で、だから撃たれた。

「僕はお前を殺さない」

晴樹のかすれた声は、なおも聞こえる。

「な……ぜ」

朔也は必死に言い返そうとする。

こっちはお前を殺そうとしているんだぞ。なのに、なぜ殺さない。なぜ急所を狙わない。生かして捕らえるつもりなのか？　この期に及んでまで？

殺さないのか？

殺さないのなら、一体、僕をどうしたいんだ？

「僕はお前を殺したい。だから殺さない。殺してやるもんか。殺したら全てが終わりだ。この怒りさえも。僕は終わらせない」

わからない。人を殺せない人間は、弱いはずだ。弱い人間のはずだ。弱い人間が、殺意を持たずに襲いかかってくるというのに。

どうしてサイコパスの僕が、敗れるんだ？

どうして……。

「僕は、お前の存在も全部呑み込んで……生きてやる」

がしゃん、と音がした。

見ると、目の前に晴樹が屈みこんでいた。苦痛に顔を歪めながらも、朔也をじっと見つめている。

朔也の両手に、手錠がかかっていた。

†

「夜が明ければ、応援が来る。もう逃げられはしないぞ、霧島朔也」

少し離れて座り、朔也に拳銃を突きつけながら晴樹が告げた。呼吸は不規則で、その口からは血が垂れている。活動服は血塗れだ。

朔也は思わず笑った。

「君だって傷だらけじゃないか」

「……」

「応援が来るまで、君は生きていられるのかい」

「……関係ないだろう」

そう、と朔也は俯いた。

そんな朔也に、ユカが近づく。彼を見下ろしながら、言った。

「晴樹さん。朔也に止めを刺しましょう」

晴樹は答える。

「ダメだよ、ユカ」

「なぜですか。殺しましょう。彼は危険です」

「もう勝負はついた。それに、彼にはちゃんと裁きを受けてもらわないといけない。死ぬよりも厳しい裁きが、彼には待ってる」

「……怖いなら、私が殺してあげますよ」

ユカは冷たい声で言う。だが、晴樹は首を横に振り、落ち着いた口調で返した。

「怖いわけじゃない。勇気を持って、殺さないと決めたんだ。君が言っていた『殺さない才能』……僕は、それを信じたい」

「……」

「僕は人間として、朔也とも、ユカとも、ともに生きる。誰も殺さない。誰にも殺させない」

力強く言い切った。

ユカが息を呑む。困惑した顔で、晴樹を見上げ、何も言えぬまま見つめ続ける。

「……そんな選択は、考えたことがなかったな」

朔也が言う。

「恐ろしいよ。今、初めて人間が恐ろしいと思った。それが人間の凄みなのかな。うまく、できてるよ、本当に……」

そう言いつつ、朔也は手錠のかかった手を地面へと伸ばした。

「おい、妙なことはやめろ。撃つぞ。まだ弾はあるんだ」

晴樹の警告にもかかわらず、朔也は手を伸ばし続ける。そこにはナイフが落ちていた。

朔也はその柄に触れる。

「抵抗する気か。本当に撃つぞ？」

晴樹は拳銃を構え直す。ユカもキッチン包丁を咥え、朔也を睨んだ。

だが、朔也は穏やかな口調で答えた。

「抵抗はしない。できないよ」

それは事実だった。朔也はもう、立つことができない。両足に計四発、腰に一発の弾丸が入り込み、彼の足を破壊している。血は流れ続け、意識を保つだけでもぎりぎりのはずだ。座り込んだ彼の攻撃範囲は手の届く範囲でしかなく、その手にも手錠がかかり、自由は著しく制限されている。離れた距離から銃を向けている晴樹に、抵抗は不可能だ。

しかし朔也は、ナイフを逆手に持った。

「じゃあ、何を……」

「やりたいことがあるんだ」

朔也はそれだけ言うと、止める間もなくナイフを自らの腹に突き刺した。

晴樹も、ユカも、目を見はった。

朔也は相変わらず無表情に……時折、ほんの少し口元を歪ませながら、自分の腹を切り裂きはじめた。服を裂き、皮膚を切り、その中をまさぐってナイフで分解していく。腸。膵臓（すいぞう）。胆嚢（たんのう）。順番に取り出して、それぞれを繋いでいる管を切り、まるで露店で商品でも広げるかのように自分の脇に並べた。

朔也はもう、一言も話さなかった。

晴樹とユカが見守る前で、淡々と自らの解体を続ける。よく切れるナイフだった。胃を取り出し、噴門部（ふんもんぶ）を取り外してみせる。

晴樹は銃を向け、引き金に指をかけつつも、撃てず、止めることもできなかった。いや、どうしたら止められるのかもわからない。

ただ、目の前の異様な光景を眺めるだけだった。

朔也は確かに、人体を把握しきっていた。即座に絶命しないよう、可能な範囲で自分を切り取っていく。肝臓（かんぞう）は半分だけ。心臓には手を触れず、肺にも穴を空けない。動脈も傷つけない。代わりに小腸と大腸は腸膜（ちょうまく）を切って引っ張り出すと、切り刻んで並べた。朔也の腹の中は、驚くほどに空っぽになった。正面から背骨が見える。

腹だけでは飽き足らないのか、今度は足を裂き、性器を切除し、脂肪を除いて筋肉を取り出し、その奥の神経をつまんでよけ、骨をいじりはじめた。

最後に、朔也は自分を調べているのだ。

ひょっとしたら、前から解体してみたかったのかもしれない。他人は調べられても、自分だけは調べられない。だが今、その機会が訪れたので、やってみたという感じであった。

鮮やかな手並みで右足を分解しつくし、左足に着手する。

「まあ、僕といえどもやっぱり他の人間と同じか……」

朔也は弱々しい声で、しかし確かにそう言った。

「退屈だ……」

左足の太ももにナイフを入れたところで、朔也の手が止まった。

肉体的な限界を迎えたのだろう。糸が切れるように倒れ、そのまま動かなくなった。

しばらく静寂だけが続いた。

朔也が自滅して数分が経過したとき、思い出したように晴樹は嘔吐した。

そしてそのまま、気を失った。

ユカの声が聞こえた気がした。

終章「真紅の妖精」園田ユカ

姉小路の再三の要請に応える形で、海上自衛隊が羊頭島に派遣されたのは、実に脱獄発生から二十時間が経過したときであった。一夜が明け、嵐も収まっていた。

原田島(はらだじま)航空基地より発進したUS―1飛行艇が三見港に着水し、十名の武装した隊員が上陸する。時を同じくして羊尾島から姉小路と、数人の付き人も羊頭島に上陸した。

先遣されていた警察官たちとの合流を目指して隊員と姉小路は前進し、そして村に広がる惨劇を目の当たりにすることになる。

死者、九十三人。羊頭警察署、羊頭診療所、羊頭刑務所はほぼ全滅、また三見村三丁目、二丁目の村人は軒並(のきな)み殺されていた。実に島民の二十パーセントほどが一夜にして殺されたことになる。

あちこち、激戦の痕のように血痕と死体が散らばっている。これがたった五人のサイコパスによって引き起こされたとは、誰もが信じられない、いや信じたくない事実であった。

だがサイコパスたちもまた、無事ではなかった。

伊藤裕子、高橋光太郎、川口美晴、山本克己の死体が次々に確認された。

彼らは先遣された警察官たち、および非公式に派遣された園田ユカによって、戦いの果てに殺されたと見られた。

そして三見村のはずれで、姉小路は生き残った人間の姿を見つける。

倒れている一人の警察官。そして、彼を茫然と見つめている園田ユカ。

その近くに散らばった、ばらばらの人間の部品と、すでに絶命した霧島朔也。

酸鼻（さんび）をきわめるその光景が、太陽の光に照らし出されていた。


「ユカ、ユカ！　無事だったか、ユカ！」

姉小路が駆け寄ってくる。

立ち尽くしているユカのそばまで来て、その肩を叩く。

「パパ……私……」

「何があったんだ？　説明できるか？」

姉小路の口調は、娘を想う父というよりは、職務を果たそうとする警察官のそれであった。

「晴樹さんが……」

ユカが倒れている警察官を指さす。姉小路ははっと息を呑んだ。高宮晴樹の服は血塗れであった。おそらくユカによるものだろう、簡単な止血がされていたが、命に係わる傷であると思われた。

「高宮君！　高宮晴樹君！」

姉小路が頬を叩いて呼びかける。応答はない。高宮晴樹の顔からは血の気が失せ、目は開いているものの焦点が合っていない。何か曖昧な、呼吸とも声ともつかぬ音が喉から漏れ出た。意識が混濁しているようだ。

「いかん。一刻を争う容態だ。診療所は……全滅か」

姉小路の脇から、一人の隊員が進み出た。

「急いで原田島基地に搬送しましょう。医官がいます」

「輸血はできるのか？」

「ええ」

「わかった、頼む。ユカ、お前も怪我をしているじゃないか！　一緒に治療してもらうんだ」

ユカは茫然としたまま、頷く。

「……ユカ？　どうした……？」

そこで初めて、姉小路はユカの異常に気が付いた。

ユカは悲痛な表情をしていた。目を大きく開き、顔を歪め、今にも泣き出しそうで、しかし泣いてはいない。泣くほんの一瞬前の表情で凍りついている。それが逆に鬼気迫るものを感じさせる。

「殺せなかったんです……」

「何？」

「晴樹さんが。朔也さんを。殺すなって言ったんです……」

「……」

「私、殺すことを……ダメって、晴樹さんが……私……でも、朔也さんは、自分で……」

「……」

「晴樹さんは、ともに生きるって。私は……私は……晴樹さんと、一緒に……本当なんでしょうか。そんなことが、本当に……」

ユカは混乱していた。

姉小路はユカの背を軽く撫でてやる。

ユカをなだめてやりたかった。だが、今は時間も人手も足りない。やるべきことは山のようにあった。

「ユカを頼む」

姉小路は隊員の一人にそう言った。それからユカに声をかけた。

「ユカ、後で行くから。わかったね」

ユカはおとなしく頷く。

姉小路は決してユカを軽視しているわけではない。しかし、重視しているわけでもない。重要なのは仕事である。姉小路のそっけない態度はユカにとって珍しいものではなかった。それ以上を期待してもいなかった。

姉小路は隊員たちと協力し、担架で晴樹を運び出す。別の隊員に姉小路は指示を出し、事態の収拾に全力を傾けていた。

　ユカはそれをただ、見つめていた。

　生き残った村人たちが、何事かとやってくる。起き出した人々が死体を発見し、村のあちこちで混乱が起きる。姉小路や隊員が駆け回り、様々な声が交差する。

　みんな、人間だった。

　ユカのようなサイコパスとは違う、人間たちだった。狂気の夜が過ぎ去り、人間たちの世界が戻ってきた。

　ユカは疎外感を覚えた。

　一人の隊員が声をかけてきた。

「ユカさん、姉小路さんから話は聞いております。治療を行いますので、来てください。その後、原田島基地まで一緒に搬送します」

　ユカは頷いた。

　よくわかっていた。あの人間たちの中に自分は入っていけない。受刑者たちを無力化した今、自分は村に存在してはいけない存在なのだ。あとの始末は姉小路や、自衛隊員たちが行う。ユカの役割は終わった。

　ユカは黙って隊員の後ろについて、港に向かった。

　港には大きな飛行艇が着水していた。導かれるまま、その中に乗り込む。波でぐらぐらと揺れる飛行艇。中では晴樹が担架の上で寝かされていた。目は閉じられ、眠っているように見える。顔色は悪い。唇はほとんど紫だった。

一人の隊員が脇についていたが、受話器を耳に当ててどこかと会話している。ユカの隣にもう一人、別の隊員が寄り添うと、ユカの手を見て、応急処置を始めた。

痛みに顔を歪めつつ、ユカは隊員のなすがままに任せた。

誰とも、会話することはない。ただ、治療だけが進んでいく。

ユカは相変わらず孤独な思いで、晴樹の顔を覗き込んだ。

晴樹は死んでしまうのかもしれない、と思った。

頭はどこか冷静で、そして気だるかった。

どう考えればいいのかわからなかった。

何の感情も湧いてこない。どんな感情が湧いてくるべきなのかも、わからない。

晴樹が朔也と戦ったときから、ユカは自分の感情がわからなくなっていた。

朔也を殺すことを否定された。人を殺すことでしか生きる方法を知らないユカを否定された。一方で、ともに生きたいと告げられた。同じ人として信じている、とも。ユカはわからなかった。自分の存在を肯定されたのか、否定されたのか。

いや、肯定でも否定でもない何かで、心を鷲掴みにされた……。

ユカは困惑していた。

担架に寄り添い、晴樹の顔の近くに自分の顔を載せた。晴樹のその手に、手首に包帯が巻かれた、自分の右手を重ねる。晴樹の手は驚くほど冷たかった。ユカの手を感じると、晴樹の指はかすかに動いたようだった。

　ユカは晴樹の顔を見つめる。目が閉じられている。真似をして目を閉じる。晴樹の呼吸は弱まっていく。一呼吸が長くなっていく。ユカも真似をして、ゆっくりと呼吸をしてみる。

　晴樹は眠っているように見えた。

　ユカもまた、全身の疲労感に押し流されるように、眠りへと落ちた。

　手を握ったまま一緒に、浅い眠りへと。


　ユカは夢を見た。星空の下を、どこまでも草原が広がっていた。緑の草がそよ風に揺れている。ふと流れ星が現れ、美しく瞬（またた）いて消えていく。

　狼がいた。一匹の狼が、そっと羊の群れを見つめていた。

　ああ、あれは私だ。

　ユカはそう直感した。

　羊に憧れる狼は、群れを遠巻きに窺っている。時折近づいてみては、羊に避けられ、逃げられ、拒絶されている。

　群れには入れてもらえない。羊の仲間になりたくても、狼であることは変えられない。それを悟った狼は、ただ一匹で佇（たたず）んでいた。羊たちの、敵意と好奇の視線を受けながら。傷つき、悲しんで。

　ある日闇の中から、猛獣が現れた。舌なめずりをし、羊を襲う。狼は猛獣に立ち向かった。戦って、戦って、戦って、傷だらけになって猛獣を打ち倒した。狼はおそるおそる、羊に近づく。

　羊は血塗れの狼を見ると、恐れて逃げ出した。これまでよりも強く拒絶され、狼は一人項垂れた。

　そう。

　仕方ないんだ。

　羊から見れば、恐ろしいのが当たり前……。

　猛獣と戦えば戦うほど、羊を守れば守るほど、狼は傷つき、汚れ、その身は醜くなっていく。牙は鋭く研磨（けんま）され、毛は返り血で黒ずんで逆立ち、目はらんらんと光る。自らもまた猛獣に身を堕（お）としつつ、狼は戦い続けた。

　やがて戦いに慣れる頃、狼はもはや羊になりたいとは望まなくなっていた。そんなことは不可能だと、とっくに諦めていたから。

　こうして群れのはずれで、羊たちに疎まれながら、彼らのために殺し合いをする。それでいいと思っていたし、そこに幸せも見出していた。決して手の届かない場所であっても、幸せそうに草を食（は）む羊たちを見つめていられればそれで良かった。

　それで、良かったはずなのに……。

　いつものように猛獣と戦っているとき、突然一匹の羊が飛び出してきた。

　羊は血だらけの狼をかばうと、代わりに猛獣と戦い、打ち倒した。

自分の仕事を奪われた狼は、どうすればいいのかわからなかった。

戸惑う狼に、羊が近寄り、その鼻を額に当てる。柔らかな温かい毛が、狼の鼻をくすぐる。

どうして？　とっくに諦めていたはずなのに。

狼は自らの体を眺める。

どうして？　こんなに傷だらけなのに。こんなに血塗れなのに。こんなに醜いのに。

どうして？　私は、羊じゃないのに。

どうして、あなたは私を……。

羊の温もりが、その優しい体温が、触れ合った場所から伝わってくる。狼の中に入ってくる。体に溶けて、広がっていく。足元で一斉に、色とりどりの花が咲いた。赤、青、黄、橙、緑、紫、茶、白、黒。風に揺れて花弁が舞い上がり、銀色に輝く天の川へと飛んでいく。その光に包まれて、狼は震えた。

やめて。

怖かった。恐ろしかった。

それは自分が触れてはならないもののはずだった。醜い自分には決して許されない、聖なるもののはずだった。だから、狼は恐れた。

ただ怯えるばかりの狼の耳に、羊の声が聞こえた。

「僕は君を信じてる」

どこかで聞いた声。

「だから君も僕を信じてくれ」

……。

ユカは声を発した。

「……晴樹」

はっと目を覚ます。

そこは、暗い廊下だった。花も、星空もない。小さなベッドにユカは寝かされていた。床は揺れていない。飛行艇の中ではない。原田島基地に到着したのだろうか。かなり長いこと、眠っていたらしい。

起き上がる。体の上に薄い毛布が載せられていた。両手は厳重に包帯が巻かれ、左腕に至ってはギプスで固定されていた。すぐ横に自衛隊員が一人いる。電話機に向かっていて、何か話している。ユカが目覚めたのを見て取ると、電話を続けつつ「ちょっと待ってね」とジェスチャーで示した。

ユカは頷く。それから自分の手を見た。

晴樹の姿がない。握っていた手は、いつの間にか離されてしまっていた。

喪失感。晴樹がいない。いなくなってしまった……。

「本当ですか」

電話をしている隊員の声が聞こえる。

「手術は成功なんですね。高宮晴樹君は、大丈夫なんですね……」

何度も電話に向かって頷くと、隊員はユカを見た。そして嬉しそうに笑った。

晴樹は、大丈夫……。

いなく、ならない。

理解した瞬間、ユカの瞳孔が開いた。胸の奥が熱くなる。そこを中心に、体中に熱が伝わっていく。温かい。自分がこんなにも冷たかったのかと気が付くほど、温かい。思わず自分の胸に、両手で触れた。自分がどうかしてしまったように思えた。

何、これ。

戸惑うと同時に、ユカは直感する。

これが……晴樹の中にあるもの？

晴樹がユカに伝えたもの？

その熱はユカの内側から広がり、顔面まで達する。目がじわりと温められ、視界が歪み、その歪みが球をなして溢れ、静かにぽたりと零れ落ちた。それは一滴だけで終わった。それ以降は何も起こらない。だが、それでも、ユカにとっては衝撃であった。

どうしたらいいかわからなくて、なぜだか誰にも見られてはいけないような気がして、困ってしまって、ユカは両手で顔を覆った。

本当に、困ってしまったのだった。

初めての感覚だったから。

まだ扱い方がわからなかったから。

本作は、二〇一六年二月に、アルファポリスより単行本として刊行された作品に加筆、修正し文庫化したものです。

TO文庫

殺人鬼狩り（サイコパス）

2022年4月 1日　第1刷発行
2022年9月20日　第3刷発行

著　者　二宮敦人

発行者　本田武市

発行所　TOブックス
〒150-0002 東京都渋谷区渋谷三丁目1番1号
ＰＭＯ渋谷Ⅱ　11階
電話 0120-933-772（営業フリーダイヤル）
FAX 050-3156-0508

フォーマットデザイン　金澤浩二
本文データ製作　TOブックスデザイン室
印刷・製本　中央精版印刷株式会社

Printed in Japan ISBN978-4-86699-491-8